二見サラ文庫

女王ジェーン・グレイは九度死ぬ

～時戻りを繰り返す少女と騎士の物語～

藍川竜樹

JN067504

| Illustration |

ふすい

| 本文Design |

ヤマシタデザインルーム

C O N T E N T S

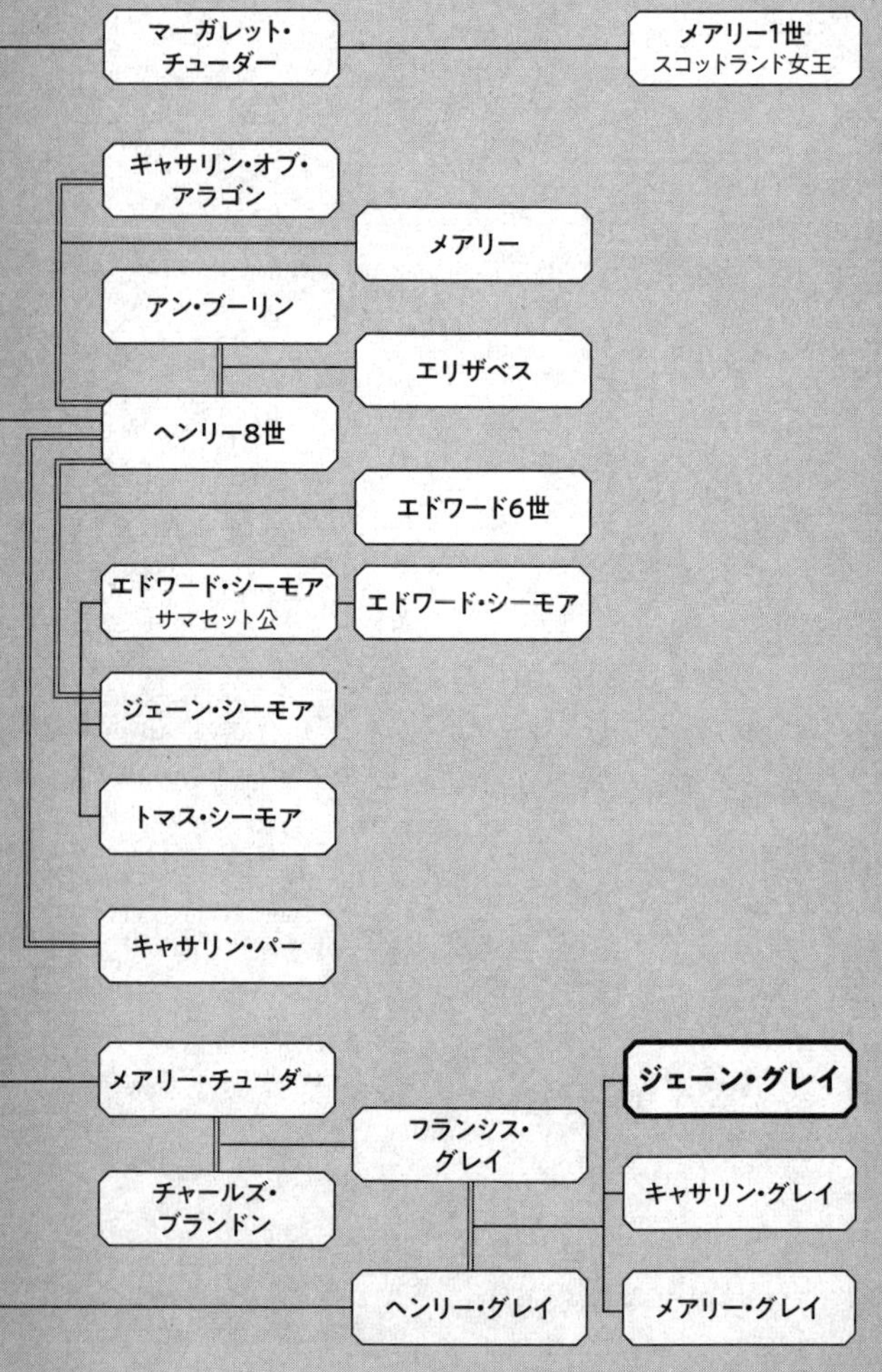
マーガレット・チューダー
メアリー1世
スコットランド女王
キャサリン・オブ・アラゴン
メアリー
アン・ブーリン
エリザベス
ヘンリー8世
エドワード6世
エドワード・シーモア
サマセット公
エドワード・シーモア
ジェーン・シーモア
トマス・シーモア
キャサリン・パー
メアリー・チューダー
フランシス・グレイ
チャールズ・ブランドン
ジェーン・グレイ
キャサリン・グレイ
ヘンリー・グレイ
メアリー・グレイ

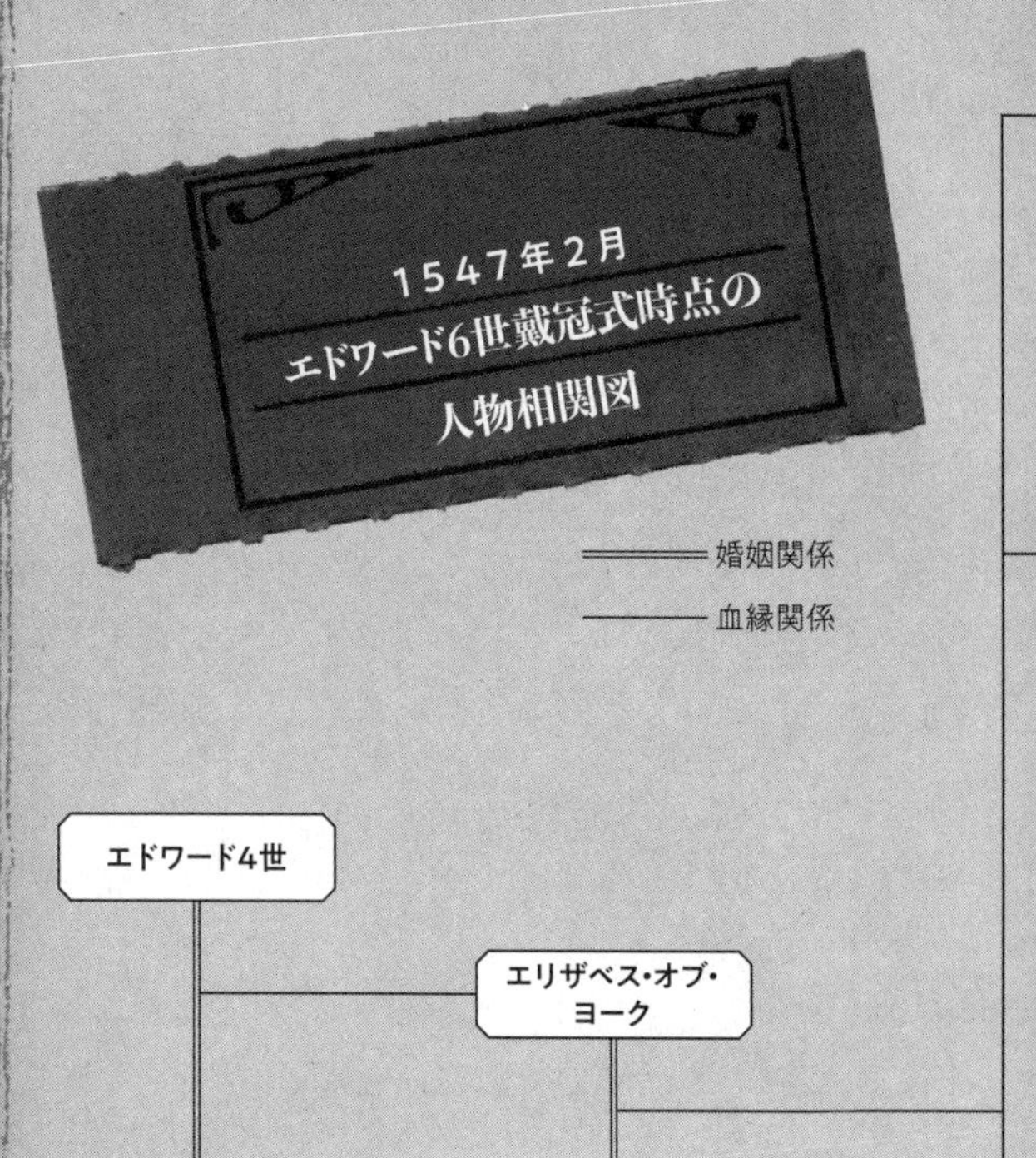
1547年2月
エドワード6世戴冠式時点の
人物相関図
婚姻関係
血縁関係
エドワード4世
エリザベス・オブ・ヨーク
エリザベス・ウッドヴィル
ヘンリー7世
ジョン・グレイ
トマス・グレイ

本作品の内容はすべてフィクションです。
実在の人物、団体、事件などにはいっさい関係ありません。

刑死、扼死、溺死、焼死、転落死……。
女王ジェーン・グレイは九度死ぬ。愛する騎士を生かすために――。

――ループの始まり　一巡目～二巡目

「石は、どこ……」

思わずこぼれ落ちた声は、石造りの処刑場にことのほか大きく響いた。

ああ、これは一、、、度目の記憶だ。苦しい息の下でジェーンは思った。

「どこに石はあるのですか……？」

十六歳になったばかりのジェーンは、布の目隠しをつけ、冷たい床に膝をついた姿で両腕を泳がした。目の前にあったはずの、処刑の際に頭を乗せる石台がない。それが彼女を混乱させる。

質量すら伴って押し寄せる孤独と深い闇。そのただ中でジェーンは必死に石を求める。

たった一人で、斧(おの)で首を切られるために顔を乗せる血塗られた石を。

（いやっ、もうあんな恐ろしい想いをするのは。だから私はっ）

絶対に、ギルフォード・ダドリーとは結婚しない。女王になんか、ならない。

ジェーンは必死に抵抗する。が、抗えば抗うほど首を取り巻く圧迫感は強まっていく。

絶対に取り乱すまいと決めていた。グレイ家の娘として、王家の血を引く者として、何より一度は天蓋の下に座り王冠を頭上に抱いた女王として、見苦しい真似はすまいと。なのにこのままでは闇にのまれてしまう。恐怖に叫び出してしまう。

あえぐように息を吸った時、誰かが肩に触れた。優しく、処刑台へと導いてくれる。

声はない。が、わずかに触れた指先から励ますような温もりが伝わった。

「……感謝します」

最期の瞬間に最も欲しいものを、毅然として逝く覚悟を思い出させてくれて。

ジェーンは名も顔も知れぬ相手に礼を言うと、多くの血を吸った石に顎を乗せた。用意ができた合図に腕を広げる。振り下ろされる刃の音。侍女の息を詰めた悲鳴が聞こえて。

そうして。ジェーンの生涯は終わった。

十六歳になってまだ数か月しか経っていない、冬のことだった――。

そう、終わった。あそこで。自分は十六年の短い生涯を終えたのだ。

なのに何故（なぜ）またこうして生きているのだろう？　そして父に首を絞められているのだろう。

混乱し、必死に生きたいと抵抗するジェーンの耳に、父の声が聞こえてくる。

「子は父に従うものだっ、おとなしくトマス卿（きょう）のもとへ行かないかっ」

ああ、そうだった。自分は売られたのだ。実の親に。たった二千ポンドで。

ジェーンは思い出した。浪費家で借金まみれの親たちの手で、まだ十一歳だというのに一度目の人生の時と同じく、ジェーンを政争の駒としか見ていない独身男のもとへやられる。行儀見習いという名目で。王位継承権者の娘でありながら。いや、王位継承権者の娘だからこそトマスに目をつけられて。

ジェーンと同歳の従叔父（いとこおじ）、エドワード六世王の妃（きさき）候補として。王妃位につくのが無理であれば、そのままトマスの妻とされるために。

そしてトマスが失脚した後はまた別の男の手に渡されるのだ。物のように。野心家から野心家の手へ。命が費え、利用価値がなくなるその時まで。

（……私は物じゃない。私にだって魂はある。どうしてお父様の愚かな欲に従わなくてはならないの。娘を自分の栄達の道具としか思っていない人のために‼）

苦しい。父にさんざん打たれた体が痛い。だがこれだけは受け入れられない。ジェーンには〈記憶〉がある。父に従い、その結果一人寂しく処刑されたという前の生の記憶が。

（あの時、お父様もお母様もご自身の保身を図るのが第一で、私の助命は二の次だった……！）

あれだけ嫌だと言ったのに無理やり女王位につけられて、皆の罪を一身に負わされて処刑された。最期までジェーンの傍(そば)にいてくれたのは二人の侍女だけだった。

父に至っては娘が人質同然に囚(とら)われているのに、メアリー女王とスペインの王子フェリペの結婚に反対する貴族(プロテスタント)たちの乱に加わった。そのせいでジェーンを幽閉でとどめおくつもりだったメアリー女王に処刑の決意をさせてしまったのだ。

（私はお父様に殺されたも同然よ。だから今生では絶対に従わない。殺されたって嫌！）

歯を食いしばったジェーンに、興奮した父が手を上げる。

「この頑固者がっ」

頬を打たれ、骨が折れそうなほど体をゆすられて。朦朧(もうろう)としてきた意識の中で、ああ、また死ぬのね、とジェーンは思った。恋も知らぬまま、大人たちにいいようにされて。

ごきりと鈍い音がした。バス騎士団の騎士でもある父の強い手でジェーンの細い首の骨が折れるのと、息が詰まるのはどちらが先だっただろう。

死因は扼死だった。

ジェーンが屈しなかったから、怒りに我を忘れた父は折檻(せっかん)の手の止め時を誤ったのだ。

そうしてジェーンは二度目の生を終えた。前の生より五年も短い、十一歳の秋の終わりのことだった。

なのに――。

――鳥の声が聞こえてくる。

「お目覚めになりましたか」

懐かしい乳母のエレン夫人の声がして、ジェーンはあわてて飛び起きた。周囲を見る。ジェーンにのしかかっていた父も、それを傍観していた母もいない。鈍い朝の光が差し込む子ども部屋の寝台に自分はいた。他にいるのはエレン夫人だけだ。

秋の終わりではあり得ない冷たい空気がジェーンを包んでいる。暖炉の火がかき立てられ、ふわりと天蓋のモスリンがゆれる。その光景にジェーンは見覚えがあった。

「わたし……」

ふるえながら自分の首に触れる。そして手を見る。疵一つない小さな自分の手を。

そこにあるのは九歳の幼女の手だった。処刑を目前にしたささくれ青ざめた爪を持つ十六歳の娘の手ではなく、父の折檻に蚯蚓腫れを作った十一歳の少女のものでもない。

(まただ)

ジェーンは茫然と胸の内でつぶやく。

また、私は子どもの頃の自分に戻ったのだ、と――。

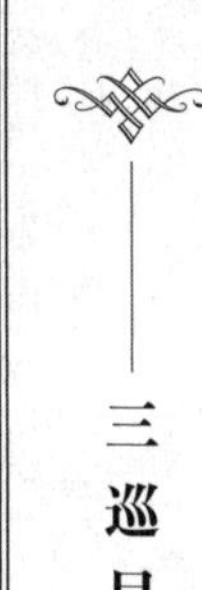

三巡目

ジェーンが最初に処刑され、死亡したのは十六歳の時。十五歳で女王として即位した、七か月後のことだった。

（望んだ王位ではなかったわ……）

ジェーンの母がチューダー朝イングランド王ヘンリー八世王の妹の子で王位継承権を持っていたこと、父が同じくイングランド王だったヨーク朝エドワード四世王妃エリザベス・ウッドヴィルを曾祖母に持つ王室の近親者ドーセット侯爵で、他人の扇動に乗りやすい小者の野心家だったこと。何より、ジェーンが未婚のプロテスタントの令嬢であったことが、時の権力者たちにとって都合がよかったのだ。

最初はヘンリー八世王の後継者である少年、エドワード六世王の妃となるべく王の母方の伯父であるトマス・シーモアに引き取られ、トマスが失脚した後は野心家のノーサンバランド公ジョン・ダドリーの手で彼の息子ギルフォードと結婚させられた。そしてエドワード六世王が十五歳で亡くなった後は、その死を悲しむ間もなく女王位につけられた。

強引な結婚と即位だった。

嫌だというのを父に折檻されて、引きずられるようにして婚儀と即位を終えた。ジェーンの首には父が絞めた手の痕が痣(あざ)となって残ったままの、悲惨な式だった。

それだけではない。前々王ヘンリー八世の実の娘たち、正統な王位継承権者であるメアリー王女とエリザベス王女を押しのけての即位は当然、周囲との軋轢(あつれき)を生んだ。枢密院に属する貴族もロンドンの民もジェーンを支持しなかった。招かれざる女王に背を向けた。

結果、ジェーンはたった九日間の在位の後、決起したメアリー王女に囚われ、処刑された。

王家の血を引く娘で、一度は女王として即位した者なのだから毅然と死のう。それが処刑の間に引き出されたジェーンにできた、唯一のことだった。

そして——気がつくと今と同じに九歳の頃の自分に戻って寝台の中にいた。

（それが、二巡目の記憶の始まり）

最初は何が起こったのかわからなかった。混乱したジェーンは九歳の体で十六歳の娘の言動をとり、自分は女王になって処刑されたのだと口走った。気でもふれたのかと司祭が呼ばれ、外聞を気にした父母の手で邸の地下に監禁された。

冬のさなかに暗く寒い地下室に閉じ込められて、このままでは死ぬと先ず体が悲鳴をあげた。

（そして私は受け入れたの。九歳の自分として生きていくことを）

プロテスタントの国であるイングランドは海を隔てた隣国スペインほど異端狩りには厳しくない。だが己の記憶を偽り、〈現実〉を受け入れなくては魔女として処分されると、訪ねてくる司祭の態度から理解したのだ。

それからは懸命に幼い頃の自分の言動を思い出した。嘘は罪。己と人に誠実であれという神の教えを破り、九歳の歳相応に見えるよう演技した。「悪い夢を見たの」「それで混乱したの」と子どもの口調で大人たちに訴えて、ようやく地下から出してもらえた。

解放後のジェーンは九歳の幼女として生きた。自分でもあれは悪い夢だったのだと思おうとした。だがまた〈悪夢〉と同じ人生をたどって。嫌でも気づいた。これが二巡目だと。

だがもう遅かった。

また売られるように海軍卿トマス・シーモアの邸へ行くよう強制された。

このままではどちらにしろ死ぬ。目隠しをされ、顔を置く石が見つからなかったあの時の恐怖。一度目はなんとか耐えた。だが二度目は無理だ。

ジェーンは決死の覚悟で邸を抜け出すと教会に駆け込んだ。心の年齢を偽って生きるジェーンに唯一優しかった助祭の青年に助けてとすがりついた。

だがすぐに追っ手が来た。捕まり、邸に連れ戻された。そして激高した父がジェーンの首に手をかけて。頑固者同士の意地の張り合いの末、ジェーンは息絶えた。

（それが、二巡目の人生の最期……）

そして今、ジェーンはまた蘇り、九歳の子どもの姿でロンドンの父の持ち家であるドーセット侯爵邸にいる――。


「どうなさいました、お嬢様」

乳母のエレン夫人がジェーンを怪訝そうに見ている。

「ほら、さっさとお起きくださいませ。今日は忙しくなると昨日のうちにお話ししましたでしょう？」

子どもに対する口調で、エレン夫人が急き立てる。ジェーンは混乱しつつ、背を向け、洗顔の用意を整えはじめたエレン夫人を見た。何がなんだかわからない。だが。

「……エレン、今日はどうして早起きしないといけなかったのだった？」

今が何日か知る必要がある。無邪気な子どもを装って訊ねてみる。時を戻るのは二度目なだけあって、前のように泣きわめく愚は知っている。が、少し口調が幼すぎたようだ。

幼女の頃からジェーンは気難しい〈本の虫〉だった。

一挙手一投足を常に検められ、歩むだけにも叱責が飛ぶ。厳しく躾けられたジェーンは九歳にして消えない皺を眉間に刻んだ、可愛げのない子どもに育っていた。ジェーンにとって息をつけるのは本を読む間だけ。読書中はさすがの父母も叱ってこなかったから。とはいってもジェーンに与えられたのは哲学や歴史など大人向けの書物ばかり。それらを唯一の友とするジェーンは世間の九歳児と比べるとませている。

案の定、エレン夫人が妙な顔をした。

「いったいどうなさったのです、ジェーン様。熱でもおありで」

「答えて、エレン。……その、これが夢ではないと確かめたかったの。グレイ家の娘として、これからの行動に万全を期すために」

「ああ、そういうことですか。はいはい、今日は昨夜も言いましたように、エドワード六世陛下がロンドン塔からウェストミンスター宮殿へお戻りになる日ですよ。ご即位のために。王となる者は戴冠前にロンドン塔にお籠もりになるのが慣習ですからね。それにしてもさすがの小さな賢者、ジェーン様も今日の行列見物を楽しみにしておられましたのねえ。そんなふうに確かめられるなんて。ご安心を、夢ではありませんよ、ありがたいこと」

若く健やかな王を戴いて、これでイングランドも安泰ですと、エレン夫人が聖印を切る。

（ああ、やっぱり。前と同じなのね）

ジェーンは思った。今の自分は九歳で、今日は二月十九日。前の時戻りと同じ日に戻っている。

（今日から宮廷では新国王のための儀式が数日にわたって行われるのよ。明日は戴冠式、それが終われば仮面劇に馬上試合と祝宴。国中の貴族が集まってくるわ。近隣国もこぞって大使を送りこんでくる……）

一大行事だ。領地に籠もって暮らしていたジェーンたちドーセット侯爵家の娘二人も宮廷に存在を披露するよい機会だと、父母にロンドンへ連れ出されたのだ。

ジェーンはぶるっと身をふるわせた。もちろんまだ鏡も見ていないし、エレンに自分の年齢を確かめてもいない。今のこの国の現状も聞いていない。が、

（……前の例からしてたぶん周囲の事象は同じ経過をたどっているはずよ。エレンの言葉があるし、私がこの館の子ども部屋にいたのは九歳の時までだったから）

ジェーンは二度の人生で、幼女時代を侯爵家の領地にあるブラッドゲイト城で過ごした。明日の祝宴でキャサリン王妃に声をかけられ、正式に彼女の宮廷へ上がることになる。

出仕を許された、つまり一人前の貴婦人と認められるわけだ。なので以後は大人用の部屋に移る。この館の子ども部屋を使うのは今回の滞在が最後になるはずだ。

周囲はそのままに、また自分だけが若返ったのだ。

（怖い。どうしてこんなことが起こるの？）

まだ若い娘の身だが、ジェーンは父母の教育方針で幾多の書物を読んでいる。が、こんな事例は聞いたことがない。

何より自分はさっき殺されたばかりだ。あの息苦しさ、体の痛み。

（行列見物になんか行きたくない。行けばお父様とお母様がいる……）

父は一連の儀式の保安武官長に任じられた。王の前を歩み、国王の剣を運ぶ。そのためにガーター勲章も拝受した。母も宮廷に仕える貴婦人として儀式に出席している。だから行けば絶対に会ってしまう。ついさっき自分を殺した父と、それを黙って見ていた母に。

（行けるわけないじゃないっ。その前の生でもお父様に見捨てられて死んだのよ⁉）

己の欲望を優先させ、軽々しく他人の扇動に乗った父母のせいで、二度も死んだ。そんな二人に誰が会いたいと思う？

ジェーンはぎゅっと夜着の裾を握り締める。だが。

「ほらほら、ジェーン様、いつまで寝ぼけてらっしゃるのですか。早く顔を洗って着替えないと母君に叱られますよ」

エレン夫人が子どもにするように急き立ててくる。いや、実際、今のジェーンは子どもだ。大人には逆らえない。歯を食いしばりながらも、うながされるままに寝台を降りようとして、ジェーンの体はがくんと床に落ちた。目測を誤ったのだ。ついさっきまでの自分は十一歳の体をしていた。この時期の二歳差は大きい。手足の長さが全然違う。

固い板床に膝をぶつけ、痛みに顔をしかめる。だが前よりはましだ。前の十六歳から九歳に戻った時は、初めての〈時戻り〉だったこともあって、事態を把握するだけにも時間がかかった。

「あらあらジェーン様、どうなさいました」

あわてて飛んでくるエレン夫人の手を断り、ジェーンは足を踏ん張った。ゆっくり左右の足の指を動かす。大丈夫だ。動く。生きている。

床に着け、立ち上がった足はもうふるえていない。

(不自然なことをしてはならないわ。エレンの前でも)

エレンはジェーンの身を案じてくれる優しい乳母だが、父母に雇われた身だ。純朴な田舎婦人なので自分の常識外のことに対応できない。前の生でも、異変に気づいたエレンは困惑しておろおろ歩き回るだけだった。それどころか己の手に負えないとわかると父母に使いを送った。

(また地下室に閉じ込められるのは嫌)

ようやく寝台から離れたジェーンをエレン夫人が心配げに見る。

「寝不足、でしょうか。昨夜も遅くまで家庭教師が出した課題をこなしておられましたから。ああ、今日もくっきり眉間に見事なお皺が。……お館様も奥方様もジェーン様にお勉強のさせすぎなのですわ。妹のキャサリン様にはお優しいのに」

「長女だから仕方がないわ。期待されているのよ。そう考えるのが一番波風が立たない方法だともう学んだの。それよりエレン、喉が渇いたわ。何か飲む暇はある？」

「ああ、ああ、そうでした。暖炉でちゃんとエールを温めてありますよ。食べ物のほうは着替えながら軽くビスケットをつまむだけで我慢してくださいませ。コルセットはつけませんけど、胴衣（ボディス）はつけますから」

洗顔を済ますと立ったままエールのジョッキを傾け、ビスケットは食欲がないと断って、エレンが広げた純白のペチコートと深い緑のガウンを身につける。

緑と白、チューダー王家の色だ。九歳の幼女が纏（まと）うには少しどころでなく大人っぽい色合いだが、今日はジェーンの宮廷へのお披露目も兼ねる。ジェーンの血筋を強調するために母が新調したのだ。

似合う似合わない以前の色選択だが、幸いなことに深い鮮やかな緑はジェーンのハシバミ色の目と赤みがかった金髪によく映えた。

「さあ、できました。馬車がもう準備を終えて待っていますよ。キャサリン様も」

言われて、子ども部屋を出て階下に降りる。玄関扉へと続く広間には、長い黒髪を背に流した天使のように愛らしい幼女がいた。

「お姉さま、やっとのご登場？　おそいわ、こんな楽しい日に！」

妹のキャサリンだ。こちらを振り返ると、ぱっと顔を輝かせて駆け寄ってくる。彼女の薔薇色のガウンが翻り、薄暗かった広間が眩しい花園のように明るくなった。

まるで春の妖精だ。

ジェーンは飛びついてきた弾力ある小さな体を抱き留めた。キャサリンがふっくらした頬にえくぼを作って笑う。その愛らしい様に、その場にいた皆が顔をほころばせる。

可愛らしいキャサリン。ジェーンとは二歳違いの妹は、生きとし生けるものすべてに愛されるために生まれたような少女だった。

可憐な容姿と明るい性格で、皆を魅了し笑顔にする力を持っている。しかめっ面な家庭教師から厩の下働きの少年たちまで、誰もがキャサリンの笑みには逆らえない。

さらに下の妹メアリーの発育が遅れていることもあって、父母もこの妹を溺愛していた。次女であることもあり、キャサリンをジェーンのように王妃にしようという考えもない。将来も安泰な名門貴族に嫁ぎ楽しく生きてくれればと考えているらしく、過剰な教育を強いることもない。

キャサリンの美貌と愛嬌があれば笑顔を損ねる厳しい躾はかえって邪魔、高い教養など身につけなくとも、求婚者が列をなすと知っているのだ。ジェーンが安易に感情を顔に出すと王族らしくないと叱られるから、同じ姉妹でも教育方針に差がある。

とはいえ、そんな結婚問題が持ち上がり、事態が深刻になるのは数年先のこと。今のジエーンとキャサリンはまだ婚約者もいない幼い子どもだ。グレイ家の姉妹として、父母のいない今なら、ジェーンもキャサリンを心のままに抱き締めることができる。

「もう、お姉さま、抱っこしてくださるのは嬉しいけど、ガウンが皺になってしまうわ。お母さまがせっかくキャサリンに似合うと選んでくださった布地なのに」

「ごめんなさい、キャサリン。あなたがあまりに可愛らしくて」

謝るとキャサリンがジェーンの腕の中でくすくす笑う。

まさに天使が舞い降りたような光景に、エレン夫人も相好を崩す。

「さあさあ、姉妹仲がよくてよいことですけど侯爵ご夫妻はもう出発なさっていますよ。廷臣として国王の行列に付き従うために。お二人も早く街へ向かいませんと」

うながされて、幼い姉妹は互いの乳母や家令など付き人たちを供に馬車に乗り込む。侯爵家の紋がついた馬車はからりと轍の音を響かせると、宮廷一行の華やかな列が練り歩くロンドンの市街地へと向かった。

戴冠式を見るためにロンドンへ来たといっても、ジェーンたちは式そのものには出られない。

「お二人ともまだ幼くて宮廷での役職もお持ちではありませんからねえ。妻として同伴してくれる廷臣の夫もいらっしゃいませんし」

「ですからお二人には誰もが見物を許された、ロンドン塔から宮殿へ戻る行列と、その翌日の戴冠式後のウェストミンスター寺院から宮殿へ向かう行列を楽しめるよう、侯爵様が観覧用の桟敷席を用意してくださいましたよ。楽しみになさってくださいね」

二人の乳母がかわるがわる幼い姉妹に説明する。その後の宮殿で行われる仮面劇の余興と祝宴、翌日に行われる馬上試合の観戦ならジェーンたちも出席できる予定だ。

ロンドンの街はすごい活気だった。王家からのふるまい酒が広場の泉からあふれ、酔った民が大声でがなり立てている。王の行列が行く通りには垂れ幕が渡され、花が舞う。活人画の舞台も組み立てられていて、歴史や聖書上の人物に扮した役者が、場面を再現した背景の前に立ち絵画のように見せていた。

活人画は宮廷や祭りでよく行われる余興だ。今日の出し物はエドワード六世即位にちなんで、薔薇戦争のヨーク家、チューダー家とシーモア家の歴史が主だった。

「イングランド万歳!」

「新王エドワード六世陛下、万歳!」

各所から即位を称える声がする。国教が変わり、王妃も六度も変わる不安定な日々が続いたヘンリー八世の治世が終わり、新王の時代が来る。皆、期待しているのだ。

群衆をかき分け、たどり着いた桟敷席によじ登る。通りの両脇に設けられた、高さが一般家屋の二、三階分はある階段状の観覧席だ。外側は布と緑の葉縄などで美しく飾られているが、中は木組みを組んで座るための横板を渡しただけの、急ごしらえのベンチ席だ。が、父はさすがに侯爵だけあって、宮殿に近い見晴らしのよい場所をとっていた。ジェーンたちが席についた後も周囲の桟敷に次々と貴顕が集う。あっという間に高い位置にある桟敷の前と両側は人で埋まり、ジェーンたちは降りることも移動することもできなくなった。早めに桟敷へ入ったのは正解だったようだ。

「見て見て、パイを売ってるわ。面白い帽子！　お祭りみたい」

見物客目当てのホットワイン売りを見て、キャサリンが笑顔で手を振る。にっこり笑った売り子が器用に桟敷席を上ってきて、キャサリンに一口サイズのミンスパイと薄めて香料を混ぜたワイン入りの陶製ジョッキを渡した。すかさず隣から別の売り子が行列に投げるための花束を差し出す。従っていた家令が金を払って、キャサリンが満足そうに席に座り直した。

「お姉さま、来たわ、来たわ、お父さまが見えるかしら⁉」

温かなワインとパイを味わっていると、先ぶれのラッパの音がしていよいよ行列が通りをやってくる。

先頭は凛々しい騎馬の騎士だった。陽光に輝く鎧をつけ、青に緑、紅のサーコートも鮮やかに、颯爽と進んでいく。その後は新王に忠誠を誓う貴族に聖職者、各国大使など。

ジェーンがこれを見るのは二度目だ。この日を迎えるのは三度目だが、前の生では錯乱したと寝台に縛りつけられていたから。

騎馬の列、徒歩の列、何百という人たちが通っていく。そしてとうとう父が現れた。

「お父さま、こっちよ、こっち！」

キャサリンが歓声をあげて立ち上がる。手を振る愛娘の姿に父が目を細めた。

そして父に続く一団の真ん中に、一人の少年がいた。馬に乗った六人の貴族が掲げる天蓋の下、頭を上げ、凜々しく背を伸ばしている。柔らかな駝鳥羽がついた帽子、銀の分厚い織の胴衣には宝石が縫いつけられ陽光に煌めく。

金糸刺繍のひときわ華やかな服装をした彼が今回、新王に即位する九歳の少年だった。

エドワード六世だ。

まだ線の細い少女のように繊細な顔立ちをした少年だが、それでも堂々と馬を操り、白貂の毛皮で裏打ちされた金色のケープを靡かせながら進んでいく。

そしてエドワード六世の傍らに付き従うのはサマセット公爵だ。エドワード六世の生母、今は亡きジェーン・シーモア王妃の兄で、新王の摂政を務めるシーモア家の長。すべて一度目の生の時に見たのと同じ。

（この後、特別に陛下からお誘いがあって、私は明日の戴冠式に出席を許される……）

その席で母に、宮廷の貴顕たちと引き合わされるのだ。

ことがここまで進めばそれがどんな荒唐無稽な現象であろうと悟らずにはいられない。

(私には、過去に戻る力がある)

何故かはわからない。が、とにかく、一度生を終えると、次の瞬間、九歳の自分に戻って、寝台の中で目を覚ます。エドワード六世の戴冠式前日から自分が死ぬまでの時を繰り返す。まるでケルト神話の運命の輪のように。

何故、戻るのか。戻るのが何故この日なのか。それはわからない。

(だけど一つだけ、はっきりしていることがあるわ)

過去に戻った。ならば自分はまたグレイ家のジェーンとして、この三巡目の人生を歩まなくてはならない。

(それは前二回と同じ、悲惨な結末が待つ人生？ それは嫌よっ)

また誰かに殺されたり、すべての民から見捨てられる寂しい最期なんか迎えたくない。

それにはどうすればいい？

(何もせずにいればまた同じ人生を歩むだけなのは、前の生で学んだわ。でも、そもそも運命は変えられるものなの？ そんな神に逆らうようなことが可能なの？)

確かに一度目と二度目ではジェーンの死亡時期も死因も異なっていた。一度目の記憶があるからとジェーンが父に抗(あらが)った結果だ。抗えば変えられるのだろう。だが始まりの時点でのジェーンの置かれた立場は同じだ。ただの無力な幼女。

（運命を変えると言っても、たかが九歳の子どもに何ができるというの⁉）

二巡目の時は、邸を抜け出すため厩から馬を引き出すことすら身長が足りず無理だった。こんな幼い子どもが「王位に野心を抱いては破滅するわ」と言っても聞いてもらえない。

（そもそも前の時だって私は訴えたわ。必死に）

母は眉を顰めるだけだった。誰もまともに取り合ってくれなかった。それどころか地下室に閉じ込められ、異端者とされそうになった。

母は親として子を心配するより、王位継承権者の血を引く家系に瑕ができることを、懸念したのだ。妹たちのためにも、血筋につく疾病ゆえの錯乱と言われるよりは、一代限りの個人の悪魔憑きのほうがましと、侯爵家付きの司祭を呼んだ。

もしあの時、助祭として付き従った若い司祭が母に、「心に悩みがある時に混乱することは誰にでもあることです。しばらく様子を見られては」と、とりなしてくれなければ、ジェーンは地下室に閉じ込められることすらなく廃嫡され、いなかったものとして切り捨てられていた。

乳幼児の死亡はよくあることだ。あの助祭が温かな大きな手でジェーンの手を取り、「大丈夫、あなたはちゃんとここで生きています、幸せに成長できます」となだめてくれたから、自分はやっと落ち着いた。皆が言うようにあれは夢だったのかもしれない。今の自分は九歳の子どもなのだから生きたければそれらしくふるまわなければと思えた。

だからだろう。自分がまた一巡目と同じ人生を繰り返していると気づいた時、彼にすがったのは。邸を抜け出し、彼がいる教会に走った。

だが、優しかった彼もジェーンの言葉ではなく、自らの常識をとった。

(彼は私に「どうしたのですか」と訊ねながら、その裏でお父様に使いを送った……)

侯爵家付きの助祭なら、主家の幼い子どもが深夜に突然教会を訪ねれば当然とる行動だ。

だがジェーンは裏切られた気持ちがした。いや、絶望したのか。十歳そこそこの子どもでは、親の支配下から逃れることさえできないのだと。

(なら、どうすればいいの？　誰にもこの時戻りを悟られるわけにはいかないということよ。また異端者にされてしまうのだから)

それでどうやって運命を変える？　周囲を動かす？

そっと、隣に座るキャサリンを見る。本当に可愛い。

(……私がキャサリンだったら、お父様たちも少しは話を聞いてくれるかもだけど)

愛らしいキャサリンはグレイ家きっての美人だ。顔立ちが優れているだけでなく、性格のよさが表情に滲(にじ)み出て、どうしようもなく人の心を惹(ひ)きつける。まさに天使だ。

対してジェーンは揃(そろ)って派手な美男美女の父母にも似ず、堅苦しい外観だ。

髪色こそヘンリー八世王のチューダー家の色を受け継いでいるが、利点はそれだけ。白すぎる肌はそばかすができやすいし、頬に赤みもない。唇も薄すぎる。

何より匙の上げ下げにも厳しい躾のせいでジェーンは食が細い。年齢より小柄で痩せっぽちだ。丸みの一切ない体には子どもらしい愛らしさすらない。性格も生真面目で面白みがないので、父母の関心はすべて愛嬌のよいキャサリンに向かっている。

ジェーンは王家の血を引く駒としか見られていない。

だからだろう。一度目の生ではキャサリンもジェーンと同時に政略結婚をさせられたが、まだ幼いことを理由に、夫と夜を過ごすことなく父母が邸へと連れ戻っている。キャサリンがジェーンの立場であればあそこまで悲惨な死を迎えることはなかっただろう。

(幸せになるにも才能がいるのだわ)

諦観と共に思う。

人に好かれたり、相手に何かしてあげたいと思わせる庇護欲のようなもの。それを周囲の人から引き出すには持って生まれた天賦の才が必要で、ジェーンはそれを持たない。

(だから、親や周囲に助力を期待しても無駄。やっぱり自力でなんとかするしかない)

考え込んでいたジェーンは、隣に座るキャサリンに注意を払うのを忘れていた。

一巡目の生では、行列が通り過ぎた後、もっと見たいと席によじ登ったキャサリンが桟敷から落ちそうになったのだ。いち早く気づいたジェーンが悲鳴をあげ、家令と乳母があわててキャサリンを支えて事なきを得た。そのことをすっかり忘れていた。

「もう行っちゃう、見えなくなっちゃうっ」

通りを行き交う人々の頭越しに行列を見られるよう、階段状に組まれた観覧桟敷は路面より高い位置に作ってある。が、いくら高い位置の席に座ってもまだ子どもで背の低いキャサリンは前列の大人たちの背で下の通りがよく見えない。

焦れて立ち上がった彼女は、さっきまで自分が座っていたベンチ部分へとよじ登った。

タイミング悪く、前列に座っていた貴婦人が身じろぎする。

その丸々と太った肩が、キャサリンの腰にあたった。

「きゃあっ」

不安定な狭い足場で、キャサリンの小さな体が傾いだ。

桟敷の上部席は高さが通りの家々の二階分はある。そしてジェーンたちがいるのは一番上の席。後ろは絶壁、はるか下にロンドンの路面があるだけ。簡易の柵はあるが、席の上に立ち上がったキャサリンを止めきれるだけの高さはない。

家令たちに声をかける暇はない。

ジェーンはキャサリンの腕をあわててつかむ。

が、九歳の子どもの腕では、七歳の女の子を抱き留めるのは無理がある。しかもジェーンは年齢より小柄だ。反対に大人たちからふんだんに菓子を与えられるキャサリンはふっくら薔薇色の頬をしている。体格差がほとんどない。そしてキャサリンの体はすでに上半身が柵からはみ出し、半分以上落ちかけていた。重心は柵外に移っている。

「キャサリンっ」

ジェーンは渾身(こんしん)の力を振り絞った。身を乗り出し、全身を使う。つかんだ手を支点に振り子のようにキャサリンの体を、大人たちの背がクッションになる前方の席へと投げる。

が、その反動で今度は逆にジェーンの体が背後の空間へと投げ出されてしまう。

「あ」

体がふわりと浮いた。九歳の子どもの体が栈敷の柵を乗り越え、何もない空間を真っ逆さまに落ちていく。

（いやあああああっ）

ジェーンは悲鳴もあげられず、目をつむった。

この生はここで終わるのだろうか。

嫌だ、という気持ちと、これでもう誰かに殺されたりせずに済むというほっとした気持ち。地表へとつくわずかな時間にさまざまな想いが去来する。そして。

どさり、と。

思ったより優しい衝撃がジェーンを包んだ。

（え?）

おそるおそる目を開けると、ジェーンは逞(たくま)しい、誰かの腕の中にいた。生きている。頭上から低い、耳に心地よい声が聞こえた。

「大丈夫ですか、レディ。いきなり落ちてこられて驚きました」

優しい、滑らかな口調の声だった。従者や家令でもない男性の声でそう言われて、「ジェーン様っ」と乳母たちの叫びが上方から聞こえて、ジェーンはやっと現状を把握する。

自分は桟敷から落ちて、下にいた通行人に運よく抱き留められたらしい。

「あ、ありがとう、ございます……」

今頃ふるえが出てきた。干上がった喉で礼を言い、ジェーンは顔を上げた。命を助けてくれた恩人の顔を確かめようとする。が、

(え⁉)

自分を抱く相手の顔を見た瞬間、ジェーンは驚きに目を見開いた。

そこにいたのは、一人の青年だった。

柔らかな、少し癖のある栗色(くりいろ)の髪を後ろに流し、すっきりした眉の下からは優しい緑の瞳がこちらを見ている。美しい若者だ。腕に抱かれたままでもわかる見事な長身に、鍛えられた均整のとれた体つき。通りを行く娘たちがうっとりと彼を盗み見している。

こちらを見下ろし、微笑(ほほえ)むその顔に見覚えがあったのだ。

だがジェーンが驚いたのは彼の人目を惹く容姿や、背に感じる腕の逞しさにではない。

ジェーンの感覚ではつい昨日のこと。二巡目の人生の最後の夜に、「助けて」とすがりついた青年助祭と、彼は同じ顔をしていたのだ。

「……まさか傍につかせてすぐに役立つとはな」

行列見物も終わり、ジェーンたちが邸へ戻った夜遅くのことだった。着替えのため、夫婦揃って祝宴を抜け出してきた父が、家令からの報告を受けて眉を顰めた。

「まったく。ジェーンを前に叱りつける。九歳にもなった娘が人前で桟敷から落ちるなど恥ずかしい。キャサリンを見習え」

最初に落ちかけたのはキャサリンで、ジェーンはそれを助けたせいで落ちたのだ。だがそこのところは父の頭の中を素通りしている。いつものことなのでジェーンは黙って父の叱責が通り過ぎるのを待つ。ちなみにキャサリンはもう子ども部屋に引き取って眠っている。ジェーンは父の叱責を受けるため、起こされて待っていたのだ。

ジェーンを受け止め助けてくれた青年は、父が新たに召し抱えた騎士だった。

「ハロルド・エイワースと申します」

主夫妻(あるじ)の前に召し出された彼が恭しく一礼する。

見栄(みえ)っ張りな父母は供の者たちにも顔のよい者を選ぶ。その目にかなっただけあって彼はとても美しい若者だった。

凛々しい牡鹿を思わす艶やかな髪に、長い濃い睫毛。瞳は深い森の色。彫りの深い顔は清潔感があって、キャサリンなどは一目で見惚れて、おとぎ話の騎士のようだとはしゃいでいた。母が目の前に跪く男をじっくりと見て、父に訊ねる。

「確かに見目はいいけれど、従者はもう間に合ってるわ。今年はジェーンもキャサリン王妃様のもとへ上げるのだし、いろいろ物入りで新しい者を雇い入れる余裕はないと思うけど」

「これはそのジェーンとキャサリンのために雇ったのだ。護衛にな」

「護衛……？」

「もう二人とも遠駆けができる歳になっただろう。ロンドンへ出てくる機会も増えるだろうし、供がエレン夫人や厩の小者だけでは心もとない。これからは外出時には必ず同行させる」

「キャサリンやジェーンにつけるには若すぎない？」

「確かに歳は二十歳と若いが、この男はこう見えてすでに騎士に叙されている」

「まあ、騎士に⁉」

「ああ、エジンバラの焼き討ちの時に先王の目に留まったそうだ。家柄もなかなかだ。幾人となく騎士を出した郷士の出で、実際、試してみたが剣筋はいい。そのうえ神学にも詳しくてな。これでまだ主を持たないとは、掘り出し物だ」

父は熱心なプロテスタントだが、軍人上がりで馬術も剣術も好きだ。そんな父が言うなら腕の立つ人なのだろう。が、ジェーンは命の恩人を前に複雑だ。

（過去二回の人生に、こんな人はいなかったのに）

幼児期の自分とキャサリンに専属の護衛がついたことはない。それに何度見ても彼の顔は前の生でジェーンをなぐさめてくれた若い助祭と同じなのだ。名前まで一緒だ。

（彼だけ職が変わったということ？　そんなことあり得るの？）

一巡目の生の時も彼だけはいなかった、と、渋面を作るジェーンだが、違和感があるのは無理もないと思う。何しろ桟敷席からの落下と、彼の出現以外は、ジェーンの人生は登場人物や出来事含め、すべて一巡目の人生と同じに進んでいるのだ。

ジェーンのもとへは無事、エドワード六世王から明日の戴冠式には侯爵夫妻と共に出席するようにと招待状が届いたし、キャサリン・パー王妃からも明日、会えるのを楽しみにしていますと、異例の言づけを受け取った。すべて一巡目と同じだ。このままいけば明日の戴冠式でキャサリン王妃から正式に言葉を賜り、一連の行事が終わり宮廷が落ち着き次第、王妃のもとへ出仕することになるだろう。

王妃の宮廷へ上がるのは過去二度の人生でも起こった、運命の決定事項と言っていい。

キャサリン王妃は五度も妃と死別と離婚を繰り返した前王ヘンリー八世の六番目の、そして最後のお妃様だ。実母を亡くした新王エドワード六世にとっては義母にあたる。年老い、気難しくなっていたヘンリー八世に献身的に仕え、看取った温かな人柄の女性で、宮廷人だけでなく民にも慕われている。

そんな彼女はヘンリー八世の死後、ウェストミンスター宮殿を新王エドワード六世に譲り、チェルシー宮殿に居を構えることになった。そこへジェーンを呼んでくれたのだ。

将来の布石だ。この国の子どもは通常、十歳くらいになると養い子として他家へ預けられる。

庶民の子は徒弟として親方へ弟子入りするし、貴族や郷士階級の子ならなるべく身分の高い相手のもとへと預けられる。女子なら侍女見習いとして、男子なら小姓や騎士見習いとして。そうして行儀作法や仕事を学ぶ。預かったほうにしても己の伝手を使い、養い子たちの将来を切り開くことで、子どもたちとその親から感謝と忠誠を得る。

各領地に離れて暮らす貴族たちは、そうして将来に備え、人脈を広げていくのだ。

だからこそ親たちは競って身分ある貴婦人に我が子を差し出すし、差し出されたほうも喜んで預かる。ジェーンが暮らしていた領地の居城ブラッドゲイト城でも、領主様のもとへ上がったという箔づけを欲しがる領民の娘や息子が大勢いた。

ジェーンも箔づけのため、キャサリン王妃のもとへ行く。前年の夏、ブラッドゲイトパークに御幸したキャサリン王妃が、もてなしの礼として、ジェーンを自分の宮廷によこすように言った。それが約一年後の今、実現したのだ。

ちなみに妹のキャサリンはまだキャサリン王妃の知己を得ていない。王妃の前年の侯爵領滞在時はキャサリンが幼すぎて引き合わせることができなかったからだ。

なので今回、出仕が確定しているのはジェーンのみとなる。

「新王陛下にはまだ妃がおられない。この国で最も尊い身分にある女性はキャサリン王妃だ。彼女の宮廷に招かれれば今後の栄達は間違いない。が、皆、そう考えるからな。王妃のもとにはすでに引き立てを願い出仕した子どもが大勢いる。ジェーンを宮廷に上げても埋もれるかもしれん」

父が渋い顔で言った。

「キャサリンとは違い、地味な娘だからな。が、騎士を護衛としていればさすがに王妃の目も引けるだろう。勉学の才を取り柄にしようにも、あそこにはすでにエリザベス王女がいる」

エリザベス、と聞いて母が顔をしかめた。

ヘンリー八世王の遺児エリザベス王女は母にとって不快な荊の棘だ。母はヘンリー八世王の姪という自分の血筋を尊んでいる。

それにヘンリー八世の最初の王妃、故キャサリン・オブ・アラゴンと母の母、ジェーンの祖母である王妹メアリー王女が友だった関係で、その遺児であるメアリー王女とは今でも手紙のやりとりをしている。メアリー王女を日陰の身に追いやったヘンリー八世王の二番目の王妃、今は亡きアン・ブーリンとその娘であるエリザベス王女をよく思っていない。

母がジェーンの教育に厳しいのも、エリザベス王女への対抗意識があるからだ。王女はジェーンより四歳年上で今は十三歳。その年齢ですでにラテン語、イタリア語、ギリシャ語、フランス語の四か国語を解する博識の王女だそうだ。

負けじと母に教師をつけられたジェーンも九歳にして原語でプラトンが読める。娘を使って代理戦争をしているつもりらしい。

なのでエリザベス王女の名を出されると母も俄然(がぜん)、鼻息が荒くなる。

「……なら、仕方ありませんね。よく娘たちに仕えるように。決して他家の娘たちの従者などに負けてはなりませんよ。相手が王妃の義理の娘(エリザベス)であってもです」

母がハロルドに言った。くれぐれもグレイ家の品位を貶(おとし)めないようにと付け加えて。

それからは忙しくなった。

チェルシー宮殿への出仕は今年の五月末までにと決められている。

荷造りと並行して、ジェーンについていく人員も決められて、乳母から侍女に格上げになったエレン夫人など数人がついていくことになった。

キャサリン王妃の宮廷では、ジェーン自身が行儀見習いの侍女の立場になる。護衛や侍女をつれた行儀見習いなど滑稽だが、王位継承権を持つフランシス・グレイの娘ということで特別に個室ももらえたし、もともと行儀見習いに上がった貴族の子女は身の回りの世話をする従者や小間使いを連れていくことが多い。なので奇異でもない。

ハロルドのことを物語の騎士のようと気に入っていたキャサリンは、てっきり彼を自分の傍に置けると思っていたのだろう。

「お姉さまばかりずるいわ！」

と、ハロルドを自分のもとに残すよう父母にねだった。が、ハロルド自身が強く願ったのと、将来ある青年を領地の城に置くよりは、王妃のもとへ上げて出世してくれたほうが主家であるグレイ家にとっても都合がよいということで、ジェーンに付き従うことになった。

「キャサリン、あなたもすぐ王妃様のもとへ上がれるわ。その時、ハロルドに遊んでもらいなさい」

母がキャサリンをなだめている。

「祝宴の時、いい子にしていたもの。王妃様も感心なさって、十歳になったらすぐ上がりなさいとおっしゃっていたわ。後、二年の辛抱よ」

母は知らないのだ。その日が来ないことを。

忙しく櫃に持参する書物を詰めながらも、ジェーンは複雑だ。未来を知っているから。キャサリン王妃は今から一年半後に命を落とすのだ。三十六歳にして初めて身ごもった子が原因で――。

準備の合間に、ジェーンは付き添いのエレン夫人と共に中庭に出た。

ロンドンにある侯爵家の街邸は広大な私有地の中に立つブラッドゲイト城とは違い、狭い。

外と内を区切るのは高い塀と建物の外壁だけ。市街地の通りはロンドンの民が行き交い、小さな子どもには危ないので、健康管理のため一日一度は外の空気を吸うよう医師に勧められたジェーンがうろつけるのは、石壁に囲まれた敷地内だけになる。

壁内には狭い中庭がいくつかあるだけだが、それでも今の季節は緑が芽ぶき、薔薇も蕾を膨らませて華やかだ。鉛枠の格子に硝子をはめ込んだ窓が並ぶ石壁にも、枝を広げた金鎖が絡みつき、鮮やかな黄色の花房を垂らしている。

今日は天気もいいので少し歩こうと、ジェーンは馬場も兼ねた広めの中庭に出てみる。

そこにハロルドがいた。

実家から連れてきた馬なのか、見慣れない見事な鹿毛のハンターを、新しくつけた蹄鉄の具合を見るためか石畳の上をゆっくりと歩ませていた。

すでに挨拶は済ませてある。護衛の職務上、エレンの口からもジェーンが遠駆けが好きでよく出かけることは伝わっているのだろう。彼はにこりと笑って一礼すると話しかけてきた。

「お散歩ですか、ジェーン様」

「え。ええ、助……」

とっさに彼を前の生での呼びかけと同じ、助祭様、と呼びそうになってのみ込む。

一度目も二度目も、そして今回も。ジェーンの人生に登場する人物は皆、名も役割も同じだ。なのに彼だけが二度目の人生からの登場で、役割が違う。

過去二度の人生とは違うイレギュラー。

だから警戒してしまう。彼の容姿はどこから見ても、あの懐かしい、優しかったハロルド助祭だというのに。

前の生でジェーンが唯一、心を許すことができた人。誠実で、真面目で、神学一筋で小さな女の子の相手などしたことがなかっただろう勉強家の助祭様だった。

それでも一生懸命、ジェーンたちの相手をしてくれた。礼拝のたびにグレイ家の幼い姉妹の前に身をかがめて、どう扱えばいいかと困ったように、でも誠意を込めて人は幸せにならないといけないのだと教えてくれた。彼だけはジェーンたちを小さな子ども扱いしなかった。対等な人として扱ってくれた。キャサリンもなついていた。

だから父に追い詰められたあの夜、ジェーンは彼のもとへ「助けて」と走ったのだ。彼なら話を聞いてくれる、助けてくれると信じて。

（だけど、結局、お父様に使いを送られてしまった……）

子どもの足で行ける場所など限られている。彼が使いを送らなくともジェーンはすぐ父に見つかっていただろう。だがジェーンの胸からは裏切られたという気持ちが拭えない。

そんな助祭と同じ顔の青年が目の前にいる。眼を合わせ辛い。

黙っているとエレン夫人が彼の名前を思い出せないからだと思ったらしい。気をきかせて耳打ちした。

「ハロルド・エイワース殿ですよ、ジェーン様」

違う。名前を思い出せないのではない。だが反論できず渋面を作った時、彼が言った。

「ジェーン様はどう呼べばいいか迷われただけですよ、エレン夫人。専属の騎士を持たれるのは初めてなのでしょう？　どうか、ハロルド、とお呼びください、レディ」

ジェーンは息をのんだ。

仕える者の名を覚えない主はよくいる。が、ジェーンの場合、教育の一環で一度で人の名と顔を覚えるように躾けられている。相手の名を覚え、再び見えた時には親しげに呼ぶのは、人の心をつかむのに必要な王侯貴族の社交術だからだ。周囲もそれを知っている。

だからだろう。彼は敢えて、「父に教えられた名は覚えているが、呼び方がわからず困っている」と解釈し、そのことがエレン夫人や周りの皆にもわかるようにしてくれた。

後でこのことを聞いた父母がジェーンを叱責しないように、気を遣って。……前の生で取り乱したジェーンの手を取り、優しく父母からかばってくれたのと同じに。

ジェーンの胸に懐かしさがこみ上げる。

「……ハロルド」

そっと呼びかける。

「はい、ジェーン様」

彼が答える。助祭と同じ声で。前からのなじみのような自然な間合いで。

ふっと心が和みそうになって、ジェーンはあわてて引き締める。

(ここにいる彼はあの時の彼じゃないわ。それに助祭様だって結局、私よりお父様に仕えることを選んだじゃない！)

安易に心を許してはいけない。身を強張らせ警戒するジェーンに、それでも仕える相手に初めて名を呼ばれたことが嬉しかったのか、彼が目を細め、破顔する。

「初日にお目見えして以来、なかなかご挨拶する機会がありませんでしたので、気になっていたのです。ここでお会いできてよかった」

柔らかく微笑んだ目尻に皺ができている。眉間の皺を深くするジェーンと対照的だ。

「私はあなた様の騎士です。ですからチェルシー宮殿へ上がられた後も、何か困ったことがあればどうか遠慮なく私にお頼りください。必ずあなたをお守りします」

そう言いながらこちらを見つめるハロルドの美しい瞳は、怖くなるほど深く熱を持っていて、彼が本気で言っているのだということがよくわかる。ジェーンの心が跳ねた。

「……変な人。わざわざそんなことを言うなんて」

だが、心とは裏腹に、ジェーンは言っていた。気難しい本の虫。天使のような妹とは大違いの、誰からも好かれない生真面目な長女の口調で、彼をこき下ろす。

「あなたが私と一緒に行くことを選んだのは、少しでも早くキャサリン王妃様の宮廷へ行くためでしょう？　出世するため。でも私についていきても益はないわ。私にあなたを誰かに取り持つ力や話術はないもの」

エレン夫人があわてて止めたがジェーンは止まらない。続けて言う。

「今からでも遅くないわ。キャサリンに仕えなさい。将来的にそのほうがあなたのためよ。私は無理についてきてもらわなくて結構。お父様に願ってここに残れるようにしてあげるから」

「……私は出世がしたくてあなたにお仕えするわけではないのですが」

ハロルドが困った顔をした。

「私が、信じられませんか」

信じられるわけがない。いや、もう誰も信じてはいけない。父母にも棄てられた身だ。

（だから。常に傍にいる護衛なんて迷惑よ。いざという時に逃げ出せなくなるもの）

生き残りたいなら誰も傍に近づけては駄目だ。それに彼を前にしているとどうしても二巡目の助祭を思い出してしまう。味わわされた絶望を思い出してしまう。

「……誰だって言葉だけならなんとでも言えるわ」

「私の主はジェーン様です。私はあなたにお仕えしたくてお父君をお訪ねしました」

「それが本当だったとしても、給金をはらっているのは父で、お父様はあなたを私とキャサリンの護衛にするために召し抱えたのよ。キャサリンに仕えればいいわ」

「それをおっしゃるなら、あなたに仕えてもいいでしょう？　お父君は私にあなたについていくようおっしゃいましたし、キャサリン様にはすでに他の者が護衛にと志願しました。なので私がつかずともキャサリン様は大丈夫です」

「そうね。あの子は皆に好かれるから。護衛のなり手はたくさんいるわね。私と違って」

すぐ嘘とわかる追従を言われたのが不愉快で、つい、皮肉げに言う。彼がますます困った顔で眉を下げる。まるでブラッドゲイトの領地にいた大きな牧羊犬だ。

（これじゃあ、私が主の立場をかさに着て意地悪を言っているみたいじゃない）

彼をここに残していきたいだけなのに。

ジェーンはばつが悪くなる。だが引けない。彼が前生のハロルド助祭と同じ顔をしているからこそ傍にいてほしくないし、心ない追従など言ってほしくない。

「……キャサリンのことは私でも可愛いと心の底から思うもの。だからわかるの。私のほうを選ぶ人がいるなんて思えない。選べるなら皆、キャサリンを選ぶわ」

嘘は許さない。口を真一文字に引き結んで見つめると、彼がますます困った顔をした。

「弱りましたね。あなたは本当に妹想いの優しい方だ。ご自身はお寂しい境遇におられるのに。そんなあなたのお人柄に感銘を受けた。少しでもあなたの助けになりたい、そのために自分の生涯を捧げたい、そう願った。それだけでは駄目ですか」

「駄目よ」

ジェーンがきっぱりと言うと、彼が突然、剣を抜いた。

「え？」

「いきなりの抜刀、お許しください、レディ」

言うなり、ハロルドがジェーンの前に跪く。頭を垂れた。

「騎士が剣を捧げるのは、生涯でただ一人です。これでもあなたについていきたいという私の心を信じてはいただけませんか、マイ・レディ」

ジェーンは息をのんだ。彼が己の剣を逆刃で持って、恭しく差し出したからだ。

二度の生で見て知っている。これは騎士の叙勲の儀式だ。

心に決めた相手に忠誠を誓う、騎士の儀式。

春の光差すロンドンの小さな中庭で、彼は剣を手に、「レディ?」と聞いてきた。二巡目の生で優しくジェーンの手を取り、「あなたは生きています。幸せになれます。お約束します。私が必ずあなたの心を支えますから」と言った助祭と同じ真摯な表情で。

あまりのことにジェーンが固まっていると、「すてき!」と声がして、キャサリンが館から駆け出してきた。窓から見ていたらしい。

「物語みたい! 本当にひざまずくのね。すてき、すてき、本物の騎士よ、すごい!」

飛び跳ねるようにして近づくとジェーンの袖を引いた。

「お姉さまが受けないなら私が受けるわ。私だってレディですもの」

「キャサリン!」

あわてて止める。

「駄目よ、あなたはまだ子ども部屋の住民でしょう。騎士の忠誠を受けるには大人の貴婦人にならないと」

「えー、つまらない」

拗ねるキャサリンをジェーンはたしなめた。ハロルドに剣を返しつつ言う。

「……あなたを雇っているのはお父様だもの。剣を捧げるならお父様に。私が勝手に受けるわけにはいかないわ。それにあなたが忠誠を捧げてくれても、私は何も与えられない。自由にできる財産など何一つないから。受け継ぐ権利はあっても」

「騎士の忠誠は見返りを求めるものではありませんよ、マイ・レディ」

きつい現実を言ったのに、彼は動じず、優しく微笑む。

「強いて言うなら、あなたが笑顔でいてくださる。幸せに生きてくださることが私への褒美です。あなたの満足が私の願いですから」

「な、何を言っているの」

自分でも頬が赤くなり言葉が詰まるのがわかった。

「私はグレイ家のジェーンよ、幸せになるに決まっているわ」

言いつつも自分でもそれが虚勢であることはわかっていた。今度こそ失敗しないと決意しても、どうしても過去二度の死の瞬間が頭をよぎる。怖い。

だがそう言うしかなかった。

こんな子どもを相手に、大真面目に剣を捧げると言ってくれる騎士。少しだけ嬉しかったのは事実だ。彼がどう言おうと、彼の中にどんな思惑があろうと、キャサリンではなく自分を選んでくれた人は初めてだから。

それでもジェーンは心を許せない。

（彼はお父様が雇った人だから。彼が真剣に私に仕えようと思ってくれたのが本当だとしても、お父様がつけた護衛兼、監視役という立ち位置は変わらないもの）

二巡目での、教会へ逃げ込んだ自分を捕らえにきた男たちの記憶は生々しい。あの時だって彼は忠実に父への責務を果たしただけだった。幼いジェーンの身を気遣って、親切心で保護者に連絡をとっただけなのだ。

（……気をつけないと。周りのすべてが敵、それくらいの覚悟じゃないと生き残れないわ。へたに心を許して、子どもらしくないところを見せれば、お父様に報告されてしまうかもしれない）

善意から。それが大人のとる常識だろう。

優しい乳母のエレン夫人でさえ、父母に使いを送った。ハロルドも同じだ。〈時戻り〉などという荒唐無稽を理解してというほうが無理だ。彼が職務に忠実な真面目な青年であればあるほど、ジェーンは彼を遠ざける方法を見つけておかないとならない。

今度こそ、平和な人生を送るために――。

「ジェーン、よく来ましたね」

五月が来てチェルシー宮殿へ出仕すると、キャサリン王妃はジェーンを我が娘のように温かく迎えてくれた。

王妃は自身の子を持たない。が、チェルシー宮殿にはジェーンの他にも、彼女が預かり養育している義娘のエリザベス王女はじめ、たくさんの少年少女がいて賑(にぎ)やかだった。

キャサリン王妃、と皆が呼んでいるが、彼女は前王の妃だ。なので王太后と呼んだほうがいいが、現王エドワード六世が未婚で王妃不在なこともあり、皆〈王妃〉と呼んでいる。ジェーンの祖母メアリー王女も、夫であるフランス王と死別し、別の男と再婚してイングランドに帰ってきた後も、フランス王妃と呼ばれフランス王家の百合(ゆり)を紋章に使っていた。当人に力があれば多少の無理は通ってしまうのが宮廷というところかもしれない。

キャサリン王妃はヘンリー八世王の他の妃たちほど美人ではないが、背が高く堂々としている。お洒落(しゃれ)なうえセンスのいい女性で、ドレスの生地はすべてアントワープから取り寄せ、靴も一年に五十足も注文するほどだった。

学問や芸術にも造詣が深く、画家のパトロンになったり、ヴェネツィアから楽団を招いたりと王妃の宮廷は華やかで知性と教養にあふれている。

そんなキャサリン王妃だから、預かった子どもたちの教育にも熱心だった。

ジェーンは王妃の義娘エリザベス王女とは違い、王妃とはつながりのない侯爵家令嬢だ。なので女官見習いの名目で出仕したが、エリザベス王女の家庭教師ロジャー・アスカムの友でもあるジョン・エルマーという人文学者に個人教師としてついてもらい、勉学を続けることになった。ここも一巡目、二巡目と同じだ。

そんなジェーンを、キャサリン王妃の宮殿で同じく養育を受けている他の少女たちは〈哲学者さん〉などとあだ名をつけて遠巻きにしていた。

「あの人、本当にお勉強が好きなのね」

「本の虫。変わってるわ」

この反応も一、二巡目と同じだ。

が、今生は、ジェーンはただの本の虫にはならなかった。

もちろん、王妃の期待に応えるために勉学に向き合う姿勢は欠かさない。が、そもそもジェーンは九歳になるまでにラテン語、ギリシャ語を完全に読解し、スペイン語、フランス語、イタリア語も不自由しない程度に操れるようになっている。音楽や舞踏など、貴族として身につけるべき教養も完璧だ。前生の宮殿への滞在時も、ライバルはエリザベス王女だけだった。

そんな濃い学習期間を二度も過ごしているのだ。今さら課題を出されても覚えがあるものばかり。前より早く片づけられるから余裕もできる。

その日もジェーンは課題を終わらせると、勉強部屋を出た。階下へと向かう。

「どちらへ？　マイ・レディ」

すかさず付き従うのは、扉前で護衛の任についていたハロルドだ。そうだった。自由に動くには彼の目があったのだった。

「その、少し書庫まで」

「ではご一緒します」

ジェーンの父母は、子には学問を強いるが、自身はカード遊戯や狩りといった遊びが好きで書庫は「埃っぽい」「陰気くさい」と避ける傾向があった。

なので中に籠もって息抜きもできたが、ハロルドは書庫だろうが家庭教師のもとだろうがどこへでもついてくる。興味深げにジェーンが持つ本の題名まで見て内容を訊ねてくるから、勉強をしているふりは通じない。

（……まさかお父様はこんな彼の性格まで見越して護衛にしたの？）

さすがにそれはないはずだが、今生は真面目で職務熱心な彼のせいで生き残るための難易度がさらに高まった気がする。

「書庫へ行くのはやめます。学業習熟度報告のため、キャサリン王妃様のもとへまいります」

考えた末、ジェーンは言った。

キャサリン王妃の昼の座所である謁見室までは、さすがのハロルドも入れない。

（とにかく、彼を撒いて早く見つけないと。私を助けてくれる本物の騎士、いえ、白馬の王子様を！）

じっくりと考えて、ジェーンは今生を生き残るための結論を出したのだ。

『過去二回の人生でジェーンが早世したのは、野心家たちの政争に巻き込まれたから』

『彼らがジェーンに目をつけたのは未婚の王位継承権者の娘でプロテスタントだから』

『なら、さっさと未婚でなくなれば政争には巻き込まれない』


三段論法だ。ジェーンが野心家たちに目をつけられた原因は三つ。


王位継承権者の娘であること。

未婚の令嬢であること。

プロテスタントであること、だ。


このうち、王位継承者の娘という部分は持って生まれた血筋だから変えられない。

プロテスタントという部分も。無理だ。変えるのは。時代が許さない。

現在、イングランドでは、前王ヘンリー八世が新たに立ち上げた国教会という新教(プロテスタント)の信者と、もともとの宗教である旧教(カトリック)を信じる者との間で対立が起きている。

新国王エドワード六世と後見人であるサマセット公爵はヘンリー八世王の遺志を継ぎ、新教を広めようとしている。宗教改革を行い、聖像や祭壇を取り外し、教会財産を国庫に没収した。それに応じた貴族たちも領内にある修道院などを己の邸に改築したりしている。

が、エドワード六世が子をなさないまま亡くなれば、次の王となるメアリー王女は敬虔(けいけん)

なカトリックなのだ。

彼女が王位につけば国内はまたカトリックの国に戻る。抑えつけられていたカトリックがプロテスタントに牙を剝くだろう。

それを嫌がる者たちが、エドワード六世の死後、プロテスタントのジェーンを担ぎ出した。それを避けるためにジェーンが宗教を変えようにも、現王であるエドワード六世は熱心なプロテスタントで、国教も新教だ。つまり今のイングランドで無理に改宗すれば異端者扱いになる。野心家に担ぎ出されるまでもなくジェーンには破滅が待っている。

（だから、私にどうにかできる部分は、〈未婚の令嬢〉という部分しかない）

これならジェーンが誰かと結婚してしまえば済む話だ。

野心家たちにとって自分の影響下にない者の妻となったジェーンには利用価値はない。「自分の身内に、言いなりになる王位継承権者がいる」というのが重要なのだから。

そこを崩せばジェーンが王位につけと迫られることはない。ただの貴族の娘として静かに生を終えることができる。エドワード六世の妃候補にと、トマスに囲い込まれることもない。

一度目の生で見ず知らずの相手と無理やり結婚させられたジェーンとしては、結婚する、そのこと自体を考えるだけで虫唾が走る。が、それしか道はない。

残念ながらジェーンが独身のまま力をつけるのは難しい。この国では女も財産や爵位を相続できるが、妻の権利は夫が持つ。未婚の女子の場合は父が後見人となり、その役を担う。爵位も領地も夫や父を介してしか受け継げない。今から数年後、ジェーンの父ドーセット侯爵がサフォーク公爵位を継ぐことになるが、本来、権利があるのは母のフランシスだ。サフォーク公爵位をもつブランドン家は母の生家なのだ。なのに爵位は父へ行く。

だからジェーンは夫を持つしかないのだ。

夫に守ってくれと頼るのではなく、夫を介して父母の影響下から出るために。

（解放の道具として夫を利用することになるけど。その代償には私が持つグレイ家の娘としての権利を譲るから……！）

夫側も損はしないはずだ。

そうして。ジェーンが目をつけたのは、王の小姓を務めるエドワード・シーモアだ。

ジェーンより二歳年長の十二歳の少年で、摂政サマセット公爵の長男だ。

新王エドワード六世王の側近の一人で、王の従兄（いとこ）でもある。エドワード六世王の母ジェーン・シーモアが叔母（おば）にあたるからだ。その関係で彼はエドワード六世王とは幼い頃から共に育った幼馴染（おさななじ）みでもある。

エドワード六世と同じ名前でややこしいが、彼の場合、父であるサマセット公爵の名前もエドワードだ。子の名は代母となった上位者や王族にあやかることが多いのでそうなる。ジェーンの名もエドワード六世の母、ジェーン・シーモア王妃にあやかったものだ。

ちなみにジェーンの周囲には〈キャサリン〉だけでヘンリー八世王の一番目の妃、故キャサリン・オブ・アラゴン、妹のキャサリン、出仕先のキャサリン・パー王妃と三人いる。〈メアリー〉も祖母のメアリー王女、末妹のメアリー、エドワード六世王の姉のメアリー王女、スコットランドの王位継承者でヘンリー八世王の姉の孫であるメアリー女王と四人もいてややこしい。

それはともかく。

ジェーンに必要なのは、父母やトマスといった野心家に屈しない力を持つ結婚相手だ。

（その点、エドワードなら完璧よ。何しろお父様があのサマセット公爵なのだから）

サマセット公爵は国王の伯父だ。その関係でエドワード六世王の信頼も厚く、国の政を取り仕切る護国卿の称号を持つ、今のイングランドで一番の実力者だ。何よりトマス・シーモアの兄でもある。サマセット公爵ならジェーンをトマスの手から守ってくれる。

そして将来国政を左右することになるジョン・ダドリーは、今はまだウォーリック伯爵位を手に入れたばかり。国政にも参加できない小者だ。今なら彼もジェーンの結婚を邪魔できない。

一度目と二度目の生では結婚すること自体が嫌だった。

年若い処女らしい潔癖さが出た。だからこんな解決策など思いつきもしなかった。

（でも、私はもう清らかな身なんかじゃない）

体は九歳の幼女のものだが、一度目の生で愛もない結婚をして、夫婦とはどういうものかを知っている。今さら怯（おび）えたりしない。命のほうが大切だ。割りきる。

「あら、ジェーン、今日のお勉強は終わったの？」

養い子たちが集う謁見室という名の居間に伺候したジェーンに、キャサリン王妃が朗らかな声をかけた。かけていた椅子の隣を空け、「ここにいらっしゃい」と手招きしてくれる。

「今日は何を習ったのかしら？　私に教えてくれない？」

「はい、王妃様。今日は語学習得のため、家庭教師エルマー先生に出された哲学書のギリシャ語から英語への翻訳と、その逆の英語からギリシャ語への訳をしておりました。この方法はよいですね。言語の違いがわかりやすいですし、よく身につきます」

優しく今日の成果を聞いてくれるキャサリン王妃に、あたりさわりなく答えながら、ジェーンはさっそくお願いしてみる。

「王妃様、本日はお願いがあってまいりました。勉学の他にも私は学びたいことがあるのです。将来、よき夫を得るために、書物に記してある以上の話術と経験を身につけたく思います。よろしければエドワード六世陛下の側近の方たちと会話する機会をいただけないでしょうか」

「あらあら、勉学にしか興味のない本の虫と聞いていたけれど、あなたも将来の夫君には興味があるの？」

「本の虫でありたいからこそ、頼りがいのある夫君が必要なのです。ただの恋愛遊戯ではなく真剣に相手を選ぶのであれば、取りかかりが早すぎるということはありません。……私は父母の決めた相手に嫁ぐのは気が進まないのです。きっと好みが合わないでしょうから」

大真面目に言うジェーンに「あなたは生真面目すぎるのね」と、キャサリン王妃が笑み崩れる。確かにこんな年齢の少女が言えば滑稽だろう。ジェーンだって逆の立場なら失笑する。

あまりに露骨なジェーンの言葉に、王妃の周りに控えた同年代の少女たちも絶句しているが、ジェーンは必死だ。何しろ命がかかっているのだ。気取っている余裕はない。

（今までと同じに時が進むなら、ここにいられるのは一年と半年しかないもの！）

ここを出ればジェーンはすぐトマス・シーモアの邸で軟禁状態にされるし、その後は父母の手でロンドンまで馬車で一週間もかかる、周りに野と森しかない領地の城に隔離されてしまう。

その状態で夫探しなどは無理だ。

野心家たちは待ってくれない。こうしている今もジョン・ダドリーは力をつけている。三年後にはサマセット公爵を押しのけてノーサンバランド公爵位を手に入れてくる。そして父を介してジェーンを手に入れる。トマスに至ってはもう隣にいる。キャサリン王妃という盾がなくなればすぐにジェーンを手元に置こうと画策してくる。

(私には時間がないの。キャサリン王妃様の宮廷は、私がお父様たちの監視下から離れられる唯一の場所なのよ。ここを逃せば機会はないわ!)

ジェーンは気合を入れてキャサリン王妃に迫る。

「王妃様、どうかお願いいたします。私は穏やかな生を送りたいのです。年老い、世に満足してから神に召されるような、静かな人生を!」

「……ではあなたが読書に専念できるように、妻の趣味に寛容な殿方を探さないとね」

ジェーンの気迫にくすくす笑いながらも王妃は折れてくれた。エドワード六世王と会う機会を作って、彼の学友や側近たちと交流できるようにしてあげると約束してくれた。

寛容な対応だ。年頃の少年少女を多く預かる城の主にしては。預かった子どもたちが不祥事を起こせば王妃の評判にまで傷がつく。厳しく指導する者も多いのに。

なのに彼女がジェーンの恋を後押ししてくれるのには訳がある。

王妃自身も恋をしていたからだ。

五月はイングランドが最も美しい恋の季節だ。

野には花々が咲き誇り、森では若鹿たちが愛を語らう。蝶が番を求めてダンスを踊り、林檎の花は実を結ぶため、甘く芳しい香を放って蜜蜂を呼ぶ。

そんな恋と求婚の季節の中、キャサリン王妃はエドワード六世のもう一人の叔父、トマス・シーモアと再婚した。ジェーンがチェルシー宮殿へ来て数日後のことだった。

ヘンリー八世の死後、たった四か月で結婚したことに眉を顰める者もいるが、もともとキャサリン王妃はトマス・シーモアとは恋仲だった。そこに横やりを入れ、王妃を手に入れたのがヘンリー八世王なのだ。

ヘンリー八世王の死後、トマスは王妃のもとへ日参し、情熱的にかき口説いた。

キャサリン王妃からすれば、少しでも機嫌を損ねれば処刑台が待っている、そんな猜疑心の強い扱いにくい老王の世話を三年半も続けて、ようやく自由になれたところだ。ほっと気が緩んでいたところへ引き裂かれた恋人が足しげく通ってくれたのだ。抗いきれなかっただろう。

何より今のキャサリン王妃は三十四歳、トマスは三十八歳だ。

キャサリン王妃はヘンリー八世王の前にも実は二度、結婚している。そして死別した。ヘンリー八世王とはやもめ同士の結婚だったのだ。一度目の夫は資産はあるが四十も年の離れた虚弱体質の男で、介護の手を求めていた。二人目の夫は歳の差二十でキャサリン王妃が三度目の結婚相手だった。彼は家政を取り仕切り、残された子の養育ができる妻を求めていた。

ヘンリー八世王との生活を含め、三度とも介護と子育てのための結婚だったのだ。己の年齢と残された時間を考えると、王妃がせめて一度くらい女として恋に生きたい、愛する人と結婚したいと願うのも無理はない。

トマスと結婚して数か月後、彼女は身ごもることになる。三十五歳という高齢での妊娠、しかも初産だった。危険なことはわかっていた。だが王妃は産むことを決意。結婚翌年の八月三十日に女児を出産する。が、その六日後、キャサリン王妃は力尽き、死亡する。残された赤子もすぐに後を追った。母子二人の葬儀は、十一歳のジェーンが喪主を務めて行った。

キャサリン王妃の最初の結婚は二年で夫と死別、二度目の結婚相手は九年で死亡。ヘンリー八世王との結婚生活は三年半で、トマスとは十五か月だけの夫婦だった。

彼女を幸福と言っていいのかどうかジェーンにはわからない。

イングランド王と結婚し、王妃となる。それ以外にも歳の差があるとはいえ資産家の身分ある男に次々と求婚される。一般には恵まれた女性と言われる境遇だろう。

だが、最後の結婚だけはしないほうがよかったのではとジェーンは思う。トマスは妻の妊娠中に同居していた義娘、エリザベス王女に接近し、王妃の心をかき乱したから。

野心家のトマスは元王妃の夫という肩書が欲しかっただけなのだろう。権力に近づくために。ヘンリー八世との結婚前、彼が王妃と恋仲だったというのも怪しい。王妃はともかくトマスはただの恋愛遊戯のつもりか、王妃が持つ亡き夫たちの資産が目的だったのではないか。

だからキャサリン王妃が周囲に危ぶまれながらも身ごもった子を産むと決めた時、彼はまだ十四歳だったエリザベス王女に手を出した。キャサリン王妃亡き後の布石だ。自分の歳も顧みず、今度は王女の夫に収まるつもりだったのだ。

（だからこの婚姻は不吉です！　あんな男、優しく誠実なあなた様には似合いません！）

できるならジェーンはキャサリン王妃を止めたかった。だができなかった。

未来のことは語れない。そもそも宮廷に来たばかりの幼い子どもの言葉など誰が聞く？

ジェーンは毎夜、仲よく寝室に去っていく二人を、唇を噛（か）んで見送ることしかできなかった。

だが、キャサリン王妃はジェーンにも幸せのお裾分けをしてくれた。

義母としてエドワード六世王に会いにいく際に、ジェーンも連れていってくれたのだ。

それだけでなく、エドワード六世をチェルシー宮殿にも招いてくれた。そうしてエドワード六世王に仕える少年たちに会う機会を作ってくれたのだ。

とある夕べのことだった。

その日、王妃は音楽の夕べと題して、イタリアから招いた音楽家たちの演奏を披露していた。

チェルシー宮殿にエドワード六世王とその側近たちを招いて、流行の音楽を聴き、自由に踊ろうというのだ。宮廷の少女たちも着飾り、お目当ての少年を探して頰を上気させている。

そんな華やかな広間に、ジェーンもいた。

せいいっぱい着飾り、笑顔を取り繕うと、王の側近として招かれたエドワードのもとへ歩み寄る。決死の覚悟で手を差し出し、思いきって言う。

「わ、私とお、おど、踊っていただけませんかっ」

唇を噛んだうえ、言葉がつかえてしまった。ジェーンは恥ずかしさのあまり固まった。女のほうから誘うだけでも恥ずかしいのに、これはない。

だが緊張のあまり失敗するのも無理もない。二度も生き、一度は結婚までしたとはいえジェーンには恋愛どころか恋愛遊戯の経験すらない。

キャサリン王妃のもとへ出仕するまではジェーンは領地のブラッドゲイト城で暮らして

いた。周りには同年代の相手などいなかったし、王妃の宮廷を辞した後は邸で軟禁状態だった。せめて先人たちの知恵に学ぼうと、書物のアガペーやエロスに関する記述を読み込んできたが、

（……会話に発展する前の段階で、失敗したわ）

ジェーンは蒼白(そうはく)になった。

そんなジェーンの顔が面白かったのか、エドワードがぷっと笑った。先を越されたね、と。

「そんな顔をしなくても。僕は君を誘うつもりだったよ、可愛い哲学者さん」

ジェーンは彼が「哲学者さん」と他の少女たちが口にするあだ名を言ったことに真っ赤になった。すでに彼は他の女の子たちと仲よくしているのだ。そして変人ジェーンの噂(うわさ)を聞いている。

（それは悪口として？　それとも愉快な話の種として？）

彼のジェーンへの評価にどう影響しただろう。

ジェーンは過去二回も今回も、他の少女たちとは交流していない。正餐(せいさん)後のくつろぎの時間にも、ジェーンは部屋に閉じ籠もり皆が集う広間には顔を出さない。

「勉強でお忙しいのよ」

「私たちみたいなお馬鹿さんと話をする暇などないのでしょうね」

そう、皆から白い目で見られているのは知っている。が、違う。そうではない。ジェーンは他に一日の過ごし方を知らないのだ。

実家では食後の団欒の時間でも広間に残れば「ジェーン、勉強はどうしたのです」と追い払われた。自然な談笑の仕方や皆の輪の中に入る方法がわからない。

だから今も。運命の分岐点にいるというのに、エドワードを前にして声が出ない。

（この場合どう返せばいいの？　どう話せば機知にとむ宮廷会話に持っていける？）

焦れば焦るほど声が出ない。嫌な汗が出てくる。

書物を読んだと言ってもジェーンが持つのは父母に与えられた学術書ばかり。人の心をつかむ必要性は書かれていても、肝心の相手の好意を得る方法は書かれていない。

何よりジェーンには記憶がある。過去二回の、ジェーンを駒としか見なかった男たちのぎらついた目。無理やりギルフォード・ダドリーと夜を共にさせられた時の恐怖と嫌悪が首をもたげ、ジェーンの身をすくませる。女王と王配、そんなこちらが上位の婚姻関係を結んでさえ、相手の好意を得ることができなかった。

（……そんな私が自力で夫を得ようなんて、前提からして無理だったのよ）

同じ日に初対面の相手と政略結婚したキャサリンは、すぐに相手と打ち解けて、式後の祝宴では隣り合って座って楽しそうに話していたのに。あまりの才の差と、自分の至らなさに絶望する。

こうなると初心な(うぶ)ジェーンにそれ以上、彼に迫ることなど無理だった。

「……ごめんなさい」

小さな声で言って、立ち去ろうとする。その手を取られた。びくりとジェーンはふるえる。

「あ、ごめん、いきなり」

エドワードがあわてて言って、ジェーンの腕を離す。

「その、君が急に行ってしまいそうになるから。踊るんじゃなかったの？」

「え」

「誘ったのは君じゃなかった？　積極的かと思えば急に怯える。不思議な子だね、君は。どうしてそうなるのか知りたくなってきた」

言うと、彼はジェーンに向かって優雅に手を差し伸べた。

「順序が逆になったけど。どうか一曲お相手を、レディ・ジェーン。僕にあなたの心の複雑な帳(とばり)の奥を見せてくれませんか？」

それからは夢のようだった。いや、物語のようと言うべきか。

ジェーンは初めて教師以外の人と踊った。しかも自分と同じ年代の、美しい少年と。

自分から声をかけておきながら、緊張と警戒心で顔を引きつらせながら踊るジェーンは、周囲から見れば眉を顰める有様だっただろう。だが彼は少しも嫌な顔をしなかった。それどころかジェーンの緊張を解くように話題を振り、ステップをリードして優しく辛抱強く付き合ってくれた。曲が終わらないでと思ったのは初めてだ。

なんとか最後まで踊りきったジェーンを、彼が窓際のベンチに誘った。

適切な距離を保って、最初は礼儀正しく会話を、それから書物の話。だんだん熱が入って、互いにリュートを持ち出して合奏までした。

楽しくて時が経つのを忘れたのはこれまた初めてだ。ジェーンはいつの間にか自分の将来を救ってくれる相手としてではなく、純粋に共にいて楽しい人として彼に接していた。

別れ際、彼が言った。

「また、訪ねてきてもいいですか」

社交辞令だ。わかっている。彼は王の後見人である宰相の息子で、ジェーンは彼が無視できない王位継承権者の娘で王の従姉(いとこ)の子だから。

それに彼はエドワード六世王の宮廷に出仕している美貌の少年だ。恋愛遊戯の相手に不自由はしていない。もの慣れない娘に気を持たせるなど、呼吸をするように簡単で自然なことだろう。

だがジェーンは頬が紅潮するのを止められなかった。

「……ええ。待っています」

そっと恥じらいながらうなずく。

頭ではわかっているのに、ジェーンは彼との再会を期待してしまったのだ。

エドワードとの再会の時はすぐにきた。

「ジェーン、マイ・レディ！」

キャサリン王妃を訪問するエドワード六世の供をして、チェルシー宮殿にやってきたのだ。

彼はもしかしたら事前にキャサリン王妃に、ジェーンを誘うように耳打ちされていたのかもしれない。二人が出会った踊りの夕べの翌日、キャサリン王妃が微笑ましそうな目で、ジェーンに「どうだった？」と訊ねてきたから。

それでもジェーンは嬉しかった。誘われるままに彼と庭園を散策し、チェルシー宮殿の中を案内した。美しい彼は他の少女たちからも人気があった。ジェーンは行く先々で少女たちの嫉妬の目を浴びた。ぽつりとつぶやく。

「知らなかった」

「何が？」

（あなたがもてるのだ、ということを）

出自や親については調べたのに、肝心の彼自身の魅力というか、競争相手がどれだけいるかまでは気が回らなかった。

(無謀な人に、声をかけてしまったのかもしれない……)

だが言えるわけがない。ジェーンは真っ赤になって下を向く。

他の少女たちがエドワードに注目するのは無理もない、彼はヘンリー八世王を虜にした淑やかな三番目の王妃、才色兼備で知られた故アン・ブーリンを裁判の末処刑してまで手に入れたいと思わせた、美しいジェーン・シーモアの甥なのだ。

淡い金髪に、美形の代名詞の真っ青な瞳。そのうえ彼は王の小姓として剣もたしなみ、楽器の演奏やダンスなどもそつなくこなす優雅な宮廷人だ。そのうえ父親は今を時めく護国卿だ。もてないわけがない。

それに何より優しくこちらを見つめる眼差し。

今までこんな目はキャサリンに向けられるものだった。ジェーンを素通りして。だからジェーンは今でも信じられない。こんな素敵な人が自分の隣にいてくれることが。

「ジェーン?」

何を考えているの、と彼が覗き込んでくる。

「あ、エロス……、ではなく、ストルゲーとフィリアの違いについてっ」

ジェーンは跳び上がって答える。二度、時戻りをしたジェーンは中身の年齢が十八歳になっている。十三歳の彼より上だ。なのに世慣れた彼を前にすると余裕がない。

ついギリシャ語の愛について口走ると、彼がぷっと噴き出した。そのまま身を折ってくすくすと笑っている。

「やっぱり僕のジェーンは面白いね。こんなに笑ったのは初めてだよ」

笑いすぎて涙の出た目元を拭いながら、エドワードが言った。彼はどうやら宮廷の恋愛遊戯に慣れていないジェーンの反応がもの珍しく、興味を惹かれたようだった。

「会えない時は手紙をくれる？　僕も書くから」

彼はそう言って帰っていった。社交辞令かと思っていたら、彼は本当にジェーンに文を送ってくるようになった。使いを通して彼の印章が押された手紙が届く。

内容はその日の宮廷の出来事や読んだ本のこと、奏でた音楽のこと。

熱烈な恋の詩が書かれているわけではない、あたりさわりのないものばかりだ。それでも親の許しも得ず若い男女が文を交わすなど褒められた行為ではない。だから彼は、

「エドワード六世王陛下より従姉君の御息女、グレイ嬢へ書物を届けるようおおせつかりました」

と、王の使いにかこつけて、そっと本の頁の間に文を忍ばせてくるのだ。その秘密めかしたやり取りがまたジェーンの胸をときめかす。

もちろん秘密といっても共に暮らすエレン夫人など仕える者には丸わかりだ。が、堅苦しい本の虫だったジェーンがやっと年相応の少女らしくふるまうようになったのが嬉しい

のだろう。

「ええ、ええ、私は何も見ておりませんよ。さあ、櫃の中でも片づけましょうか」

文が届くと、ジェーンがすぐ読めるよう、エレン夫人が悪戯（いたずら）っぽく言って背を向ける。

父の監視役かと警戒していたハロルドも、中でのことは察しているだろうに黙って扉を守り、誰かが近づくと、ココン、と叩（たた）いてエレン夫人に知らせてくれるようになった。

「若い人たちの恋は見ていて気持ちがいいものですなあ」

「まあ、老人のようなことを言って。ハロルド、あなたはいったい幾つ？」

「あ、これは失礼いたしました。つい」

二十歳過ぎの外観で年寄りじみたことを言うおかしな護衛騎士に、エレン夫人が笑う。

「少しもどかしいですけどね」

「まったく」

二人に含みのある目を向けられるのが恥ずかしく、それでいて嬉しくてたまらない。

そうして温かく見守ってくれるのはエレン夫人たちだけではない。キャサリン王妃もだ。

王妃は何かと用を作り、チェルシー宮殿にエドワードを名指しで招いてくれるようになった。そして彼が訪れるとジェーンを呼び、「お相手をなさい」と言ってくれるのだ。

ジェーンが否と言うわけがない。目を伏せがちにしたまま腰を落とし礼をとる。

そしてエドワードもそんな状況を少し照れたように頰を染めながら受け入れてくれた。

チェルシー宮殿では、初々しい距離を取りながら、花の咲き乱れる庭園を散策する二人の姿がよく見られるようになった。

エドワードは王とは従兄弟の関係なうえ、王の母、ジェーン・シーモア王妃が王を生んですぐ亡くなったこともあり、シーモア家で養育されていた王とは仲がいい。ジェーンが来る前から王族所有の宮殿にも出入りしていて、チェルシー宮殿のこともよく知っている。だからここでは新参のジェーンをかえっていろいろなところに案内してくれる。

こっそり厩を覗いてトマス卿自慢の青毛の馬の鬣をなでたり、厨房に忍び込んでクリームをなめたりと子どもっぽいこともした。

それでいて、二人でそっと手を取り合い、黙ったまま沈んでいく陽を眺めたり。

そんなある日、エドワードがイチイの生垣に囲まれた小さな庭にジェーンを案内してくれた。

「ここは？」

「綺麗な場所だろう？　僕が見つけたとっておき」

そこは彼が言うように、秘密の花園のような場所だった。

手入れはされているが、あまり人が来ないのだろう。少し寂れた雰囲気がある。周囲をびっしり伸びたイチイの樹が囲んでいるからだろうか。出入りする場所がわからず、誰も来ないようなのだ。元は庭に通じる扉があったのだろう場所に、古い石のベンチが置いてあって、ジェーンは一目で打ち捨てられた古代の神殿のようなこの場所が気に入った。ジェーンの目の輝きを見て、心中を察したのだろう。エドワードが満足そうに目を細めて、それから言った。

「ここに連れてきた子は、君だけだよ」

以前の、キャサリン王妃の宮廷に上がる前のジェーンなら、年端もいかない少年が何を大人びた浮ついたことを言っているのかと、かえって警戒して身を引いただろう。

だが今はエドワードの優しい眼差しが心に染みた。

今までならひるんだだろう意味深なその視線も受け止められた。生き残るために彼の気を惹かねばと必死だったからではない。それだけ彼が好きになっていた。

エドワードが囁く。

「本当を言うとね、君のことは前から知っていたんだ」

それは王位継承権者の娘として？ 父親から聞いて？

「ずっと寂しそうな顔をしてたから、気になって。いつの間にか見るようになってた」

彼が少し目を細めてジェーンを見る。

陽など差さない小さな庭なのに眩しそうに。

「煌びやかな宮廷で、皆が作った笑みを浮かべているのに君だけは見事な仏頂面だった。こんなところにいるのは不本意ですってわかりやすく顔に書いてあって、どんな傲慢な令嬢かとあきれていたら、君は妹ばかりに笑いかける母君に寂しそうな目を向けた。だからこの子はどういう子なんだろうって、ずっと考えてたんだ」

それを聞いてジェーンは戴冠式後の祝宴で、自分が一切の公の仮面をつけられていなかったことを知った。恥ずかしい。なんのために厳しい躾を受けてきたのか。

「ご、ごめんなさい、以後、善処します」

つい、父母や家庭教師にするように反省すると、彼が伸ばしたジェーンの手を取った。

「もしかして、ずっと手を鞭打(むちう)たれてたの？」

無意識に仕置きを受けるために出したジェーンの手を、痛ましそうに彼が取る。

「君は宮廷に出るのはあの時が初めてだったんだろう？　なら緊張するのは普通だよ。最初から完璧にできる子なんていないよ」

「でも、私はグレイ家の娘だから」

「完璧でないと駄目って言われたの？」

どうしてわかるのだろう。そっと顔を上げると、彼は共感を浮かべた顔をしていた。そして言った。僕も同じだから、と。

「シーモア家はジェーン叔母上のおかげで王の姻戚になれた家だから。だから他の貴族たちに弱みを見せるなって、父に厳しく言われてた。僕もずっとその通りと思ってた。誰よりも完璧であらねばって。狭い家の中にいたから。親の言葉以外知らなかったから」

でも、もう僕たちは外の世界に出ただろう？　と彼が言う。

「周りの子たちを見てごらん。君ほど勉強しているのはあのエリザベス王女くらいだよ。他の子たちはもっと世界を楽しんで生きてる。だからね、僕も肩の力を抜くことにしたんだ。君もそうしたらいいと思う。僕たちを叱る親たちだって、自分たちが思ってるほど完璧でも賢くもないんだから。子どもだけが苦労をすることはないよ」

今まで辛かったね。

そうつぶやいて彼がそっとジェーンのうっすら赤い鞭痕が残る掌（てのひら）に口づけてくれて、鞭の代わりに柔らかな温もりを与えてくれて。

ジェーンは涙が滲みそうになった。人前で感情を出すなど恥ずべきこと。そう躾けられていたのに、心が動くのを止められない。

「ジェーン、どうしたの、どこか痛むのかい？」

あわてるエドワードの声がする。

「……なんでもないの。ここが美しすぎて、胸がいっぱいになっただけ」

ジェーンはあわてて言うと顔をうつむけた。涙の出そうな顔など見られたくない。きっとキャサリンのようには可愛くないから。

いや、違う。それだけではない。彼に顔を見せられないのは、怖くなったからだ。

父も母も野心家たちも、誰もジェーンの心など思いやらなかった。そんな人生を二度も繰り返したから、素直に心を見せるのが怖い。自分の心が動いたことを自覚するのが怖い。

エドワードが示してくれた共感、肯定感。

心地よいそれを受け入れてしまうと、また失った時がきつそうで。

二度も不幸な死を迎えたジェーンは臆病になっている。

「ジェーン、怖がらないで。顔を見せて？」

エドワードが言った。

「僕だって公爵邸に帰れば誰も見てくれやしない。父も母も宮廷で派閥を広げるのに忙しいから。だからその分、僕は君を見るよ。僕たちは似た者同士だ。だったらもっと仲よくなれると思わない？　誰よりもわかり合える」

踏み出して、ジェーン。箱から出てきて。僕の手を取って。エドワードの優しい瞳が言っている。そうすれば一人じゃなく、二人になる。もう怖くないよ、と。

まだ絶望を知らない瞳だ。宮廷に出仕しながらも、最後のぎりぎりのところで彼はまだ致命的な人の醜さ、変節を見ていないのだろう。だからこそ保てている美しい瞳。

汚れてしまった側からすれば彼は眩しくて、かえって憎みたくなるかもしれない。自分が永遠に失ってしまったものを思って。

だがジェーンは彼の瞳に映った自分を見て、救われた想いがした。

こんなに純粋なものがこの世にはまだ存在するのかと、なら自分だって希望を持っていいのかと思えた。そして胸が、とくん、とくんと鼓動を打ちはじめる。

（本当にいいの？　あなたの手を取って。期待を抱いても、本当に許してくれる……？）

おそるおそる伸ばした手を、にっこりと笑ったエドワードが取る。

「君は小さな哲学者さんと言うより、迷子の子猫みたいだね。それとも小さなハリネズミ？　怖くてふるえているのに全身を逆立てて警戒して。おいで。怖がらなくていいんだよ。これからはずっと僕が温かいミルクと寝床を与えてあげるから」

エドワードがそっと手を伸ばし、彼女の顔を正面に向ける。指で涙を拭い、それから、ジェーンの額に口づけた。

「……僕を君の恋人にしてくれる？　一人では心細くても二人ならきっと生きていける」

唇を離し囁く彼の、いつも優しくともどこか取り繕った仮面のようだった瞳の奥に、隠しきれない熱が宿るのが見えた気がした。

いや、それはジェーンの瞳が映っているだけかもしれない。

ジェーン自身も彼といると、冷えきっていた胸の奥が熱を帯びるのを感じたから。

時は初夏。

スイカズラが甘い香りを放っている。イングランドが最も美しい季節だ。ジェーンは思いきりその心疼く香りを吸い込んだ。

3

初めて恋をした。

幼いがゆえの、真っ白な恋。生き残りをかけて仕掛けた欲得まみれの恋なのに、いざ踏み出してみるとそれはどこまでも純粋な、野心の欠片もない綺麗な恋だった。

「ジェーン、早く早く」

「エドワード、待って、私はドレスなのよ？」

くすくす笑い合いながら、気持ちのよい空気の中、庭園を駆ける。そして互いの従者や侍女を撒いて、二人だけの秘密の庭に駆け込む。イチイの茂みをくぐった二人は木の葉だらけだ。それを見て、またお互い笑いながら小さな葉や折れた枝を取っていく。

我ながら子どもっぽいと思うが、ジェーンはそもそも妹のキャサリン以外に同年代の子どもと接したことがない。エドワードはジェーンが得た最初の友であり、恋人だった。

恋人、と改めて胸の内で思うとそれだけでジェーンは恥ずかしく嬉しくなる。

思えばジェーンは恋というものをしたことがなかった。二度も人生をやり直したというのに、恋というものに縁がなかった。恋愛遊戯の盛んなイングランドの宮廷に暮らす父母を持ちながら。いや、父母がジェーンをそういった色恋沙汰から遠ざけていたからだろう。

父母はジェーンに期待していたから。王位継承権者の娘にふさわしい縁組を望み、自由恋愛などに走らないように厳格な監視のもとに置いていたのだ。

だからこれはジェーンにとって初めての恋であるだけでなく、両親への反逆だった。

世界が違って見えた。ジェーンの精神は二度の時戻りをした娘で、その目で見ればエドワードは五歳も年下の少年だ。だからこそ彼が汚れなき天使に見えた。ジェーンを駒としてしか見ない、愛の欠片もない大人たちから救ってくれる、純潔の騎士に見えた。

それ以前に、世慣れないジェーンは恋愛経験値においては、宮廷で育ったエドワードの足元にも及ばない。彼のほうが異性の扱いに長けていて、さりげなくリードされるたびに胸の高鳴りが止まらない。簡単に年齢差を引っくり返されてしまう。ジェーンのほうが懸命にエドワードに追いつこうと背伸びをしているような有様になる。

そんなすべてにおいてぎこちないジェーンを、エドワードは優しく導いてくれた。

二人でよく遠駆けにも出かけた。婚約もしていない少年少女なら野外とはいえ二人きりになるのはよくないことだが、供の従者たちを引き離して。

ハロルドだけは馬術が巧みすぎて引き離せなかったが、彼は声の聞こえない距離から見守るだけだったから、二人の秘密の会話に夢中になるとすぐに気にならなくなった。

（ハロルドったら、もしかして気を遣ってくれているの？）

まだ二十歳のはずの彼だが、その眼差しは父が幼子を見るように優しげだった。

最高の夏だった。

薔薇が薫り、雲雀が空を舞う。森に出かけ共に馬を進めれば、木々の間から小鹿が驚いたように飛び出してくる。それを見て逃げ出す栗鼠たちに、二人で大笑いをした。

彼と一緒に見るすべてがおかしく、楽しかった。ジェーンは本の虫と言われた自分にも恋する乙女心があったことを知った。抑圧された暮らしで目覚めていなかっただけだった。人に好かれる才のない自分でも、誰かを愛することができるのだ。

すべてエドワードが教えてくれた。

後ろめたい。ジェーンは自分が生き残りたくて彼に接触した。なのに彼は心を捧げてくれる。ジェーンの良心がつきつき痛む。痛んで、痛んで……これが恋だと知らせてくる。

ジェーンは決意した。

フランス王妃だった祖母が夫亡き後、ヘンリー八世の反対を押しきって恋人だったサフォーク公との秘密結婚を強行したように。キャサリン王妃が世間の風聞を押しのけてトマスと結婚したように。自分もエドワードに情熱を捧げようと。

彼との結婚を強行すれば、結局は野心家除けとして彼を利用してしまうことになる。けれど、その代わり全身全霊で彼を愛そうと思った。彼の善き妻になろうと。

だから彼がある夜、王のもとへ帰る前にそっとつぶやいた時、ジェーンは条件反射のように言っていた。

「ああ、ジェーン、僕の哲学者さん、君と離れたくないよ」

「だったら結婚して」

ジェーンの即答に、彼が目を丸くした。

そして微笑んだ。少し困ったような目をして。

「また先に言われたね。本当に君は積極的なのか怖がりなのかいまだにわからないよ、ジェーン。だから。一生をかけても解き明かしたくなるのかな」

言って、エドワードがその場に膝をつく。その美しい空色の瞳でジェーンを見上げる。

「どうか僕と結婚してください。マイ・レディ、ジェーン」

求婚をした。受け入れてもらえた。

だがまだ口約束だけだ。証人の前で指輪も交わしていない。正式に結婚したわけではない。

ジェーンはこの恋を成就したいと強く願う。

(お願い。本当に時間がないの)

彼の父、サマセット公は今から四年後、ジョン・ダドリーの暗躍により逮捕され、処刑される。それを阻止するためにもジェーンは一刻も早くサマセット公の身内となり、破滅に向かわないよう働きかけなくてはならない。

（年が明けて春になれば、もう不穏な予兆が出はじめる。だから急がないと……！）

今は夏。新王即位からまだ半年で、サマセット公と他貴族たちとの確執は表面化していない。

だがこのままクリスマスを迎え、冬を越し、春になってくるとひずみが見えてくる。

この頃のイングランドはフランドルからもたらされた織物技術により、毛織物の輸出が盛んになっている。それで、より多くの羊を飼い利益を上げるため、貴族たちが牧羊地にと領内の共有地を囲い込む例が増えているのだ。土地を失い、食うにも困る民が続出した。

この件で、サマセット公は他貴族たちに敵対した。民の味方をしたのだ。

囲い込みを阻止する監視役を置き、自ら範を示すため、王室所有の土地、広大なハンプトン・コートの囲いを解いて民に開放した。

ハンプトン・コートは王家の人々と貴族が狩りを楽しみ、ピクニックを行った地だ。民は公爵を〈よき公爵〉と称えたが、枢密院をはじめとする貴族たちは王室財産を臣下の一存で民に開放するなど何事かと激しく反発した。

サマセット公から貴族たちの心が離れ、その間隙を縫うように、じわじわとジョン・ダドリーが公爵に取って代わっていく。各地で囲い込みに反対する農民の反乱が起き、その鎮圧で名を上げたジョン・ダドリーが枢密院の貴族たちを動かし、兵士たちへの給金の未払いはサマセット公の仕業だとしてロンドンに押しかけるのだ。

　身の危険を感じたサマセット公はエドワード六世王を強引に宮殿から連れ出し、ウィンザー城に立て籠もる。

　王を人質めいた形で連れ去るという前代未聞の事件を経て、サマセット公は処刑されてしまう。

(でもそうなるよう仕向けたのは、ジョン・ダドリーよ)

もちろんサマセット公に護国卿としての驕(おご)りもあった。彼はエドワード六世王を通してイングランドのすべてを手中にし、王ですら彼から小遣いをもらっている有様だった。彼が行う性急な宗教改革はあまりに激しすぎ、多くの貴族の心が離れてもいた。

(だけど、サマセット公は民を思いやる心も持っていた)

ジェーンから見ればジョン・ダドリーよりははるかに施政者として優れていると思う。だからこそジェーンは三巡目の人生を生きるにあたって、サマセット公を後ろ盾にと考えたのだ。

　今の時点でのジェーンは傍系王族の小娘にすぎない。破滅を回避するようサマセット公に注意を促してもどこまで聞いてもらえるかはわからない。が、なんとかする。説得する。

　ジェーンの父母は聞いてくれなかったが、サマセット公はヘンリー八世王に後を頼むと遺言された十六人の顧問官の一人に選ばれた人だ。ジェーンの父母よりは自分の政治的立場に気を配れる人だと思う。

今の時点では彼はまだハンプトン・コートの開放を実行していない。だが頭の中にあるはずだ。それに絡めて話せば、同じ政策を理想とする者と見てもらえる。ジェーンの話も信憑性(しんぴょうせい)が増す。政治的にも聞く価値があると思ってもらえる。それに息子であるエドワードの口からも語ってもらえれば、公爵も耳を傾けるはずだ。

家では厳しい態度をとろうとも、いや、厳しく接するのは息子への期待の裏返しなのだから、エドワードが彼の大事な嫡子であることは間違いないのだ。

（だから。私がこのチェルシー宮殿にいられる間にせめて正式な婚約を。お父様たちでも取り消すのが容易ではない関係を結んで、公爵に私的に会えるようにしてしまわないと……！）

さもないと二人は引き離されてしまう。グレイ家へ戻ればジェーンは再び父母の管理下に置かれる。その頃にはサマセット公の威勢に陰りが見えているし、そうなればあの父母がエドワードとの結婚を許すとは思えない。今でさえ父母はエドワード六世という国内最高の地位を持つ人を、ジェーンの結婚相手にと狙っているのだ。

だがそんなジェーンの焦りはエドワードには通じない。

「どうしてそんなに急ぐの？　僕のジェーン」

良家の子息らしく、彼がおっとりと首を傾げる。

「僕も君もまだ若い。時間はたっぷりあるよ。僕はもっと自分の地位を上げてから君を妻に迎えたい。王位継承権者の娘で侯爵令嬢の君にふさわしい男になりたいんだ」

彼の言葉は平素なら嬉しいと歓迎できるものだろう。ジェーンのために頑張ると言ってくれているのだから。だが、今のジェーンに必要なのは夫の地位ではない。妻の座だ。

ジェーンはもどかしくて胸の内でつぶやく。

(時間はないの。あなたも私も)

だが、それを口にするとジェーンが時戻りをしていると告げることになる。

決して言えない言葉だった。


キャサリン王妃の死と共にすべては終わる。運命を変えられないか、ジェーンは自分の将来のためだけでなく、キャサリン王妃のためにも抗う方法を模索していた。

ジェーンはキャサリン王妃が好きだ。過去二度の人生でも、王妃のもとで過ごした一年半が最も楽しく、充実した日々だった。今まで親に言われて仕方なくしていた勉学も、王妃のもとへ来て初めてその奥深さに気づいた。楽しいと思えた。

なのでチェルシー宮殿に来た時から密(ひそ)かに王妃の健康に気を配り、独自にお産について勉強をしていた。……医学書はともかく、女性の体や妊娠・出産について書かれた書を読んでいる時に、横からハロルドに覗き込まれるのは大変恥ずかしかったが。

チェルシー宮殿に来てすでに一年が経っていた。

進展のないまま、王妃は一巡目、二巡目と同じく、身ごもっている。夫のトマスも妻のもとには寄りつかなくなっていた。

過去二度の生でもトマスはキャサリン王妃の今際の際に間に合わない有様だった。それどころか妻の妊娠中に義理の娘にあたるエリザベス王女とふざけあい、エリザベス王女が他家に預けられるという醜聞を起こしている。

今回、ジェーンはこのトマスの不誠実な行いをつぶさに手紙に記して母に送った。今までは宮殿内で見聞きした醜聞は誰にも話さず胸に納めていた。はしたない行為だと思ったからだ。

それを曲げたのは、王妃の死後、ジェーンがトマスに預けられることになるからだ。

「こんな男に、嫁入り前の娘を預けていいの？」

母に警告したつもりだった。さすがの母も義理の子の関係にある王女に手を出すような男だと知れば、ジェーンを預けることを思いとどまってくれると思う。

そしてジェーンは王妃の心を安らかに保つために、エリザベスとトマスの関係が彼女の目に入らないように努力した。

だが限界があった。キャサリン王妃はエリザベス王女とトマスが寝室で抱き合っているところを目撃してしまい、王女はチェルシー宮殿から遠ざけられることになったのだ。

傷ついた王妃はそれでも表面上は穏やかさを保ち、ジェーンと気心の知れた侍女たちだけを連れて、予定通りお産のためスードレイ城へ移っていった。

シーモア家所有の小さな城は訪れる者もなく、寂しげなところだった。

人が去り静かになった王妃の寝室で、医学書を読むジェーンに彼女が目を細めた。

「まるで小さな産婆さんね」

キャサリン王妃が淡く微笑む。

「心強いわ、私の可愛いジェーン。あなただけはずっと傍にいてね」

だが。わかっていたのに。

キャサリン王妃は死んだ。そして夫のトマスはスードレイ城に一度も顔を見せなかった。

出世の役に立たない死にかけた女に用はない。そう面と向かって言われた気分だった。

美しい騎士と、宮廷の女たちに称えられたトマス・シーモア。チェルシー宮殿でキャサリン王妃と共に明るい笑い声を響かせた人はもういない。ここには誰もいなくなってしまった。あんなに美しく楽しい宮廷だったのに。

ジェーンは大切な人の死に茫然となりながらも、葬儀の手配を行った。

キャサリン王妃には喪主を務められる実子はいない。三人いる義理子のうち一人は国王だ。義理母の死とはいえ王自ら葬儀を執り行うことなどできない。もう一人の義理子であるメアリー王女はプロテスタントの政敵たちを警戒してロンドンには近づかない。疎遠なままだ。そして義理子の最後の一人、エリザベス王女は王妃自身が遠ざけた。もう誰も残っていない。

だから今回もジェーンが喪主を引き受けた。たった十一歳の喪主だ。

あれだけ誰からも愛され、王宮の司祭フランシス・ゴールドスミスに、

『王妃様のまれに見る性格のよさで、宮殿は毎日が休日のようだ。かつてこのようなことがこの宮廷であったためしがない』

とまで評された王妃キャサリン。だがその最期は寂しいものだった。生まれた女児にはジェーンが代母となり、〈メアリー〉と名づけた。

キャサリン王妃の希望だ。疎遠なままの継子メアリー王女を気遣いその名をつけたのだろう。彼女の最後の願いと共に亡骸（なきがら）は棺（ひつぎ）に納められ、スードレイ城に隣接するセント・メアリ教会の墓地へと埋葬された。

葬儀が終わった後、ジェーンはただ一人、墓地に残った。

キャサリン王妃の葬儀を行うのは、これで三度目だ。小さな赤ん坊の死も王妃の死もわかっていたことだ。なのに涙が止まらない。苦しい。

何故？　何故キャサリン王妃のような優しい女性がこんな孤独な死を迎えなくてはならないの？　どうして幸せになれないの？

いつの間にかハロルドが傍にいた。慎重に距離をとり、背後からそっと外套をかけてくれた。

ジェーンは避けなかった。背を預けたままだった。

父がつけた監視役。だが彼はグレイ家の者で唯一、ジェーンと共に輝かしいチェルシー宮殿での時を過ごし、王妃を見送った人だ。

唯一、この喪失感を共有できる人だから。

「……よくおやりでした」

彼が小さく言った。司祭のように聖句を唱えてくれる。素朴な労りが胸に染みた。

しとしとと雨が降り出した。

いつの間にか夏は終わっていた。これから冬が来るのだ。輝かしい生命あふれる季節が去り、重い雲の立ち込めた、辛く厳しい季節が。

4

恋の後ろ盾になってくれたキャサリン王妃は一巡目、二巡目と同じ運命をたどり亡くなった。

ジェーンはその悲しみも癒えないまま、次の人生の分岐を迎えることになった。

キャサリン王妃の葬儀や宮殿の整理が終わり、ジェーンが父母のもとに戻った数日後のことだった。トマスがジェーンのいるドーセット侯爵邸を訪ねてきたのだ。

挨拶が終わるなり、トマスが父母に向かって切り出した。過去二回と同じように、ジェーンを自分の邸に引き取りたいと。

「妻は亡くなりました。が、その遺志を継ぎ、あの時、チェルシー城にいた少年少女たちのうち、希望する者はそのまま私が後ろ盾となり、預かることにしたのです。なのでジェーン嬢にもぜひ我が邸へ来ていただきたい」

「しかし、もうキャサリン王妃様はおられない。なのに独り身のあなたのもとへ送るのは……」

「大丈夫。母が来て家政を切り盛りすることになりましたから。それにご存じでしたか？　妻は生前、ジェーン嬢をエドワード六世陛下の妃にと考えていたのですよ。娘のように思うジェーン嬢と義理の息子である王が結ばれるのは喜ばしいことだと」

「え、それは本当に？」

「もちろん。私は妻の夢を叶えたい。ヘンリー八世王は嫡子の妃にご自身の姉の子でもあるスコットランドのメアリー女王をと考えておられたようだが、彼女はフランス王子と婚約した。もはやイングランドに残るふさわしい身分の娘はジェーン嬢しかいない。そして私は陛下の叔父だ。陛下は私に好意を持っておられるし、頻繁に会いたいと仰せになる。私ほどジェーン嬢の後見にふさわしい者はいないと思うが」

スコットランドのメアリー女王の祖母はヘンリー八世王の姉だ。だからジェーンとメアリー女王は又従姉妹になる。スコットランドの継承権を持つメアリー女王とエドワード六世の結婚を、双方が赤子の頃からヘンリー八世王が画策していたことは有名で、だからこそジェーンの父母が「スコットランドの継承権は持っていないがイングランドの継承権ならうちのジェーンも持っている。又従姉のメアリーに王妃となる資格があるのなら、うちのジェーンにだってあるはずだ」と考えるようになったのだ。

そこをトマスはよく知っていた。さりげなく、だが巧妙に父母の競争心に火をつける。父母の目に、トマスに対する信頼心が生まれるのが見えた。

（なんてこと……！）

こうならないように日常の報告も兼ねて、トマスの行状を母に書き送っていたのに。

（また無視されるの？　私の言葉は⁉）

まただ。また同じように歴史は動いている。

当事者だからと同席を許されても、まだ年若いジェーンに発言権はない。そもそも本来は同席する資格もないのだ。それが許されたのはトマスが望んだから。トマスは直接ジェーンを見て健康状態などを確かめたかったのだろう。自分が売られるために値踏みされる家畜になった気分になる。

トマスが帰った後、ジェーンは耐えきれずに父母に訴えた。

「私はもう殿方と婚約しました。子どもではありません。ですから海軍卿のもとへは行きません」

「何⁉」

父が目を剝く。もちろん嘘だ。結婚の約束はした。が、まだ正式な婚約はしていない。

だがこれくらい言わないと父はあきらめてくれない。

「馬鹿な、相手は」

「エドワード・シーモア様です」

言うと、父が舌打ちした。

「あの若造が」

それはどう好意的に解釈しても、歓迎の口調ではない。思わずジェーンは言った。

「どうしてですか、どうして彼ではいけないのですか」

「たかがシーモア家の息子ごときにお前をやれるわけがなかろう。たまたま妹が王に気に入られ、男児を生んだから成り上がっただけの、実力もない田舎者が!」

何を言っているのだ、この人は。

ジェーンはまじまじと父の顔を見た。血を分けた彼が、知らない他人のように見える。

実力がない? サマセット公は実力者だ。確かに彼の出世は妹のおかげだ。だがそもそも王に妹を王妃にしたいと思わせるのにどれだけの力がいる?

ただ見初められるだけ。それだけで王妃の座をつかめるほど宮廷は甘いところではない。それくらいジェーンでも知っている。

(現にお父様とお母様は私を王妃にと言うけれど、攻めあぐねておられるじゃない!)

自力では方法を思いつけず、キャサリン王妃に預けたり、今もまたトマスの手に渡そうとしている。

(少なくともサマセット公爵様はお父様よりは才知がおありよ!)

きっかけはどうであれ、彼は実力で今の地位を保っている。ヘンリー八世王に王子を頼むと遺言されたのは伊達ではない。父が公爵の立ち位置にいたのなら、とっくにこの国は破綻しているだろう。トマス・シーモア、ジョン・ダドリー、そして乱を起こしたトマス・ワイアット。何度も他者の言葉にころりと転び、その度に失敗し、助命を願った愚者。

それが父だ。

それに成り上がり？

確かにシーモア家は国王の伯父だという理由で初代サマセット公爵位を得た。公の父は元はヘンリー八世の寝室係侍従にすぎない。が、グレイ家だっていかほどの家だと言うのか。

グレイ家の祖は薔薇戦争のさなかに死んだ、ランカスター陣営の騎士だ。その妻、エリザベス・ウッドヴィルがヨーク家出の王、エドワード四世に見初められ、王妃となった際に、前夫との間に生まれた二人の男児に地位を与えた。

そのうちの長男トマス・グレイがドーセット侯爵家の初代だ。王妃となったエリザベスの力で爵位を得た、騎士の出の家に過ぎない。

二の句を継げないジェーンに、母が厳めしい顔で言う。

「そうです。そなたは王家の血を引いているのですよ」

そのヘンリー八世だって成り上がり者だ。チューダー朝は古代ウェールズの君主の血を引く。それが王位継承の根拠だが、ウェールズ君主は多い。その子孫となれば山ほどいる。

現にチューダーの祖先はイングランドの下級貴族だった。当時の王の未亡人でフランス王女キャサリンの納戸係秘書を務めていた。そんな彼が女主である王女と密かに結婚して生まれたのがヘンリー八世の父、ヘンリー七世だ。

そんな経緯があるのでヘンリー七世はヨーク家のエリザベス王女と結婚してようやく王として認められた。婚姻で地場を固め、成り上がった家なのだ。

(シーモア家と差などあるの?)

由緒正しいスペインの王女だったヘンリー八世の最初の妃キャサリン・オブ・アラゴンなどとは比べ物にならない。イングランドは王家自体が成り上がり者の寄せ集めだ。だからいまだに貴族同士が頂点を目指して争っている。

「まったく、王族としての自覚はあるのかしら。あなたは王位継承権者の娘なのです。神と国に対して義務があります。あなたがエドワード六世陛下のもとで正当な後継者をもうけ、国を導かなくてどうするのです。陛下に男児が生まれなければ王位はカトリックのメアリー王女に、もしくはあの庶子の娘エリザベスのものになってしまうのですよ!?」

母が声高に言い放つ。

だが王族の自覚、神と国への義務と言い張るなら、先ず母が表に出るべきだろう。そもそもエドワード六世やメアリー王女、エリザベス王女と並ぶ従姉弟の間柄で、王位継承権を持つのは母なのだ。ジェーンは母から譲られる形で女王位についた。順を飛ばして。そこからしておかしい。

(どうして自分は何もせず、一世代下がった私に押しつけるの?)

既婚の母にエドワード六世の妃は務まらない。が、エドワード六世が男児を残さず世を去ったらと心配するなら、その時点で母が矢面に立てばいい。プロテスタントの王位継承権者で、既婚ではあるがその分、きちんと後継者となる子を産んでいるグレイ家のフランシスとして。

(私と同世代なのはスコットランドのメアリー女王だけよ！　娘に押しつけないで！)

母が鼻息荒くこちらを見ている。

赤みがかった砂色のちぢれ髪、えらの張った四角い顔。肖像画のヘンリー八世王にそっくりだ。嫡男の不在は妻のせいにして、王妃を六度も取り換えた王に。

そして顔だけでなく、その中身、我儘（わがまま）な子どもじみた自我と自分に都合のいい解釈ばかりする肥大化した虚栄心、権勢欲もそっくりで。

「この娘は本の読ませすぎではありません？」

母が顔をしかめてもっともらしく夫に言った。

「だからこんな血色の悪い愛想のない子になって。これではエドワード六世陛下の心をとらえるのは難しいわ。キャサリンなら誰でもすぐに虜にするでしょうに」

本を読めと厳しく躾けたのは誰？　今さら何を言っているの？

「子は親に従うものです。そなたはまだ子ども、何もわかっていないのですから。ああ、もう、器量が劣る上に強情とは。こんな娘で勝負に出なくてはならないとは私たちも不運なこと」

「キャサリン王妃も見かけ倒しだったな。子どもにつまらぬ学などをつけてつけ上がらせる前に、従順さと愛嬌を身につけさせてほしかった。それこそが女には必要だろう」

キャサリン王妃様を悪く言わないで！

ジェーンは叫び出しそうになる。チェルシー宮殿で過ごした一年半は自分にとって最高に幸せな時間だった。母と慕うならキャサリン王妃がいい。頼りになったのも彼女のほうだ。だいたい実の親が頼りにならないからジェーンは自ら動いたのだ。エドワードに求婚した。

だが。ジェーンは黙った。歯を食いしばり、父母の叱責に耐える。この享楽的で後先を考えない二人に何を言っても無駄だと知っているから。

自分は一人だ。味方は誰もいない。

せっかく夫を見つけても、王妃という後ろ盾を失えば簡単に反故にされてしまう。

（早く、早くなんとかしないと。間に合わないのに……！）

自分はまだいい。決定的な破滅を迎える即位はまだ四年先だ。が、時間がないのがエドワードだ。彼の父、サマセット公が処刑されてしまうのは今から二年半後だ。それまでに彼と婚姻を結び、公に近づける立場を手に入れ、処刑を回避しなくては。

焦るが、ジェーンは一巡目、二巡目と同じに、父母の手でドーセット侯爵邸の一室に監禁されてしまった。部屋の外では着々とトマスのもとへ送られる荷造りが進んでいる。

（どうしよう、どうしよう……！）

トマスのもとへ送られてしまえばエドワードにはもう会えない。トマスだって馬鹿ではない。ジェーンとエドワードの関係には気づいている。同じ宮殿にいたのだから。決して近づけない。

そしてサマセット公にも。トマスとサマセット公は兄弟だが、仲が悪い。兄弟なのに、いや、兄弟だからこそどちらが優れているか、一国の宰相の座をかけて争っている。トマスがなりふり構わず身分ある妻を手に入れようとするのは、兄への対抗心があるからだ。

「馬鹿者、お前たちが眼を離すからこうなるのだっ、悪い虫をつけおってっ」

エレン夫人とハロルドは父の叱責を受けて、遠ざけられてしまった。

食事を抜かれ、水も与えられずに部屋に軟禁されて、トマスの迎えを待つばかりになったジェーンは膝を抱えうずくまる。

どうすればいい。逃げなければ。だがジェーンは自分の馬すら持っていない。賄賂として渡そうにも、装飾品の類も母が管理している。手持ちは小さな耳飾りと聖書だけだ。

そんな絶望の日々を送り、明日にはトマスからの迎えが来るという夜のことだった。

小さく扉が叩かれて、家令が一人の少女を連れてきた。

「こちらのご婦人が、トマス様のもとまで同行なさいますので、その顔合わせにと」

「ジェーン様、お久しぶりです」

美しい金髪を綺麗にカールさせた少女だった。服装からして裕福な郷士階級か？

優雅にお辞儀をする彼女に、ジェーンは戸惑った。

「もう。やっぱり。覚えてらっしゃらない。エイミー・スレイドですわ、ジェーン様。海軍卿の遠縁の。キャサリン王妃様のもとでご一緒しましたでしょう」

そう言われれば見かけたことがある。が、交流がなかったのでとっさに声が出てこない。

家令を下がらせ、二人きりになると、少女が態度を変えた。友か一族の者を相手にするようにするりと近づいて、ジェーンに声を潜めて話しかけてくる。

「まったく、聞いてあきれたわ。あなたって賢いと噂だったのに、既成事実も済ませずに親に恋人のことを言ってしまうなんて。エドワードもびっくりしてたわよ」

「エドワー、ド……？」

「私の従兄が陛下のもとに出仕してるの。彼とは顔見知りなのよ。で、これを預かってきたわ」

くだけた口調で言うと、小さく折りたたんだ紙をジェーンの手に握らせる。

「あのね、こういう時はさっさと有力者を味方につけて先に結婚を済ませてしまうの。キャサリン王妃様とトマス卿の時もそうだったでしょう？　エドワード六世陛下に許可をもらって、ひっそり式を挙げられた。他の貴族が文句を言うのは当たり前だったもの。あなたのお祖母様のメアリー王女様だってそうだったでしょう？」

フランス王妃メアリー王女のことだ。彼女は寡婦となった後、夫の喪に服してフランスの離宮に隔離されていたが、そこへイングランドからチャールズ・ブランドンが弔問に訪れた。陽気で奔放なメアリー王女はもともと彼に一目ぼれをしていて、まだ十九歳の身で五十代のフランス王ルイ十二世に嫁がされることになった際に、兄のヘンリー八世王に、「フランス王が亡くなった後は好きな相手と結婚させて」と約束させていたのだ。

もちろん、そんな約束は自分本位なヘンリー八世王には通じない。が、妹王女をまた他国に政略結婚の駒として使われることを警戒した新フランス国王フランソワが後ろ盾になり、二人を結婚させたのだ。ヘンリー八世はかんかんに怒り、メアリー王女の輿入れにかかった費用すべてを返金するまではと、しばらく二人の帰国を許さなかった逸話がある。

「それでもお二人は許されてヘンリー八世王の宮殿で披露宴を開いたし、イングランド宮廷に出入りもできるようになったわ。それであなたの母君フランシス様が生まれたのでしょう？　フランソワ王の御名をいただいて。だから、ほら、手紙を開けてみて」

内容を知っているらしきエイミーに急かされて手紙を開くと、懐かしいエドワードの字があった。なんとか邸を抜け出してきてくれないか、と、落ち合う場所が書かれていた。

結婚しよう、ジェーン、と。

読むなり手紙はエイミーに取り上げられて、火にくべられてしまった。

「さっさと証拠隠滅するわよ」

が、嬉しかった。彼もジェーンを救い出そうと頑張ってくれているのだ。

「……こんなこと、思いつかなかった」

「しょうがないわ。あなたは〈本の虫〉だったもの。私たちと少しでも話していれば知恵もついたのに。恋しか興味がない馬鹿な子たちって私たちのことを思ってたでしょ」

「ち、違うわ。その、……余裕がなくて」

「ああ、あなた家庭教師もついてやたらと課題も出されてたものね。でも勉強って書物から身につけるものだけじゃないでしょ？　あなたなんのために親元を離れてキャサリン王妃様の宮廷に来たの？」

「でも、私の取り柄は学問くらいで。怠れば家に帰されてしまうかもしれなかったし」

「馬鹿ねえ、あのお優しい王妃様がそんなことなさるわけないじゃない。あの方は学問も好きだけどお洒落も恋も大好き。私たちの恋話も楽しそうに聞いてらしたわよ」

エイミーがあきれたように言った。その表情が遠目に見た女友だちの気の置けない関係にそっくりで。ジェーンは思わず聞いていた。

「……もし私が話しかけていたら、仲間に入れてくれてた？」

「当たり前よ」

エイミーがジェーンを抱き締めてくれた。

「私たちは仲間でしょう？　共に王妃様のもとで暮らした」

勇気をもらえた気がした。自分に足りないのは他人を信じることだったのだと素直に思えた。

「私、もっと早く世界を広げていればよかった」

ジェーンはエイミーの背におずおずと自分の腕を回しながら言った。

そうすれば、こんなことになる前にエドワードの手を取れていたのにと思いながら。


エイミーが隠し持ってきてくれた地味な外套を身に纏い、彼女が家令の気を引いてくれている間にこっそり部屋を抜け出して厩に向かう。厩番が馬を出してくれるか、門番が通してくれるか、それはわからない。一応、渡すべき賄賂として耳飾りと聖書を持ってきたが。

おそるおそる厩の扉を開けると、そこにいたのは見知った人物だった。

「ハロルド!?」

「あなた様なら、あきらめはなさらない。いずれはここに来られると思っていましたから」

この数日、ジェーンがいつ来てもいいようにと、毎晩、厩番たちと賭けをやって酒で酔いつぶしたり、わざと負けて街の娼館(しょうかん)へ行かせたりして、厩を無人にしていたそうだ。

彼に話していいものかと迷った。もし彼が大人の常識に従ったなら、父に報告するだろう。家出を阻止されてしまう。それに彼が味方であっても、巻き込めない。ただでさえ彼は父に叱責されたばかりなのだ。ここでジェーンに加担すれば今度こそ馘首（くび）だろう。だが……誰か動いてくれる人がジェーンには必要だった。まだ十一歳でしかないジェーンだけでは高い棚に置かれた鞍（くら）を降ろすこともできない。

ジェーンは覚悟を決めた。そっと彼の反応を見るように、小さく言う。

「エドワードから手紙をもらったの。最後に会いたい、と」

本当は「今夜、結婚しよう」と、書かれていた。だがそれをすべて話すと彼を完全に巻き込むことになる。父に万が一、見つかった時、ジェーンに騙（だま）されたのだと言えるよう、彼に逃げ場を作っておいてあげたかった。

「きっと、きちんと別れの挨拶がしたいのだと思う。私も彼も……何も言わないまま別れてしまったから」

ハロルドはキャサリン王妃のもとでのジェーンとエドワードを見ている。大人たちの思惑とは関係ない、純粋な恋を。だからこの言葉に不自然さはないはずだ。

「一度だけ、言葉を交わすだけでいいの。そうすれば私もおとなしく海軍卿のもとへ行くわ」

「……それでよろしいのですか」

「え」

「エドワード様にお会いして、別れを告げてしまって」

……何を言っているのだろう、彼は。もしや父の命令で探っているのか。本当にジェーンがエドワードとの未来をあきらめたと。

「……だって、どうしようもないでしょ。それともあなたが私を逃がしてくれるとでも？」

軽口めかせて言うと、彼が真面目な顔になった。

そして、「あなたが望まれるのであれば」と言った。

「どこまでできるか保証はできません。が、努力はいたします。さすがのお父上もエドワード様のお邸内にまでは手は出せますまい。あなた様をエドワード様のもとへ届ける、それならば可能かもしれません」

どこまでも真剣な顔で言われて、どきりとした。彼の目力に圧されて、思わず目をそらせる。

「な、何を馬鹿なことを言っているの、それではまるで駆け落ちではないの」

「そうですね。ですがそれくらい思いきったことをしなくてはあなたの未来はないでしょう」

え？　思わず顔を彼に向け、その目を見る。

一瞬、エドワードと駆け落ちでもしないと、ジェーンの女王となり殺される運命からは逃れられない、そう言われた気がした。

(ば、馬鹿馬鹿しい)

ハロルドは、ジェーンが人生をやり直していることを知るわけがないのに。

「でも、どうして。お父様に叱られたのでしょう？　どうしてそこまで」

「約束、いたしましたから。あの春の日に」

「え」

「私が剣を捧げたのはあなたです。マイ・レディ」

こんな時にそれを言う？　ジェーンは泣きそうになった。

「……あなたは真面目そうな顔をして、女性の心にするりと入るのが上手だわ」

「やっとお褒めの言葉をいただけましたね、ジェーン様」

彼が目尻に皺を作る。それで彼が冗談を言っているのがわかった。

「こんな時に……」

「こんな時だからです。マイ・レディ。気分を明るく持ちませんと」

彼がまた微笑む。胸に淀(よど)んでいた暗い気分が晴れた気がした。そして信じてみようという気になれた。

「あなたに、この命を預けるわ」

ジェーンは彼に告白した。すべてを。そして請うた。

「だから、連れていって。エドワードのもとへ」

失礼、と言ってハロルドがかけてくれたのはくたびれた女物の外套だった。ジェーンを鞍の前に抱え上げると、垂れた裾を調節してジェーンの背をごまかしてくれる。

「必ずエドワード様のもとへお連れいたします。声は出さないでください。すべて私に任せて」

「ちょっとご婦人を夜の散歩に連れていく」

言って彼は後ろにまたがると馬を進める。門番にはハロルドが陽気に手を振ってくれた。

「あやかりたいねえ」

ジェーンを館務めの下女と勘違いしたらしい。父母もジェーンの恋などという醜聞を広めたくなくて、下の者にまで詳しい事情を話していないらしい。おかげで監視の徹底はないようだ。

「行きますよ」

門を出、門番の目が届かないところまで来るなり、ハロルドが馬に鞭をあてた。

彼と逃げる。二人で。逃げる、逃げる。

雨が降り出した。吹きつけてくる。泥が飛ぶ。馬の蹄が轍にとられて滑る。手綱を握る指先が痺れて感覚がない。流れる雨の雫と風で息もできない。ドレスはとっくにびしょ濡れだ。髪も乱れて、外套のフードが外れた際に、頭飾りまでどこかへ飛んでいった。

こんな姿、貴婦人がするものじゃない。まるで戦地を駆ける兵士だ。

絶望的なのに、体は辛いのに、でも心は温かだった。ハロルドがジェーンを雨風から守ろうと自分が濡れるのもいとわず外套の中に包み込んでくれる。彼もとっくにびしょ濡れだ。

濡れた革と彼の匂いがして、何故か胸が詰まって、ジェーンは風の音に負けないよう、叫ぶように言っていた。

「ハロルド」

「なんですか、マイ・レディ」

「最初の頃、あなたを疑ってごめんなさい」

父がつけた見張り。そう思って避けていた。それどころか人生におけるイレギュラーとして不気味に感じてさえいた。なのに、今、ジェーンの味方をしてくれている。

「よいのです。今、こうして信じていただけたのなら」

偽りの笑顔を見せられるよりはいいですと言われて、ジェーンはそっと彼の胸に頬をよせた。濡れたハロルドの体からはかすかに湯気が上がっていた。まるで雨中を駆ける若駒のようだ。

ジェーンは父の愛を知らない。こんなふうに抱いてもらったこともない。

（もしかして、父の胸とはこんなもの？）

ハロルドに抱かれていると、胸がどきどきしてきた。彼の温もりに安心して、これからのことに想いを馳せる余裕が出てきたのだ。

（本当に、結婚するのね、私……）

結婚するのは初めてではない。だがジェーンの胸は激しい動悸のあまり弾けそうになる。前の婚礼は父に首を絞められ、祭壇に引きずっていかれて、嫌々、誓った。だが今夜は。自分の意志でここにいる。血のつながった父よりも頼もしいハロルドに導かれて、道を進んでいる。

この闇の先に、血筋ではなくジェーン自身を求めてくれる人がいるのだ。

指定された教会につくと、エドワードはすでに中に入って待っているようだった。

秘密結婚をする場合、必要なのは証人が二人と指輪、誓いの言葉、そして証書だ。場所は教会でなくともいいのだが、彼はジェーンのために気遣ってくれたらしい。求婚の後先といい、秘密の庭といい、ロマンチストだ。

馬は目立たない場所に止めたのだろう。見える場所にはつながれてはいない。

「馬を隠してきます。すぐ戻りますので、ここで隠れていてください。念のため、中に入るのは私が戻るのをどうかお待ちください」

幸い、雨はやみ、月が顔を出していた。門脇の壁龕部分にジェーンを隠し、周囲を警戒しつつハロルドが去っていく。

一人で待っていると、胸の高揚が収まって、不安になってくる。

ジェーンは闇が嫌いだ。冷たい石壁や石床も。一度目の生で処刑された時のことや、二度目の生で地下室に閉じ込められた日のことを思い出すから。

（ハロルドは、まだ……？）

その時、雲が月を隠した。周囲が真っ暗になってジェーンはパニックを起こした。息ができなくなる。

過呼吸を起こしたのだ。

よろめき、地に伏せながら、ジェーンが救いを求めて必死に見上げた時だった。背後の窓に、蠟燭の灯が揺らぐのが見えた。

（……エドワード？）

揺れる灯は、聖堂に捧げられた献火ではない。中に人がいて、動いている。ならエドワードしか考えられない。きっとジェーンの到着が遅く、心配になって燭台を手に窓に近づいたのだ。

ハロルドにはここに隠れていろと言われた。だがこのままでは息が詰まる。動揺して叫んでしまう。死にたくないと取り乱してしまう。

ジェーンはよろめきながら立ち上がった。ふるえる手で扉を開け、中に転がり込む。

中は薄暗かった。だが小さな燭台がところどころに点り、内部の様子を見せている。小さな教会だ。元は祭壇があった段と、信徒席が並んでいる。

そしてその後方、ジェーンの入ってきた扉の横手に、二階の聖歌隊の楽廊へと続く急な螺旋を描く階段がある。

その中ほどに、先ほど窓越しに見えた揺れる蠟燭の光があった。

「エド、ワード……?」

掠れた声で問いかける。

彼は小さな燭台を手に持ち、階段の中ほどに佇んでいた。

扉の開く音に気づいて隠れていた階上から降りてきて、そのまま固まったような姿勢だった。

彼の顔色がすぐれないのは闇のせいか、それとも緊張しているのか。

どちらにしろ、愛しい恋人の姿を見て、ジェーンの息苦しさと不安が消えていく。

ジェーンは彼の手を取るべく、階段に足をかけた。そのまま彼の胸に飛び込もうとして気づく。かすかな彼の顔の強張りと、拒絶の色を。

「……エドワー、ド？」

また、問いかけて、数歩、前へ進む。が、彼は目をそらせた。そしてエドワードの奥からもう一人、もっと大柄な影がジェーンの前へと出てきた。

「やあ、ジェーン。おとなしい本の虫かと思っていたら、意外と情熱家だったね。少し誘っただけで深夜に、しかも嵐の中、ここまでやってくるんだから」

そこにいたのはトマス・シーモアだった。

「こんなところを見られたら、頑固な君もおとなしく僕のところへ来るしかないね。未婚の侯爵令嬢が秘密結婚などと、お互い醜聞となるのは御免だろう？」

それからトマスが後方を向く。

「……では約束通り、彼女はこのまま私が連れ帰ります。荷物は明日にでも。よろしいですね、ドーセット侯爵。あなたの管理では、ほら、こうして抜け出てきてしまう。やはり私が管理したほうがいいとご納得いただけましたね？」

そう言うトマスの視線の先には、怒り心頭の父がいた。

（はめられた！）

ジェーンは悟った。ジェーンは食事を抜かれてもトマスのもとへ行くことを拒絶していた。親に従うのが当たり前の貴族令嬢としては異例の強情さだ。それに父母が手を焼いていたのは知っている。が、ジェーンが我を張れたのも、エドワードという希望があったからだ。その希望の芽を折り、何をしても大人の管理下からは逃げられないと示すために、トマスはわざとエドワードにあの手紙を書かせてジェーンをここへ呼び寄せたのだ。

希望の後に絶望を与えて、完膚なきまでに心を折り取るために。

そしてそれを父に見せつけた。今の甘い管理では娘が抜け出すことすら予測できなかったでしょうと示して、すぐにでも自分の手の内にジェーンを引き取るために。

（そんな、ひどい……！）

それでも信じたくなくて。

ジェーンはトマスの傍らで後ろめたそうな顔をしているエドワードに問いかける。

「私を、売ったの？」

確かに打算から始まった恋だった。父母から逃げたい、逃がしてくれるなら誰でもいいと彼を選んだ。だがジェーンは途中からは本気だった。彼だってそうではなかったか？

すべて大人たちが企んだことで、彼は知らなかったのだと。彼もまたジェーンのように踊らされたのだと、君を愛していると言ってほしかった。だが、

「父が」

エドワードが言った。

「父が君とは無理だと言ったんだ。今の情勢では、王位継承者の血を持つ君と婚約などす

れば、他の貴族たちからどう思われるかわからないから、と。そして僕には違う縁談を考えていると言われた。……一族の地位を盤石にするために」

「……！」

ジェーンは絶句する。そうだった。サマセット公はそういう人だった。

父などよりよほど周囲の力関係に目端のきく人。今のサマセット公は王の伯父という立場から他貴族たちから孤立している。先ずそれをなんとかしないと先はないと考えた。そしてエドワードの妻の座は盟友となるべき力ある貴族の娘がよいと判断したのだ。

エドワード六世が死亡するなど、今の時点では思ってもみないから。己の手駒に二人も王位継承権者はいらないから。

（……ここでもまた王家の血が邪魔をするの⁉）

そしてトマスの手にみすみすジェーンを渡すのは。エドワード六世とその未来の妻がもうけるであろう子に、対抗できる王位継承権者を作らないためだ。

へたに野心ある貴族にジェーンを渡すよりは、不仲とはいえ、いや、不仲だからこそ要職につかせず干すつもりでいるトマスに引き取らせたほうがいいと考えた。

いずれはエドワード六世に自分の一族の娘を娶(めあわ)せ、シーモア家の立場を盤石なものとするために。浅慮で多額の借金まであるジェーンの父では役に立たない。いつ他人の甘言に乗り裏切るかわからない。頼りにならないと踏んで。

もう一度、エドワードを見る。ついさっきまで、希望の光だった人を。……自分が初めて愛した人を。

父母があてにならないことはわかっていた。誰もジェーンを守ってくれないことは。

だけど期待した。初めての恋をして、もしかして彼なら、と。

だが最後の希望は潰えた。やはり一巡目の運命通りに事は進んでいく。

茫然としたジェーンは進み出たトマスに腕をつかまれた。その時だった。

「ジェーン様っ」

剣戟の音がして、教会の扉が開く。飛び込んできたのはハロルドだ。

薄闇の中、血で濡れているとわかる剣を手にしたまま、彼がこちらに叫んだ。

「逃げましょう！　ひとまず引いて、そして考えましょう！」

どこへ？　訊ねる暇もなかった。振り返り、ジェーンは手を伸ばした。この期に及んで、ジェーンに味方しようと言ってくれるたった一人の人に向かって、助けて、とすがろうとした。

「ハロルド……！」

彼が階段を駆け上がってくる。ジェーンに応えようと。

その前に立ち塞がるように、トマスが体を反転させた。ジェーンを父のほうへと突き飛ばし、控えていた従者の手から愛用の短銃を受け取り、構える。

部下らしき男たちが、とどめとばかりに剣を突き刺す。ハロルドがよけきれず、胸を撃ち抜かれて階段から転がり落ちるのが見えた。すかさず駆け寄ったトマスの

「あ……」

銃声がした。まさかここで銃が出てくるとは思わなかったのだろう。ハロルドがよけき

「護衛ごときが」

ジェーンはよろめいた。頭を抱える。

血が流れている。ハロルドの血が。

ジェーンはパニックになった。ハロルド、ハロルド、と名を呼んでもがく。父がジェーンを殴りつけた。

「うるさい！　この愚かな娘が！」

トマスの前で恥をかかされたことへの苛立ちからだろう。ふるわれた父の力に容赦はなかった。ここ数日の監禁と絶食で体重の軽くなっていたジェーンの体はたまらず吹き飛ぶ。

そして場所が悪かった。

階段の降り際、足元の段差のわりに手すりが低くなっていたところへ背がぶつかる。行列見物の桟敷と同じだ。ジェーンの重心は宙にあった。その高さでは受け止めきれず、ジェーンの体が手すりを乗り越える。

「ジェーンっ」

ジェーンの名を叫んだのは誰だったろう。必死に呼ぶ声を聞きながら、ジェーンは高い吹き抜けになった楽廊から、下の石床へと落ちていった。

激しい衝撃と鈍い音がして、ジェーンは己の腰骨が折れ、頭蓋がひび割れるのを感じた。

うめきながら顔を動かす。

少し離れたところにハロルドの体が横たわっていた。

「……ジェーン、様……、今度、こ、そ、あなた、を……」

かすかに聞こえる彼の声。瀕死(ひんし)の傷だ。何か所も刺された彼は自分などよりよほどひどい痛みだろう。なのに彼は懸命に手を伸ばしていた。こちらを心配そうに見て、必死にジェーンを守ろうと、父たちとの間に割り込もうとしていた。

ああ、痛いだろうに、死の痛みなら知っているのに、彼に負わせた、巻き込んだ。

(私の、せい……)

ごめんなさい。

せめて彼に謝りたいのに、そこまで届く声が出なかった。唇が動くだけで、喉からはひゅー、ひゅーと間抜けた音ばかりがする。もしかしたら肺にあばらも刺さったのかもしれない。うまく息も吸い込めない。声を届けに彼のもとへ行こうにも、体が動かない。

自分でも手遅れだとわかった。このまま死ぬのだと。

ああ、また、なんの実りもなく三度目の生が終わる。ふと、思った。これで三度目となる死。自分はまた過去に戻るのだろうかと。そして他の人たちはどうなるのだろうと。

(ハロルドは？　もし私が時を戻った後、この世界はこのまま続いていくの？　ならハロルドはどうなるの。ここで死ぬの？　一緒に戻ることはできないの？)

意識朦朧とする中、甲高い父の声が聞こえた。

「役に立たない娘だ。海軍卿、こんな強情な子より、妹のキャサリンのほうが愛嬌もあり、心根も確かです。ですから、今回の陛下の妃の話はぜひ妹のほうへ……」

キャサリンを売り込んでいるのだ、トマスに。しょうこりもなく、ジェーンを死なせたのは己の浅慮ではないと言い訳しながら、娘が死にかけているというのに、その原因を作った男に、その妹を売りつけようとしている。なんと浅ましい。駒扱いなのはわかっていたが、父にとって自分は涙を流す価値すらないのか。

それに、キャサリン。

(あの子なら、お父様たちも愛して大切にしてくれると思っていたのに……)

長女がいなくなれば利用しようとするのか、次の駒として。

(キャサリン、キャサリン、ごめんなさい……！)

まさか自分が逃げれば彼女に矛先が向かうとは思わなかった。どうしよう。

その時、誰かが傍らに駆け寄る気配がした。温かな手が頬に触れる。

「ジェーン！」

エドワードだ。彼が手を伸ばし、血まみれのジェーンにすがりついていた。

「ジェーン、ジェーン、こんなことになるなんて、ごめん、僕は、僕は……」

こんなことなら君を連れて逃げればよかった。そう囁く彼の顔は後悔に満ちていた。

(ああ、彼も悪人ではないのね……)

ただ、まだ子どもで。あの悲惨な未来を知らないから。だから父の言うことに逆らいきれなかった。

一巡目のジェーンと同じだ。嫌だと言いながらも親には逆らえなかった。だからエドワードはこうして謝っている。やり直したいと願っている。

(それだけで、十分よ。今生では誰かに看取られて死ねただけで……)

姉のような眼でジェーンはエドワードを見る。

彼はまだ必死に懇願していた。許して、と。だったら。

「お願い……」

気力を振り絞り、なんとか掠れた声を出す。息の漏れた笛のような声。耳を唇につけそうなほど近づけなければ聞こえない声で、ジェーンは言った。

「キャサリン、を。私の代わり、に。幸せに、してあげて……」

私はもう助からないから。だから、代わりに妹を。

どうか父母の魔の手から守って。

父母に愛される妹を羨ましくも思った。複雑な思いを抱いていた。が、今はただただ彼女の無事を、幸せだけを願う。自分がいなくなれば今度は彼女が駒にされる。そう知ったから。

自分が足掻(あが)いたことで、女王への道を押しつけることになった妹。可愛いキャサリン。

(どうか、神様。キャサリンだけは……)

こんな運命から、救ってください。

目の端に映った祭壇に祈って。ジェーンの意識は闇にのまれた。

十一歳だった。死因は転落死。

奇(く)しくも季節は二巡目の最期と同じ、秋の終わりのことだった――。

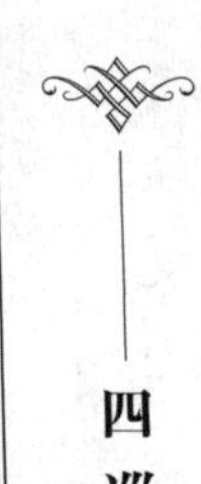

四巡目

1

四度目の時戻りはほっとした。あのまま終わるなど、悔しすぎたから。またやり直せるのだと神に感謝さえした。

ジェーンはゆっくりと目を開けた。自分がまた九歳の子どもに戻り、ドーセット侯爵邸の子ども部屋で目覚めたことを確認して、それから静かに涙を流した。

「ジ、ジェーン様？　いったいどうなさったのです、お腹でも痛いのですか⁉」

乳母のエレン夫人が驚いて問いかけてくるが、そちらに気を向ける心の余裕がない。

「ハロルド……」

小さくつぶやく。

ついさっき、ジェーンは彼を殺した。実際に手を下したのはトマスの部下だが、彼はジエーンの逃亡を助けるために死んだのだ。ジェーンが殺したも同然だ。

（私の甘さが、彼を、忠誠を誓ってくれた騎士を殺した。エドワードの変心とトマスの罠を見抜けなかったから……）

冷たい石床に横たわり、血を流していた彼の顔が忘れられない。

（みすみすエイミーの言葉に乗って教会に出向いてしまった。どうして気づかなかったの？　彼女と交流なんてなかった。ことが発覚すればエイミーだって責められる。なのにいきなり親身になって秘密結婚を勧めてくれたりするわけがないじゃないっ。彼女はトマスに命じられて、点数稼ぎにやったのよ。人物観察が全然できてなかったっ）

過去、三度の時戻りで、ジェーンは何度も人の死を目の当たりにした。キャサリン王妃、トマス、サマセット公、エドワード六世、ジョン・ダドリー、父、それに……自分自身。

それらを見て、自分は人生経験を積んだと思っていた。

（箱入りの令嬢なんかじゃなく、大人になったと思ってた。違う。私、全然学んでなかった。気づいてなかった。私が今まで見た死はすべて見ているだけ。ただの傍観者よ。だから自覚がなかった。自分が手を下したわけじゃなかったから！）

あくまで皆、自らの意思で運命の渦に飛び込み、敗れて死んだ。それらを見届け、ジェーンも一人で死んだ。

だからよくわかっていなかったのだ。自分のせいで人が死ぬということを。

ジェーンの他者に利用されてばかりという人生は、ある意味、自分にしか責任はなく気楽だったから。

（私の行動が他の人を死なすかもなんて気づきもしなかった。だからハロルドを巻き込んだのよ。私が自分が生き残ることだけを考えて、周りを見なかったから。あそこで死ぬべき人ではなかったかもしれないのに……！）

いつも途中で死ぬジェーンは自分の死後がどうなるのかを知らない。きっとジェーンが消えただけで、後はそのまま時は進んでいくのだと思う。

（見えないだけで、この時の先には無数に分岐した世界が存在してる。なら、私に関わらなければ、ハロルドは生きてキャサリンの護衛騎士になる未来だってあった。出世したかも。世のすべてに満足して眼を閉じる、そんな穏やかな死を迎えられたかもしれない）

その道を、ジェーンが断った。

それに可愛いキャサリン。今回のことで気づいてしまった。自分が女王位につく前に死ねば、今度はキャサリンが父母の犠牲となり、処刑台に上るかもしれないのだ。

「キャサリンを、守らないと……」

声に出してつぶやく。

「え？　ジェーン様？　何かおっしゃいましたか？」

エレンが聞き取ろうと顔を近づけるが、それをとどめて考える。

（三巡目の最期で聞いたお父様の口調だと、トマスにさえ預ければキャサリンの美貌と愛嬌で王妃の座は確実だと思っているようだったわ。でもそれは違う。お父様は知らないから。陛下は死ぬのよ。数年のうちに）

だからトマスの伝手に頼って引き合わせても無駄なのだ。エドワード六世王の病状は世間には隠されていた。だからどの段階で妃を娶るのは無理と周囲が判断するようになったのかはわからない。だがあの時まで健康だったのは確かだ。

（だってエドワードが言っていたもの。王の後見であるサマセット公が、陛下の妃には自分の一族の娘をと考えていた。だから一巡目の時はトマスがいくら画策しようが、恋敵になる私を陛下に近づけなかったのよ。それどころか王宮の警護を強化して、トマスを冷遇した）

だからトマスは暴発したのだ。兄であるサマセット公がスコットランドへ遠征に出ている間に海賊と手を組み、兄への謀反を企んだ。

それがばれ、行き詰まったトマスは弁明のために王の寝室に押しかけ、王の愛犬を撃ち殺すという暴挙に及ぶ。そして逮捕され、処刑された。

（トマスの処刑は、私が彼に引き取られた翌年の冬だったわ。今生でもまた同じ経過をたどるなら、そこまでは陛下は健康で、妃を望める。トマスは私にしたのと同じく、キャサリンを自分の手元に置いたままにするしかないはずよ。お父様も呼び戻そうとしない。そ

の間にトマスがキャサリンに目をつけたらどうなるの⁉)

キャサリンは艶やかな黒い髪と薔薇色の頰を持つグレイ家きっての美女だ。その美貌は幼女の頃から際立っている。政略結婚相手の老王を一目で骨抜きにし、宴や狩りを連日催させて彼の寿命を縮めたという祖母メアリー王女に似たのだろう。男なら魅了されずにはいられない。

(そのうえ王位継承権者の娘なのよ? トマスは王妃様の宮殿でもまだ十四歳のエリザベス王女とふざけていた男だもの。キャサリンはトマスのもとにいる間に十一歳になるわ。そうなればもう一人前の女性よ。私と違って発育もいいから、実際の年齢より上に見える)

花嫁が十代前半の結婚などざらだ。

父が考える以上にキャサリンは魅力的で、トマスは節操がない。

(あのトマスが共に暮らして、美しく育っていくキャサリンを黙って見ているわけないじゃない! 王妃にするのが難しいとなれば、即、自分の妻にする。そして自分を王配にと考えるに決まってる。あんな男にキャサリンを汚されてたまるものですか!)

トマスがいずれ失脚する男というだけではない。ハロルドを殺し、キャサリン王妃を不幸にした遊び人なんかに大事な妹は渡せない。

キャサリンを守らなくては。ジェーンは決意した。

「ジェーン様、ああ、どうしましょう、お医者様を呼んだほうがよろしいですか?」

「……大丈夫よ、ごめんなさい、エレン。少し悪い夢を見ただけ」

枕元でおろおろと手を上げ下げしている乳母のエレン夫人に微笑みかけて、ジェーンは起き上がった。自ら上掛けを剝いで、冷たい床に足を降ろす。

這い上る冷気に心がふるえた。過去三回の孤独と絶望を思い出して身がすくむ。

だがジェーンは唇を嚙み締めた。しっかりと足を踏み締めて立つ。

二巡目では体の感覚を取り戻すにも時間がかかった。三巡目ではそれが短縮された。そして四巡目の今は新しい体の感覚をすぐに取り戻した。

どんどんこの繰り返しに慣れている。なら、怯えて取り乱している暇なんかない。

今度は自分の命がかかっているだけではない。キャサリンの幸せと、ハロルドの未来をもこの手に握っているのだ。


階下に降りると、前と同じにキャサリンがいた。

「お姉さま、やっとのおつき? おそいわよ!」

こちらを振り返ると満面の笑みを浮かべる。駆け寄る彼女の愛らしい頰にえくぼができて、また会えた幼い妹が天使に見える。

「見て見て、このあたらしいガウン！　綺麗でしょう？」

「……ええ、そうね」

「うふふ、お母さまが新調してくださったの。今日の祝宴では思いきり見せびらかすのよ！　陛下は可愛いって言ってくださるかしら。私は今日、陛下に初めてお会いするのよ。どんな方かしら。物語のような素敵な方？」

　キャサリンが弾んだ声を上げながら、その場でくるくる回る。ジェーンの緑の衣装とは対照的な薔薇色の布地がふわりと広がった。

　お互い生きてまた会えたことに涙が出そうになる。無言でぎゅっと抱き締めると、キャサリンが戸惑った顔をした。

「お姉さま？　どうなさったの、ガウンが皺になってしまうわ」

「……うん。ごめんなさい。でも少しだけこうしていて」

　無垢な瞳だ。この瞳を曇らせたくない。ジェーンは腕の中の体の温もりを味わう。

「さあさあ、姉妹でじゃれ合われるのはそれくらいになさってくださいな。早く行列見物に向かいましょう」

　前と同じにエレンにうながされた。今度はもう父母に会うのが怖いとは思わない。逆に心が逸った。おとなしく馬車に乗り、三度目になる桟敷席によじ登る。

（だってキャサリンには無事会えたけど、ハロルドとはまだなのよ？　どの時点で彼に会えるのかしら。私が時戻りをしたのだから、生きている彼にだって会えるはずよね？）

早く無事な姿を見たかった。もどかしい。

（今度の彼の役割は何？　また助祭様？　それとも騎士？　過去二回とも、彼とは時戻りをしたその日のうちに会えているもの。だからきっと今回もそうなるはずよ）

どきどきしながらジェーンは彼が現れるのを待った。

「お姉さま、見て、行列が来たわ」

キャサリンが隣の席ではしゃいでいる。彼女からすれば初めての行列見物だ。興奮するのも無理はない。が、ジェーンは一巡目と三巡目での騒ぎを思い出した。

落ちたら大変だ。ジェーンはキャサリンに手を伸ばして、その腰を抱いた。

大事なキャサリン。同じ父母から生まれながら皆の愛を独占し、グレイ家の娘としての義務からも逃れている彼女を羨ましく思ったこともあった。天使のようと愛しながらも、彼女の屈託のない笑みを見ると自分との違いを鮮明にさせられて、辛くて、苦しくて、どうして私だけがと泣いたこともあった。だが、彼女は純粋に姉としてジェーンを慕ってくれている。

また抱きついてきたジェーンに、キャサリンが不思議そうに首を傾げる。

「お姉さま？　どうなさったの？」

「ここは高いから。もしあなたが転げ落ちたら大変だと思って」

「まあ、しつれいだわ。私、そんな子どもではなくてよ、レディらしくお行儀よくできてよ、お姉さま！」

キャサリンが可愛く頬を膨らませる。

「ほらほらお二人とも、陛下がいらっしゃいますよ。それに侯爵様も。ちゃんと通りをご覧なさいませ」

エレンが目顔で指す下の通りを、エドワード六世王の行列が通過していく。

随行しているのは、ジェーンの父ドーセット侯爵、摂政のサマセット公爵、その弟で枢密院顧問の一員である海軍卿トマス、黒い髪に浅黒い肌が特徴的なジョン・ダドリーはこの時はまだウォーリック伯爵だ。そして……、

エドワード六世王の頭上に掲げられた天幕を持つ六人の旗手の一人であるエドワード。

死に別れたばかりの彼が、エドワード六世王の小姓としてそこにいる。

（私の中では、ついさっきのことなのに）

彼に恋していた。父に反対されても雨の中、彼のもとへ走った。

だが、目の前にいる彼はあの時よりも二歳若い、少年の姿をしていた。

他の見知った小姓たちも皆、幼い。初めて見る知らない人たちのように見えて、ジェーンは衝撃を受けた。

（私だけ、別の世界に入り込んだみたい……）

ここはよく知る世界のはずなのに、知らない場所のように思える。

時を戻っても父母やエレン夫人など大人の外観はあまり変わらない。違和感があるのはジェーン自身をはじめ、キャサリンやエドワードなど、成長途中の子どもたちだ。

(だって私の感覚ではさっき目をつむるまでは、あの子たちはもっと大人で)

そこで、ふと考えて、ジェーンはぞっとした。

(ねえ、このループはいつまで続くの……?)

このまま時戻りが続けば、自分の中身は老婆になる。

(なのに延々、若返った皆を見続けなくてはならないの？　いいえ、それどころか私はお父様たちの年齢まで追い越してしまうかもしれない)

たった一人、時を繰り返す異邦人。

寒気がして、ジェーンは自分の肩を抱いた。その前を華麗な行列が通過していく。エドワード六世王が手を振り、ひときわ高い歓声が上がる。

またもや繰り返される歴史絵巻を前に、ジェーンは一人、静かにふるえていた。

行列が終わった。桟敷にいた人々も段を降り、祝宴に参加するため移動していく。だがジェーンの前にハロルドはまだ現れない。

「もしかして、私が桟敷から落ちなかったから？」

ジェーンは不安になった。どこかで時の流れが狂ったのだろうか。

（今回はキャサリンを抱き締めて運命に抗ったから？　このまま会えなかったらどうしよう）

時戻りに登場するのはいつも同じ人物、同じ出来事だ。だが彼だけは読めない。今生では登場しない可能性もある。

彼の無事が知りたくて、ジェーンがなりふり構わず探しに行きたくなった時だった。彼が現れた。行列見物を終え、ドーセット侯爵邸に戻った時のことだ。

「衣装に酒をこぼされた。まったく、田舎出の礼儀知らずめが」

ぶつぶつ言いながら父が着替えのために戻ってきたのだ。

そしてついでのように、付き従っていた青年を紹介してくれた。

「お前たちも大きくなったからな。狩りにも行けるよう、新しく馬術教師をつけることにした。キャサリン王妃のもとでは、ジェーン、お前の馬の管理と遠乗りなどの際の護衛も行う。ハロルド・エイワースという」

「ハロルド、とお呼びください、ジェーン様」

彼が逞しい体を折って一礼する。艶やかな髪がさらりと彼の額を流れた。その下から覗く、彼の美しい緑の瞳。すっきりした鼻梁(びりよう)の線に形のよい唇。変わらない彼の姿。

また役割が違う。だが会えた。ジェーンは嬉しさで泣きそうになりながら彼の名を呼んだ。

「ハロルド・エイワース？」

「はい、ジェーン様」

彼が応える。懐かしい、目尻を下げた、優しい表情で。無事でよかった、と、声がふるえた。彼の胸に飛び込みそうになるのをこらえるだけでせいいっぱいだ。

「お姉さまばかりずるい。私だって馬術教師が欲しいわ、お父さま！」

キャサリンがまたハロルドを自分付きに欲しいと言い出した。

だが今回はジェーンも譲らなかった。

「キャサリン、あなたはまだポニーにしか乗れないでしょう？　馬術教師は必要ないわ」

やっと会えたのだ。目を離せば彼がどこかに消えてしまいそうで、ジェーンは急いで言っていた。

前の生でただ一人、逃避行についてきてくれた彼。人生を歪めてしまった罪悪感はあるが、それでも傍にいてほしいと思ったのだ。

それから、三か月が経った。

戴冠式とその後の王妃の宮殿替えなど、ごたついたあれこれも終わり、ジェーンは再びキャサリン王妃の宮殿へと向かう馬車の中にいた。

前の生と同じようにハロルドが馬車の横を並走しているのが心強い。

彼の栗色の髪が五月の爽やかな風に靡く。煌めく緑の瞳が、美しいイングランドの野に映えて綺麗だ。手綱を捌く様も巧みで、服の上からも若々しい筋肉が躍動しているのが見て取れた。

派手な動きはせずともその凜々しさは群を抜いていて、古代ローマの神々の彫刻を見ているようだ。

エレン夫人も同じことを思ったのか、感心した口調で言った。

「まあ、さすがは侯爵様が見つけてこられた馬術教師ですわね。王家の主馬頭のよう。どこで馬術を習ったのかしら」

「そうね。あの時はお父様もすぐ王宮に戻られて、詳しく教えてくださらなかったから」

「あれから、侯爵様も新しい宮廷でお忙しいのか、お邸にはちっとも顔をお見せになりませんでしたものねえ。さすがにジェーン様の出立の時くらいは戻られるかもと、思ったのですけど」

「私はそのほうがいいわ。顔を合わせたらまた眉を顰められるだけだもの」

「まあ、ジェーン様ったら」

おろおろするエレンに冗談よと笑いかけながら、ジェーンはハロルドの出自について考える。

(前の生だとお父様がお母様に、郷士の出と紹介されるのを聞いたけれど、彼の場合は、名前は同じでも家職自体も変わっている可能性もあるし)

何しろ彼の今までの肩書は助祭に騎士に馬術教師だ。いったいどんな家の出なのか。聞いてみたい気もするが、親しく口をきくわけにはいかない。今生の彼とはあまり接点がない。いきなりなれなれしくしては周囲が不審がる。

馬を休ませる小休止の時、馬車を降りてその辺を歩きながら、ジェーンはそっと彼を見た。ジェーンの馬の管理もする予定なだけあって、今回の彼はずいぶんと馬の扱いに長けていた。一頭、一頭、優しくなだめながら馬の様子を見ている。ふと、前の生で彼が馬術教師だったら逃亡用の馬の確保も簡単だったのになと思った。

(彼と話したいわ。聞きたいこともたくさんあるもの。でも、どう切り出せばいいのかしら)

本の虫のジェーンは時戻りを繰り返しても話術がへたなままだ。もどかしい。

(前でのことがあるから、私的に近づかないほうがいいのはわかってるけど……)

前の生で彼が死んだのは、ジェーンに私的に忠誠を誓ったせいだ。あの日、ドーセット侯爵邸の中庭で不用意な会話を交わして、彼が護衛としてジェーンの信頼を得ようと剣を捧げざるを得ない雰囲気にしてしまったから。ジェーンは受けなかったが、真面目な彼はあのことがあったから、逃亡を手伝ったのだろう。

ジェーンは悩んだ。

（またあんな雰囲気にならないように、あたりさわりなく話せるなら彼に近づいても構わないと思うけど）

それにはどうすればいいのか。親しく話す相手はエレン夫人くらいしかいないジェーンは、人との距離の取り方がわからない。

（そもそも記憶があるのは私だけだから。話しかけても驚かすだけだし）

寂しいがそれが現実だ。無事に一緒にいられるだけでよしとしよう。

それにまた新しい生が始まったのだ。今生はどう生きたらいいか考えないと。自分が失敗すれば他者をも巻き込むと自覚したのだ。ハロルドのためにもやることはたくさんある。

ジェーンは顔をきりりと引き締めた。

父母の影響下から出るために夫を探す道は避けられない。だがおとなしく夫となる相手の情に頼るのはもう嫌だ。怖い。ジェーンは学んだのだ。

（人の心は変わる。愛なんて形のない不確かな感情に命を懸けることはできないわ。失望して相手を嫌いになるくらいなら、最初から距離を置いて期待しないほうがいい）

今度はもっと合理的に行くべきだ。

「エレン、私の装身具はどれだけあるの？」

　馬車に戻ってから、エレンにさりげなく聞いてみる。形ある価値あるものと言えば貴金属だ。いざという時、誰かに渡して便宜を図ってもらったり、ハロルドに与えて自分の傍から逃がさないといけないかもしれない。九歳の自分が持つ資産はいかほどか。

「まあ、本の虫のお嬢様がようやくお洒落に目覚められましたか」

「妙なことを言っていないで教えて」

「はいはい。そうですね。今、お耳につけておられる紅玉（ルビー）と、リボンが七本。後はジェーン様の御祖母のメアリー王女様から遺品として賜った宝石のベルトと金鎖がございます。母君が管理されていますから、入り用になればすぐ持たせてくださいますよ。古いものですが品はいいですから、キャサリン王妃様の宮廷でつけられても見劣りはいたしませんからね。何も心配なさることはありません」

　エレンは胸を張るが、ジェーンは内心の失望を隠せない。価値ある装身具はたった三つか。しかも内二つは母の管理下だ。手が出せない。

「それにキャサリン様が羨ましがられますから、お邸では話せませんでしたが。奥様が今回の出仕に合わせてガウンを二着、頭飾りを一つ、新調してくださいましたよ。頭飾りはもちろん流行のフランス型です。櫃に入れてありますから楽しみになさってくださいね」

　子どもの体型に仕立てたガウンなど、誰かへの贈り物にもできやしない。ジェーンが渡り合わなくてはいけないのは、子どもではなく、大人たちなのだ。

（これでは何も持っていないのと同じだわ。……活用できる資産は無しと見るべきね）

では自分にあるものは何？

（前の三巡と同じよ。王位継承権者である母の娘という血筋と、私自身、それしかない）

だが、ジェーン自身は活用が難しい。

残念ながら美貌のキャサリンとは違い、愛想笑い一つ満足にできない可愛げのない娘だ。

では、血筋を資産にするしかない。

正直、嫌だ。この血筋のせいでジェーンは何度も死ぬことになったのだから。

「でも他に使えるものがないもの。それにこれは少なくとも私の唯一の価値よね？」

つい声に出ていたようだ。エレン夫人が不思議そうな顔をした。

「ジェーン様？」

「なんでもないわ、エレン。王妃様のもとへ行くのが嬉しくて、つい声が出ただけ」

「まあ、ジェーン様ったら、小さなお子様のよう。でも無理もありませんわね。ずっと領地にお住まいで、外の世界などご覧になったこともないのですもの。王妃様のもとではたっぷり楽しまれませ。お父君たちの目もございませんし」

浮かれた風を装うとエレン夫人はすぐ納得してくれた。子どもの体は便利だ。

（決めた。今生では逆にこの幼い体を利用しよう）

ジェーンはエレン夫人ににっこり笑いかけた。

ジェーンは世事には疎いが、数年ずつの繰り返しで得た未来の知識がある。が、それは外観からはわからない。

(大人は子どもの顔をした私の中身を知らないもの。私がおとなしく親に言いなりの娘を演じていれば、お父様たちだって油断する)

かのカエサルも、『人は喜んで自己の望むものを信じるものだ』と言ったではないか。まさか小さな娘の頭の中に反逆の志が眠っているとは思わない。

(表立って逆らっては駄目。大人とは立場が違いすぎるわ。頭ごなしに叱られるだけ。へたをすればまたどこかに監禁されてしまう。それよりは運命に流されているように見せて、さりげなく自分の望むほうへと持っていったほうがいい)

ジェーンはもう一度、自分の運命を整理する。

今はキャサリン王妃のもとへ赴く途中だが、王妃は翌年の秋には死亡する。その後、トマスに引き取られるが、その翌年には彼も処刑される。その後はほとぼりを冷ますためか、ジェーンは父母の手で宮廷から遠ざけられ、ブラッドゲイトにある城で軟禁されることになる。

トマスのもとを出た後の二年と数か月は、比較的平和に暮らせるわけだ。

が、後は急な展開だ。ギルフォード・ダドリーとの結婚話が出ると即、ロンドンに連れ出され、式を挙げさせられたのが五月二十一日。そこからはジョン・ダドリーの邸に囚われ、親族の男たち総出で女王位につくよう説得される。七月八日にはエドワード六世王が逝去、七月十日にジェーンは即位する。そして九日で位から降ろされ、翌年には処刑だ。

(……どう考えてもギルフォードと結婚したら後がないわ。ジョン・ダドリーはトマスなんかと比べ物にならない狡猾(こうかつ)で乱暴な男だもの。私じゃ太刀打ちできない。彼に捕まったら終わりよ。やはり動けるのはブラッドゲイト城に閉じ込められるまでの数年しかない)

前もそう考えて、キャサリン王妃様のもとで〈夫〉を探した。だが失敗した。エドワードに婚約を迫ったが、彼もまた親に生死を握られた子どもだった。親が反対すれば当人たちがどれだけ真剣でも意見は通らない。

さあ、どうするか。

ジェーンは深く考え込みながら、馬車に揺られていった。

キャサリン・パー王妃の宮廷には、年配の女官たちの他に、見習いともいうべき若い娘が集められている。

義理の子であるエリザベス王女は別格として、十歳から十四歳まで、今は計八人が三つの大部屋に分かれて起居している。優しい王妃はエリザベス王女の話し相手になればと考えたのかもしれない。同じ数だけ男の子たちもいた。

館が一つあればその下に人が集まり、小さいながらも宮廷を作る。血縁以外のつながりができる。

ジェーンの祖母、元フランス王妃でヘンリー八世の妹であるメアリー王女も、兄の妃である元スペイン王女キャサリン・オブ・アラゴン王妃のもとへ女官として上がっていた。母はそんな祖母に連れられて宮廷に出仕し、そこで育った。メアリー王女の友という人脈を作った。そうしてこの国は成り立っている。皆、宮廷内に地位を築き、関係を紡いでいく。

「ジェーン、よく来ましたね。疲れたでしょう」

前三度と同じ優しいキャサリン・パー王妃の歓迎に、ジェーンの胸が痛くなる。

(今生でも、キャサリン王妃様の死は避けられないの……?)

できる限りの手は打つつもりだが、時戻りの知識があってもできないことがある。それが辛い。ちょうど正餐の時間だったので、着替えて長卓につく。実家の食事より豪華だ。

鶉(うずら)をつめた雉(きじ)のローストに鹿肉のパイ。香草で蒸した魚まである。鶉は肉汁たっぷりの雉の中で蒸され柔らかく、魚は臭みが少しもなくあっさりとしている。食事の最後には果実のパイの他に、可愛らしい少女を模したマジパンまで出された。ジェーンを歓迎してくれているらしい。

「この子たちがあなたと暮らす子たちよ。仲よくなさいね」

食後のくつろぎの時間になると、王妃が宮廷にいる少女たちと引き合わせてくれた。

その中にエイミーがいる。

前の生でエドワードの手紙を持ってきてくれた少女だ。あの時、ませた大人の女のようにふるまっていた彼女もまた若い。そしてやはり前と同じ流れだ。

(……ということは。いつかはエドワードとも会うことになるのね)

行列見物の時、彼を見ても思ったより動揺せずに済んだ自分にほっとした。だがこれからは遠目に見るだけでは済まない。へたをすれば王妃の名代として王への文使いなどを命じられて、彼と言葉を交わす羽目になるかもしれない。

「前もって王妃様に、私が若い殿方たちに興味がないと言っておいたほうがいいかもしれないわ。王妃様はお優しい方だし、今は恋愛中だから。親切心を出されてお願いもしていないのに、エドワードと引き合わされてはたまらないもの」

その彼はジェーンのことを知らない彼だ。ジェーンと恋した記憶のない彼。再会したら赤の他人を見る眼をジェーンに向ける。

ジェーンにはもう恋心はない。そのはずだ。彼と会っても動揺しない。そう決めている。

だがそれでも、「初めまして」と、彼に挨拶されるのが嫌だった。

キャサリン王妃の宮廷に入ったことで、前と同じくジェーンにはさっそく家庭教師がついた。出される山ほどの課題を前になんとか時間をひねり出し、行動を開始する。

チェルシー宮殿に来て三日後のこと。ジェーンは目当ての人物がいる庭園の四阿に向かって歩を進める。今〈彼〉は一人でそこにいるはずだった。ジェーンがエリザベス王女の名を騙って、「四阿でお待ちしています」と伝えたからだ。

いろいろと考慮して、ジェーンは今生の手を組む相手として、王の叔父であり、海軍卿の名を持つトマス・シーモアを選んだのだ。

彼は優しいキャサリン王妃の夫で、前世でジェーンの希望の芽を摘んだ男だ。

もちろん選びたくて選んだのではない。個人的には大嫌いで虫唾の走る相手だ。できることなら彼のいる半径一マイルに近づきたくない。同じ空気を吸うのも嫌だ。

だが今のジェーンに選り好みをしている余裕はない。

「他の庇護者を探そうにも、王妃様の宮廷に子どもはいても、大人はいないから」

キャサリン王妃はあくまで元王妃だ。新王に影響力があるとはいえ過去の人なので、成人の権力者はキャサリン王妃の宮廷には現れない。世俗に興味のない学者連中や少年たちなら選り取り見取りだが、宮廷に地位を持ち、王位に野心を持つ大人の男は夫のトマスくらいしかいない。

なのにジェーンが今生、手を組む相手は、先ず、大人でなくてはならないのだ。

(前の生で学んだから。親に反対されても意志を通せるだけの気力と権力を持つ男でないと、手を組む意味がないのよ)

その点、トマスは王妃の死後、その財産を継いでイングランド一の富裕な男になる。宮廷での地位も王の叔父で枢密院顧問の一人と、ジェーンの父ドーセット侯爵より上だ。

年齢差は目をつむろう。キャサリン王妃だって親子ほども年上の男の妻に三度もなった。

「我儘は言えないわ。そもそも他の大人の廷臣は皆、既婚者だもの。力を持つ若い独身者なんていないのだから」

顔をしかめながらも付き従う従者を撒き、ジェーンは宮殿の裏手に回った。チェルシー宮殿は勝手知ったるかつての我が家だ。新参だが従者も撒けるし道に迷うこともない。木陰を縫って、綺麗に整えられた薬草園の先の薔薇園を目指す。

彼はそこにいた。義理の娘の呼び出しにのこのこと応じて。

薔薇の絡まる四阿でゆったりと足を組み、柱にもたれかかった彼は三十八歳という年齢にも関わらず、洒落男の雰囲気があった。渋い大人の男の色香を漂わせながらも、悪戯っぽい笑みに少年めいた茶目っ気が滲む。悔しいが男の魅力だけはあると認めざるを得ない。

（母性愛の強いキャサリン王妃様がほだされるのも、無理はないわ……）

ジェーンがわざと足音を立てて近づくと、彼は、おや、と片眉を上げてみせた。

「これはこれはドーセット侯爵令嬢殿ではないか。こんなところにどうしたのかな。道に迷ったなら、従者に送らせるが」

にやりと笑うと腰をかがめる。密会の場に乱入されたのに少しも悪びれず、逆にジェーンのような小娘にも片目をつむってくるのが腹立たしい。が、感情を揺らしてはいけない。

ジェーンはことさら冷静な顔を纏うと彼に儀礼のみの一礼をした。それから、背筋を伸ばす。背の低い子どもにできる限りの威厳でもって、重々しく告げる。

「ここにおられても王女様はいらっしゃいません」

「何？」

「あの伝言を託したのは私です。私のような若年者では正攻法でお呼びしても来てはいただけないと思いましたから、王女様の名を無断で使わせてもらいました。お詫びいたします」

ジェーンのしれっとした言いように、トマスが毒気を抜かれた顔をした。そこをジェーンはすかさずついた。用件を一気に述べる。

「海軍卿に折り入ってお話があります。今より先、将来のことになりますが、ある結婚契約を結ぶことをあなたに提案したいのです。あなたが独身に戻られた時に結ぶ、王位継承権者の娘との婚姻契約です。王位継承権者の名はフランシス・グレイ、そしてその娘はジェーン・グレイ。つまり、あなたの前にいる私です」

今のトマスはまだキャサリン王妃の夫だ。だからすぐに結婚を申し込むことはできない。だからジェーンは〈将来の結婚契約を提案に来た〉という形をとった。

どちらにしろ既婚者にする話ではない。が、ジェーンの駒となれる者は多くない。何しろ野心と権力を持つという条件は必須だが、実力がありすぎても困るのだ。ジェーンが完全に道具にされてしまうから。

(ほどほどがいいのよ、ほどほどが。陰険なジョン・ダドリーや慎重なサマセット公では私はいいように駒にされて終わりよ。庇護を受けても安心できない。かといって力がなさすぎる人だと宮廷を泳ぎきれないし)

トマスの出世欲は強い。が、兄の護国卿サマセット公とは違い、頭の中と性格は少々軽めだ。

(彼なら、私でも御せるかもしれない)

そう思わせる隙がある。

ジェーンには計画があるのだ。よりよい未来を目指すための図が。

トマスに引き取られる運命は前までと同じになるが、その分、運命に抗わず流される形になるから障害は少ないだろう。トマスのもとへ行った後は一巡目同様、しばらく独身を保ち、彼の野心と兄への競争心を煽って、もっと頻繁にエドワード六世王と接触するつもりだ。

(そうすれば、すべての元凶というべき、王の死という悲劇を変えられるかもしれない)

彼の病が何かは秘されていたのでわからない。が、医術書なら読み込んだ。

悪化して死に至ると前もってわかっているのだから、注意して見ていれば初期症状を見落とさずに済むかもしれない。そうすれば早めに医師も呼べるかもしれない。

彼の命さえ救うことができれば、そして彼が無事妃を娶り男児をもうけることができれば。

ジェーンは、女王位につくことなく静かな生を終えることができる。キャサリンも無事だ。

それでもエドワード六世王が今までと同じく早世するというなら。この際だ。

今生は女王になろう。おとなしく。

ただし、ただ処刑を待つだけの、九日間だけの玉座などお断りだ。

(今度こそ、国と民の上に君臨する王になるわ。自分の命と、キャサリン、ハロルドの未来を守れるだけの力を持つ君主に)

そしてジェーンが女王になるなら、王配としてトマスは最適なのだ。

兄は護国卿のサマセット公。ジェーンの父と違ってサマセット公なら、トマスの浅慮を補い国政を担える。今現在、サマセット公とトマスは仲が悪いが、トマスがジェーンの夫となり、ジェーンが女王となれば公もこちらにすり寄らざるを得ない。

一巡目の記憶ではサマセット公は弟(トマス)の処刑と政策の失敗から貴族たちに造反され、処刑されている。が、ここはジェーンがなんとか回避できるよう努力するつもりだ。

(勝算ならあるわ。前回みたいに息子のエドワードを通して話す策よりも)

何故ならエドワード六世王が病に倒れた後は、ジェーンの価値が増すからだ。サマセット公は大事な王という駒を失う。残された一族の希望はジェーンだけ。

弟の妻でもある王位継承権者の娘の言うことであれば、サマセット公も聞かざるを得ない。

トマスが兄に謀反など起こす気にならないよう引き留め、ジョン・ダドリー台頭が起こらないようにすれば。そしてジェーンがトマスと結婚し、女王位を受けると言えば。

トマスと結ぶことでジェーンはサマセット公に対しても発言権を得るのだ。

(そして何より、トマスなら九歳の私でも欲しがる。私より女王位に近いエリザベス王女様に言い寄って、そちらが無理だとわかってから、という次点扱いになるでしょうけど)

野心があってもさすがに幼女相手では戸惑う良識人も少なくない。その点、トマスは良識がない。兄を出し抜けるならと、必ずジェーンの手を取る。

トマスに結婚相手の年齢や容姿は関係ない。兄を出し抜ける妻であればそれでいい。結婚後、ジェーンが気に入らなければ他に愛人を作るだろう。自分はお飾りでいいのだ。こちらだってお飾りの夫しか求めていないのだから。

自分がやっていることの危うさはわかっている。トマスは愛した人の叔父だ。そして唯一ジェーンにくつろげる時間を与えてくれた人が愛する夫でもある。そんな相手の手を取るなどぞっとする。

だが感じる嫌悪の念以上にジェーンは知っているのだ。何もしないことの危うさを。

そうは言いつつジェーンも本心では形だけでもトマスを夫とするのは嫌だ。できればエドワード六世王には健康を持ち直してほしい。

だからジェーンが王の病の初期症状を見抜けるのが先か、エドワード六世が病に侵されるのが先か。これは一種の賭けになる。

(こんなあやふやな賭けなんて嫌いだけど、今は賭けるしかない)

だから今生ではトマスのもとへ行くのを拒まない。逆に自分から飛び込んで未来を切り開いてやる。

ただ、彼に囲い込まれてからこんな提案をしても、足元を見られて対等な関係は築けない。自分が彼と自由に会える今、決めてしまうしかない。

ジェーンは頭を上げ、堂々と言った。

「私があなたに好意など欠片も抱いていないこと、真面目な本の虫で流行の恋愛遊戯には興味がないことはご存じですね?」

彼に近づくのを少女の恋への憧れからと思われては、へたをすれば遊ばれて終わりだ。今後がやりにくくなる。だからずばり言う。

「そのうえで取り引きを。キャサリン王妃様が亡くなられた後、私の夫になってほしいのです」

「不敬な子だな。キャサリンが死ぬと?」

「はい。来年の秋に。あなたとの初めてのお子様、女の子を出産した後に」

今の時点ではまだキャサリン王妃は身ごもっていない。なので万が一、運命の流れが変わった時のために、正確な出産の日付けはぼかす。

「組むならエリザベス王女様のほうがいいと考えられても無駄ですよ。その頃には王女様はここから遠ざけられていますから。あなたとの醜聞が原因で。キャサリン王妃様の死後、あなたはご自分の邸に戻られます。お母君が邸の切り盛りをするため同居なさるはずですから、私を養い子として呼び戻すのは簡単でしょう」

ついでなので、「父はあなたが『ジェーン嬢をエドワード六世王の妃にするから預けてほしい』とおっしゃって二千ポンドも出せば簡単に同意します」と言っておく。恥ずかしいが事実だ。

「ですが陛下が私を妃に迎えることはありません。彼もまた、妃を迎える前に死にますから」

トマスが息をのむのがわかる。

今まで魔女と言われるのが怖くて垣間見た未来のことは誰にも話さなかった。だが今回は未来の知識を利用する。自分の存在価値を高めるために。

「今はまだ信じられないでしょう。ですから返事は今すぐにとは言いません。王妃様が身ごもられるかもということも、今の結婚生活を続けていれば考えられることですし、王妃様のご年齢を考えれば出産が無事に済むことも少ないと誰もが思うでしょう。ですから王妃様が亡くなられ、葬儀が終わってから返事をください。その頃、あなたに仕える従者のジュディが落馬をして命を落とします。彼の死を確認なさってから、今日、私が言ったことを思い出してください。私と結婚するための条件はその時に話します」

ジェーンは一気に言った。

トマスの従者ジュディが落馬したというのはトマスのもとへ引き取られてから知ったことだ。今のジェーンは彼とは面識がない。トマスは会ったこともないロンドンの邸にいる従者の名を何故ジェーンが知っているのかと怪訝そうな顔をしている。

それだけに彼が落馬すればジェーンの言葉も重みを増す。ジュディはトマスの従者の中でも馬の扱いが巧みで、誰もが落馬などするとは思ってもみなかったらしいから。

話を聞いたトマスが、気圧されたような顔をしている。

「君は、いったい……」

たった九歳の少女の言葉にしては、語られる未来が具体的すぎて、冗談と笑い飛ばすこともしにくくなったのだろう。それともジェーンの様子からただならぬものを感じて、怖くなったのか。彼が唇をなめ、独り言のようにつぶやいた。

「まさか未来が視えると？　聖書にある聖人たちのように？　そんな馬鹿な……」

それから、子ども相手に掠れた声を出したのを恥じたのか、彼が顔をしかめた。目をそらせ、咳払いをする。

再びジェーンと視線を合わせた顔は、ふてぶてしい大人の表情を取り戻していた。身構えるジェーンに不敵に笑いかけ、ここを統べるのは俺だとばかりに歩を進める。

「ふーん、真面目な本の虫だと思ってたけど。つまりこれは可愛らしい求婚の申し出と考えていいのかな。君から僕への」

一気に距離を詰められ、次の瞬間、ジェーンは太く固い男の腕に囚われていた。ぐいと腰を引かれて、体を密着させられる。ドレスの布地越しに感じる男の脚の感触と熱。恐怖を感じたジェーンはあわてて彼の胸に手をあて突っ張った。

「やめてください。私はそんな安い女ではありません」

「だが君はここを出て僕の喪が明けたら正式に神の御前で夫婦となりたいのだろう？　なら、前約束くらいはもらっていいと思うが。二人の契約の印に」

そんな未来など信じていない、そう主張する軽い口調で彼は言った。

こんな子どもを相手に、一瞬でも気をのまれたのが悔しいのだろう。不吉な予知をただの男女の戯れに移し替え、強引にこの場の主導権を取り戻そうとしている。

そしてジェーンも。こうして囲われてしまえば身動きさえとれない子どもの自分が悔しくてたまらない。せめてもの意地で、せいいっぱい蔑んだ冷めた目で自分を捕らえる男を見上げる。

「……こんな子どもでもお相手できる方とは思いませんでした」

「確かに。まだ硬いな、エリザベスとは違って。今までの君なら気にも留めなかっただろう。でも気づいてないのかい？　今の君は大人の女の目をしているよ。十分、男を誘える」

僕はね、嫌がる女を屈服させるのも嫌いじゃないんだ、と声を潜めて彼が言う。

「だが安心するといい。こちらからは手は出さない。君は尊い王位継承権者の娘で、まだ子どもだ。強引な真似をして騒がれても困るからね。だけどいいのかい？　契約を持ちかけたのは君のほうだ。僕はこの場で馬鹿馬鹿しいと笑って忘れることもできる。どちらが主導権を握っているか、よく考えるといい。大人の男をからかうものじゃないよ、お嬢さん」

顔に吐息がかかって、反射的にジェーンは顔をそむける。トマスがくっと喉を鳴らして笑った。ジェーンは自分が競り負けたことを知った。悔しさと恥ずかしさで頭の中が真っ赤になる。

そんなジェーンを見下ろしながら、トマスが余裕の態度でジェーンを離す。

「とはいえ、確かに君が言う通り、君の持つ血筋は魅力的だ。申し出は記憶にとどめてもいいよ。将来、君が申し出を反故にしても、履行を求めたりはしない。だから無理に契約の前約束をする必要はない。だけど……」

意味深に言葉を切ると、トマスがジェーンの目を覗き込んだ。

「僕が欲しいなら、君のほうから口づけを。これは具体的に結婚を考えた男と女が交わす最低限の儀式だよ、レディ・ジェーン」

屈辱だ。この男に自分から唇を寄せるなんて。それがわかっていてわざとこの男は言っている。ジェーンの本気具合を見極め、自分が上位者だとはっきりとわからせるために。

（男の矜持を刺激されただけで、別に私の口づけなんか欲しがってるわけじゃないのにっ）

だが他に道はない。契約を申し出たのはこちらだ。

「……目をつむって動かないでください。すぐ済ませますから」

ジェーンは固く目をつむると、そっと顔を寄せた。

この男は従叔父のエドワード六世王の叔父だ。そして三度目の生で愛したエドワードの叔父でもある。いわば半分、身内のような相手だ。だから大丈夫、これは家族に対する口づけだ。そう思おうとした。だが、気持ちが悪かった。


汚い、汚い、汚い、自分が汚れてしまった気がする。

庭園の奥の小さな噴水で、ジェーンはごしごしと唇を洗っていた。

「それ以上は、どうか。血が滲んでいます」

いつの間に来たのだろう。ハロルドが心配そうに手巾(ハンカチ)を差し出していた。固く唇を引き結び、泣きそうな顔をしているジェーンを見て何かを察したのだろう。彼は固い口調で問うた。

「お一人の間に、いったい何が」

トマスと会うために当番の従者を撒いたから、ドーセット侯爵邸から付き従った皆でジェーンを探していたのだろう。そしてようやく見つけた主家の令嬢は傷ついた顔をして唇を洗っている。何があったとハロルドが青ざめるのも無理はない。

「……なんでもないわ」

顔をそらせ、説明を拒絶する。あんなことを他人に話すなど嫌だし、話す義務もない。

「ですがっ」

それでも食い下がるハロルドに、まだ先ほどの緊張と恐怖が残っていたのだろう。ジェーンはかっとなった。

（人の気も知らないでっ。誰のためにこんなことをやっていると思っているの？　あなたのためでもあるのに！）

ハロルドの態度がジェーンを責めているように感じて、居心地が悪くて、悲しくて、寂しくて、ジェーンは思わず言っていた。

「好きでやってると思うの⁉　これは生き残るために必要なことなのよ。邪魔しないで。それに……私はとっくに汚れているもの」

今生ではまだだが、一度目の生では人の妻になったのだ。キャサリンは実家に帰ることを許されたが、自分は駄目だった。とっくに純潔を失っている。

自分だけが汚くて、誰からも見捨てられた価値のない娘に思えて。ジェーンが人前だというのに泣き出しそうになった時だった。ハロルドが言った。

「誰にです」

「え」

「どこの誰に汚されたと？」

振り仰いだハロルドの瞳が激しい熱を帯びていて、ジェーンははっとした。

本気だ、彼は。

おとなしげに見えたのに、細身の、鞭のようにしなやかな彼の体からは抑えきれない苛烈な気配が漂っている。

ジェーンはひるんだ。駄目だ、この流れは。覚えがある。前の生でのドーセット侯爵邸の中庭での流れと同じだ。優しい彼はまたジェーンに同情して熱くなっている。

「……た、例えばの話よ。別に何かされたわけではないわ」

嘘は言っていない。トマスには口づけこそ自ら与えたが、夫婦の義務のほうは今生ではまだだ。そしてもう今生では意に沿わぬ相手と夜を共にはすまいと決めている。トマスには結婚時に条件として白紙結婚を示すつもりだ。

(だから……何も抵抗できなかった一巡目の時より断然ましなのよ、今回は。私はこれ以上、汚れずに済む)

ハロルドの目がまだ探るように、気遣うようにこちらを見ている。思わず目をそらせた。グレイ家のジェーンたる自分が、格下の従者を相手に。

だが本気で怖かったのだ。その時のハロルドは、ジェーンが誰かの名を口にしようものなら、剣の柄に手をかけそうな勢いで。

前のように声に出して忠誠を誓ってくれたわけではない。だが今生も彼はジェーンに忠誠を捧げてくれている。それがわかった。

(でもどうして？　今生では私は何もしてない。彼にだって冷たくあたっていたくらいな

のに）

前のことがあるから、気をつけて、彼とは適切な距離を保っていた。どこにも個人的な忠誠心を誘う隙はなかったはずだ。それでも彼はジェーンを選んだと言うのか？

ジェーンは何度も死んだ。誰よりも愛してくれるはずの親の手で売られた。民にも国にも見捨てられた。誰もジェーンを選ばなかった。

なのにハロルドは燃えるような目でジェーンを見る。守ろうとしてくれる。政略の駒としてなど見ずにジェーン個人に尽くしてくれる。

（……それは嬉しいわ。純粋に。だけど駄目、怖い）

せっかく会えた彼だ。なのにまた死をも厭わぬ忠誠を誓わせてしまいそうで。

（駄目よ、そんなことをさせては。だって忠誠を誓われたら、私が今生で何か失敗した時、彼はまた私を守ろうとして死んでしまうのではないの……？）

前の生の時、目の前で息絶えた彼を思い出す。艶やかだった髪が雨と血に濡れそぼって、彼の頬に張りついていた。彼の形のいい唇から血の気が失せて、最期の吐息が漏れて。

（嫌よ、もうあんな彼を見たくない……！）

ジェーンはぞっとして後ずさった。

それからのジェーンはハロルドを徹底して避けた。

寂しさは感じる。前の生ではジェーンの味方は彼だけだったから。その彼を遠ざければ今生でのジェーンの味方は誰もいなくなる。一人ぼっちだ。

（だけど、我慢しないと。それにもともと私は一人ぼっちじゃない）

一人ぼっちのジェーン。何度時を戻ろうとも人生を繰り返そうとも、人に裏切られてきた。まるでお前など誰も愛さないと見せつけられるように。

だが彼だけは変わらず傍にいてくれた。いつもジェーンを心配してくれた。彼とキャサリンの幸せだけが、何度も時戻りを繰り返す異邦人であるジェーンの心の支えなのだ。だから時戻りの最初の日にキャサリンが彼を欲しいと言った時、彼を離せなかった。キャサリンのもとに残したほうがいいとわかっていながら、彼の意思も聞かずに我儘を言った。なのに彼は黙ってジェーンに仕えてくれている。

優しい人だ。だからこれ以上、ジェーンに深入りさせないほうがいい。

（それに私は女王になると決めたから。なら、学ぶべきことはたくさんあるわ）

後見となる相手と無事手を結べた後も、その人物が政争の中を生き抜けるように、今のイングランドの法や先例など、足をすくわれることのないよう、なるべく多くの事例を読み、覚える必要がある。運命のぎりぎりまで抗うため、キャサリン王妃とエドワード六世王を助けるための医術書にもあたる必要だってある。ジェーンは忙しいのだ。

書庫で再び書物に埋もれた本の虫になりながら、ジェーンはため息をつく。

そうしていると、自然、屋内で過ごすことが多くなり、せっかく父が他の少女たちに見劣りしないようにと用意してくれた馬に乗る時間がなくなってしまった。

「最近、お見えになりませんね」

ある日、キャサリン王妃に「閉じ籠もってばかりだと体によくないわ。乗馬でもして外の空気を吸ってらっしゃい」と、馬場に追いやられたジェーンに、ハロルドが言った。

「お嬢様の鹿毛はいつでも鞍を乗せられるよう用意してありますよ。遠駆けはお好きでしたでしょう？……何か、私に至らぬところがありましたか」

ハロルドは喧嘩別れのようになった前回の噴水でのことを気にしているのだろう。こちらを見る顔はまさに主人に嫌われたかと心配する牧羊犬のようで、馬の鞍上へと彼に押し上げられながら、ジェーンは自分がひどいことをしている気分になった。

もともと彼は悪くない。一方的に避けていたのはこちらだ。

「そんなことはないわ、ただ……」

忙しかっただけ、と言いかけて、ふと気づく。

ジェーンが遠駆けが好きだったのは、一度目から三度目の生までだ。

（一巡目と二巡目はお父様たちの目から逃れて自由になるためだったたし、三巡目はエドワードとチェルシー宮殿の外を散策できるからだったわ。でも今生ではほとんど乗っていな

いのに）

乗ればどうしてもエドワードのもとへ駆けた夜を思い出すし、そうなればあの時の絶望を思い出してしまう。宮廷人として乗馬の腕は必要だが、三度の生で馬に乗る技術はすでに身についている。ハロルドの忠誠心を煽るわけにもいかないし、今回は馬場に近づいていない。

（なのに何故？　どうして私が遠駆けが好きだったと知っているの？）

まじまじと彼を見てしまう。そんなジェーンに重ねて彼が問う。

「それにせっかく人の多いチェルシー宮殿に来られましたのに、同年代の方々と関わられないのですか。会話するのはお好きでしょう？」

これもまたジェーンの前の人生を知らないと出てこない言葉だ。

三巡目でのジェーンはエドワードとよく庭の散策をした。その際に、人気者のエドワードは他の子どもたちに声をかけられることがよくあった。自然とジェーンも一緒に話した。初めての経験は楽しかった。

だが今生では表向きはまた元の本の虫に戻っている。一巡目、二巡目とは違い、本の虫ではなかったのだ。

「……いいの、彼らの恋だのお遊びだのの話はもうたくさん」

友だちもいない幼い少女が言うと滑稽なことをジェーンは口にした。だがハロルドは笑わなかった。大真面目に返してくる。

「しかしここで白馬の王子様を見つけられるのでは？」

「白馬の、王子様……？」

またどきりとした。前世のジェーンは冗談交じりにそんなことをエレンたちに口にしたこともあった。キャサリン王妃に頼みもした。

だが今生では一度も口にしていない。

（なのに何故そんなことばかり言うの……？）

毎回、彼だけが職業が違うのはただの偶然。そう思っていたのだけど。

ジェーンは手綱を操る手を止めた。ハロルドを知らない他人を見るような目で見る。前の生と変わらない、誠実な青年の顔だ。困ったように目尻を下げてこちらを見る大型犬のような表情も過去二度とまったく同じで。

（……偶然、よ）

ジェーンはそう思うことにした。無理やりだったけれど。

きっと彼は他の少女たちが男の子の話をしているのを聞いて、同世代のジェーンが何故同じことをしないのかと不思議に思っただけだろう。彼がジェーンの時戻りを知るわけがないのだから。

（だって前世の自分が私のせいでどんな最期を遂げたかを知っていれば、こんなふうに穏やかな顔で私の傍になどいられないわ）

記憶があればジェーンをなじって離れていく。それが普通の反応だ。わざわざ破滅の未来しかない娘に近づこうとはしない。ジェーンが過剰に反応しすぎているだけだ。

ハロルドがジェーンを心配げに見てこんな言葉をかけるのは、彼の性根が優しいからだ。新しく主になった少女が頑（かたく）なで冷たい人間でも、誠心誠意、仕えようとしているからだ。

（……今生でも、誠実な〈騎士〉なのね、彼は）

改めて思う。だからジェーンは決めた。今生でのジェーンは逆らわずに女王となることで野心家たちに協力するつもりだ。その代わりにこちらの願いも叶えてもらうよう、条件を出すつもりでいた。その一つに、ハロルドのことも加えることにしたのだ。


『ハロルドを、遠くへやってほしい』


それが、ジェーンが出す条件だ。

その時が来た際にハロルドがキャサリンのもとへ行くと決めれば止めはしない。だが義理を立ててジェーンの傍に居続けることを願うなら、宮廷からは遠ざける。

彼は優しい人だ。他の大人たちのように損得では動かない。ジェーンが苦境に陥れば、また何かしら救いの手を差し出そうとするだろう。そしてきっと。

（……また、殺される）

同情から近づくには、自分はあまりにも危険な存在なのだ。

黙り込んでしまったジェーンを、ハロルドが心配げに覗き込む。

「レディ？」

「……なんでもありません。風が冷たくなってきたから戻ります」

言外に会話の終わりを告げて馬首を返す。彼は非難もせず無言でついてきた。

その気まずい沈黙を、敢えて無視する。幸い、ジェーンには他にも考えないといけないことがあったから。

「君の言う通りだったよ、ジェーン」

トマスがジェーンを迎えに来たのは、キャサリン王妃の葬儀が終わり、トマスの従者が落馬して死亡した後だった。もちろんエリザベス王女はすでに王妃の手でトマスのもとから遠ざけられている。それでもトマスは王女のもとを訪ねたが、手ひどく振られたらしい。王女はこれ以上の醜聞が立ち、己の立場が悪くなることを恐れたのだ。

そこまで条件が整って初めて、彼はしれっとした顔でドーセット侯爵邸を訪れた。

「奴が死んだ。馬の扱いが上手な従者だったのに、君の予言通り落馬して首の骨を折った。どうしてわかったんだい？」

ジェーンを見るトマスの目は、完全に利用価値のある娘を見定める野心家のものになっていた。ジェーンは彼の中でようやくそれだけの地位を得られたのかと、胸の内で苦笑した。

派手な葡萄色の胴衣を着た彼が、見せつけるように形のよい足を組む。この期に及んで男としての魅力でジェーンをどうにかできないかと考えているのが透けて見えて、片腹痛い。

「キャサリンの死だけなら予測も立っただろう。正直、あの年齢では子を産めるかは賭けのようなものだった。その後、僕の邸を切り盛りするために母が同居することも推測はできただろう。だがその後の従者の落馬は誰もが予想できなかった事故だ」

そこで言葉を切り、トマスが唇をなめる。目が期待に輝いているのが見えた。

「……本当なのか？　エドワード六世が死ぬのは」

はい、とジェーンはうなずく。

「何故、と問われても答えられませんが、私には見えるのです。運命の先が」

自分がものすごく腹黒い女になった気がした。大事な従叔父の死をこんな取り引きに使うなど、いったい神からどんな罰を受けるだろう。

(でもそもそも予知ができるなんて騙るほうが、神への冒瀆よ)

ジェーンはそっと胸の内で神に許しを請う。嘘をつき、時戻りをしていることをごまかして生きるジェーンだが、それでも敬虔なプロテスタントとして育ったのだ。まだ神を信じている。

罪悪感にまみれながら、ジェーンは言った。

「では、私との婚姻を前向きに考えてくださる、そのためにここへ来られた、そう判断してよろしいのですね？　でしたらこちらも先の言葉通り、婚姻を結ぶうえでの条件を出します」

ジェーンは他に聞かれないよう、声を落として告げた。

一つ、トマスを王配とするために結婚はするが、白い結婚だ。

この男と肌を重ねたくないのもあるが、何よりキャサリン王妃の死を見た。お産は命懸けだ。ジェーンは生き残るために足掻いているのだ。この男の子のために死にたくない。

二つ、キャサリンには政略結婚などさせない。父母の保護下から独立させ、自由に生きさせる。

本当は新女王となった後はジェーンがキャサリンを宮廷に引き取りたい。だがそれでは近くにトマスがいる。女王の妹という地位に釣られる不埒者(ふらちもの)も多いだろうし、独立した領地と邸を与えて遠ざけるのが無難だろう。ジェーンはキャサリンを守るために女王になるのだから。

三つ、ジェーンがエドワード六世王と会えるよう後押しすること。

これは彼の延命ができないか模索するためだが、それをトマスに言っては認めてもらえない。だから表向きはエドワード六世王に次期女王としてのお墨付きをもらうため、と伝える。これは一度目の生でジョン・ダドリーもとっていた策だから有効だ。

それにサマセット公がジェーンをエドワード六世王に会わせまいとしているのは、王の妃にしないためだ。ジェーンがトマスと結婚する予定だと伝えれば、王との面会も許すだろう。なのでこの条件の実現は可能だ。そしてエドワード六世王の病状が悪化した後なら、シーモア家に属する唯一の王位継承権者となるジェーンをサマセット公も推す。

四つ、トマスと結婚するのはエドワード六世王の回復が望めなくなってから。それまではこの婚姻契約のことはサマセット公以外には秘密にする。

これは父への対策だ。ジェーンを王妃にできるかもと思うからこそ、父はトマスにジェーンを預けた。そのジェーンがそうそうにトマスと結婚してしまえば、残された王妃の座をキャサリンに狙うよう強要するかもしれない。

そして、最後にもう一つ。

（ハロルド。彼を助けたい）

これは今の時点では言えない。この席でへたにトマスより年齢の近い若者の名を出せば、かえって不審をかってしまう。

次々相手を変える漁色家のくせに、トマスは嫉妬深い。自分のものだと思った女が他の男を見ることに寛容ではない。そのことは四度もキャサリン王妃の宮廷で見てきたからよく知っている。辟易（へきえき）するくらい独占欲が強い男なのだ、このトマスは。

だから。ハロルドを遠ざけるのはジェーンが女王として力がふるえるようになってからだ。代わりに、もう一つ、トマスに提案した。

「それと、陛下と交流を持たせていただく際に、エドワード六世陛下と私が共に学べるようはからってほしいのです」

ジェーンは侯爵令嬢としての躾しかされていない。王となる者が学ぶことは何一つ知らない。

母が王家の血を引くとはいえ、立場は臣下。しかも母の母はあの奔放に生きた元フランス王妃メアリー王女だ。王の務めとは何かなど真面目に考えたこともないだろう。父に至っては娘に考える頭があるとさえ思っていない。政治は後見となった男がするものだという考えだった。

完全にジェーンはお飾りだったのだ。

（……そんな小娘を、民が王と認めるわけないじゃない）

ジェーンの脳裏にはたった九日で民に離反された、一巡目の悔しさがある。

同じ王位継承権者でも、エリザベス王女とメアリー王女には、将来、自分が王たらんという自覚があった。王女として生まれた矜持も、生き残るためには王位につかねばならないとのせっぱ詰まった意識もあった。

二人は庶子の烙印を押されてからずっと、猜疑心の強い父王に脅かされて生きてきたのだ。王にならなければ死ぬという意識はジェーンよりもっと切実で。だからこそ滲み出る格というものがあったのだろう。

だから民は認めた。メアリー王女こそが王にふさわしいと。

だから自分も考えなくてはならないのだ。自分や大切な人のことを考えるのだけでなく、国や民のことを。また孤独に王位から引きずりおろされる羽目になりたくなければ。

そうして、ジェーンはトマスのもとへ引き取られた。

今回のジェーンは今までとは違い、自分から積極的に動いた。トマスと共にシーモア一族の家長であるサマセット公のもとへ秘密の結婚契約を結んだことを報告しに行く。そしてその場でサマセット公を説得し、エドワード六世との面会許可ももぎ取った。

そうしてようやく会えた王にジェーンはさっそく共に学びたいのだと打ち明けた。

「私はもともと学問が好きなので、陛下の教師方の言葉に興味があるのです。それに私が共に学べば、陛下の治世を従姪としてお助けできるかもと思うのです」

「ジェーンがそんなこと考えてるなんて思わなかったよ。そういうことなら、ぜひ一緒に学ぼう。ジェーンが来てくれたら僕も、いや、余も嬉しい」

動機はぼかして訴えると、エドワード六世王が少しも疑わず承知してくれた。

「学問はエドワードたちが付き合ってはくれるけど、皆、余より年上だから、手加減してくれているのがわかって嫌だったんだ。同じ歳の従姪殿が一緒に学んでくれるのは歓迎するよ。正直、追従で一緒に学ばれるのはたくさんだけど、一人であの教師陣に対抗するのは気が重かったし」

王の言葉があるのだ。頻繁に王宮に出入りすることになるとはいえ、さすがの護国卿サマセット公も、学習のお供くらいでは目くじらを立てられない。

（たぶん、内心ではこんな愛想のない娘に寵臣夫婦の座をとられるわけがない、と思ってるのでしょうね。サマセット公には、トマスとあんな芝居までしてみせたのだし）

サマセット公には、ジェーンが十五歳になったらトマスと結婚すると話してある。結婚予定を秘密にするのは、手元に引き取った十一歳の娘と庇護者が結婚するのは、さすがに外聞が悪いからだと説明した。

不自然な理由ではないはずだが、それだけでは慎重なサマセット公は「ジェーンは王妃の座を狙っていない」ことを納得しなかった。

なのでサマセット公の前で、ジェーンはトマスと盛大に熱愛の恋人たちの演技をしてきたのだ。互いに手を取り合い、熱く見つめ合って。トマスは面白がっていたが、ジェーンとしては一刻も早く自分の記憶からも消し去りたい黒歴史だ。

「芝居をする必要があったのは認めます。そのことではもう文句は言いません。ですが、だからといって私がチェルシー宮殿であなたに一目ぼれをして、キャサリン王妃様亡き後に邸に押しかけてきた、などという作り話を語られたのは大変不本意です！」

「君が未来を見ることができることや、婚姻契約のことは隠してるんだ。それくらい言わないと兄も納得しないいし、仕方がないさ」

邸に戻り、顔をしかめて怒るジェーンを子どものようにあやしながらトマスが笑う。

「それにこれで学友の件も認めてくれるよ。たぶん兄としては才媛と名高いジェーン嬢を隣に置けば、エドワード六世が圧倒されて、君を忌避するようになる。そうして自分の一族の母のような淑やかなシーモア家の娘に安らぎを求めるようになる。そうなれば自分の一族の娘を王妃にできると計算しているだろうからね。だから君も素の本の虫の顔で陛下に接していいよ」

「……ならいいですけど。私の目的は可愛げのある娘となることではありませんし。エドワード六世陛下に後を託せる後継者だと認めてもらうことですから」

「頼もしいね、我が未来の女王様は」

一度、契約を結んだ後は肝を据えたのか、トマスが全面的に協力してくれるのがありがたい。彼は完全にジェーンに賭けている。最近は浮気もせず邸に戻ってくることが多いし、エリザベス王女やメアリー王女にもちょっかいは出していないようだ。

（サマセット公に私たちの熱愛が嘘ではないと思わせるには必要なことだけど。なんだか自分が嫉妬から女癖の悪い夫を見張るうるさい妻になった気分ですごく嫌。この人に夜遊びもされずに毎日同じ邸にいられるのも不愉快だし）

　複雑だ。

　そんなジェーンの胸の内を知ってか知らずか、兄を出し抜けていることに上機嫌のトマスは、彼曰く、〈エドワード六世王のもとへ伺候した際に、次期女王にふさわしいと廷臣たちが認める貫禄と魅力があり、かつ、兄が王妃の座を狙っているのではないかとしょうこりもなく疑わない理知的でお堅い衣装〉とやらをジェーンのために次々と誂えている。

　未来の妻を溺愛している夫の芝居だと彼は言うが、こんな可愛げのないジェーンのために嬉しそうに高価な衣装を選ぶ姿は、根っからの女好きにしか見えない。

「まあ、あなたは陛下の叔父様とはいえ、陛下の身柄と政治は完全にお兄様のサマセット公が握っているのですものね。ご自分の地位を確かなものにするには私に賭けるしかありませんか」

「そういうことだよ、女王様。その軽蔑しきった目、いいね。小さな君が大きな僕を見上げるようにして見下す。だんだん癖になってきたよ。ぞくぞくする」

　馬鹿か、この人は。いい歳をした大人のくせして。

　ジェーンはますます冷たい目でトマスを見て、トマスはさらに喜ぶ。救いようがない。

が、妙に息が合ってきたのが不思議だ。

それからのジェーンは学習時以外も王に頼んで何度も会った。即位儀式は派手だったのに、想像以上に王の宮廷は寂しいものだった。サマセット公が完全に財政を握っていて、王はトマスに小遣いをもらって従者に使いの際のチップを渡している有様なのだ。そんな寂しい王が、見返りを求めずに宮殿に通うジェーンに心を開くのは時間の問題だった。ジェーンを学友ではなく女官として取り立てて、いつでも傍にいられるようにしてくれた。

「こんな僕だけど、それくらいのことをできる権力は持っているんだよ」

寂しげに笑う従叔父の顔が胸に迫って、ジェーンはそっと彼を胸に抱いた。女官のジェーンがそんなことをしても誰も咎める者はいない。人払いをしたわけでもないのに、側近の小姓たちを使いに出した後は、王の狭い謁見室には他に人はジェーンの付き添いで伺候したトマスしかいないからだ。皆、サマセット公のもとへ陳情の列を作っているのだ。

（一巡目の時、トマスが陛下の寝室に押し入ったと聞いて、どうしてそんなことができたのと思っていたけれど。こういうことだったのね。ひどすぎる）

叔父だから入れたのではなかったのだ。もともと王のもとには人が少ないのだ。

一国の王なのだから最低限の従者はいる。サマセット公にしても大事な権力の源というべき王だから警護は万全だ。

だが一歩、宮殿の中に入り、護衛の網を抜けて王の傍近くまで来れば、彼におもねる廷臣たちがいない。エドワードたち小姓の少年が交代で仕えているだけだ。

（まさかここまでだなんて。元が同じ王家の血を引く者同士だし、何度もの生で彼の孤独は知っているからそこをつけばすぐに腹心となれる、とか陛下の攻略法を考えていたけど、画策するまでもないじゃない……！）

ジェーンに抱かれながら、王は「こうしてるとすごく安心する」と寂しいことを言う。

「ジェーン、そう呼んでいい？　……僕を産んですぐ亡くなったという母君と同じ名前だ」

孤独な王はすぐジェーンになついてくれた。それが哀しい。ジェーンは唇を噛んだ。

（せめて私だけでも王に誠実であろう）

それからのジェーンは常に王と共にあった。まだ王妃のない彼と一緒に朝の礼拝に行き、宮殿内に私室も賜った。民の前にも共に出て、自分の存在を印象づけた。

そしてサマセット公から早く結婚をと打診を受けることに辟易しているエドワード六世王の相談にも乗った。

この時にはジェーンはすでに王から二人の時は敬語は無しでと頼まれている。

「陛下に温かな家庭ができるのは私も賛成よ。ここは寂しすぎるもの。けど、無理強いをされるのはひどいわ。あなたは王なのだから、好きな時に好きな人を選んでいいと思う。

お父君のヘンリー八世王はそうなさったじゃない。今のイングランドは安定してるから、政略結婚を強行する必要はないとトマスも言っていたわ。それくらいの我儘、聞いてもらってもいいと思う」

「でも伯父は早く後継ぎをと言うんだ。でないとカトリックのメアリー姉上に国を渡すことになるって。神への義務を放棄することになるって僕を責める」

「そんなことまで公は言うの⁉　ひどいわ」

そんなことを言われたら、気が重くなって人を好きになることもできない。

「あなたが最近、元気がないから焦れているのかしら。大丈夫、また言われたらその時は私が、あなたとヘンリー八世王の行われた宗教改革を引き継ぎます、と言って間に立つわ。だからあなたももっと肩の力を抜いて。心配のしすぎは体に悪いもの」

「そうか、君だって王位を継ぐ資格はあるんだよね。メアリー姉上をおいてエリザベス姉上を指名するのは難しいけど、姉上たちは二人とも一度は庶子になられて継承権の存在があいまいだから。君を指名するのであればメアリー姉上を飛び越えることも可能だ。今度、公にも話してみるよ」

それを聞いて、ジェーンは複雑になる。もともと王に、早く王妃を迎えて後継者を作ってほしい。もしそれが叶わないなら自分を次期王位継承者にと話を持っていくつもりだった。だがこんなに信頼されると良心が痛む。

だがこう言えば彼が安心することを知っている。一巡目の時に王がプロテスタントの後継者が欲しいからと最終的にジェーンを指名することにしたと知ってるから。

今の彼に必要なのは安心感だと思う。彼が病人のように食が細いのも、あまり外へ出ないのも、心労が原因だと思うのだ。それに……〈王〉という駒としてしか見てもらえない彼を見ていると、かつての自分が重なって放っておけない。

(どうか王の責務とか重いことばかり考えないで、もっと気を楽にしてほしい。陛下はまだ十二歳の少年だもの)

そんなジェーンの心はエドワード六世王にも伝わるのだろう。いつの間にかジェーンは彼の親友的な位置にいた。

ジェーンが王に近づいたことでサマセット公もトマスを冷遇できずにいる。もともとエドワード六世王は陽気なトマス叔父が堅苦しいサマセット公よりも好きなのだ。

おかげでトマスの暴発という運命は消え、その流れで王の寝所への乱入を防ぐことができた。後はサマセット公の失脚さえ防げれば、シーモア一族はジョン・ダドリーを押さえて玉座の傍らに君臨し続けることができる。

「次はサマセット公にも、他貴族との融和を図ってもらうことね」

「君が神のお告げで聞いたという、例の共有地の囲い込みのことか。そう言うと思って、兄に探りを入れてきたよ」

　トマスが宮廷から下がってきたジェーンに言う。

「他貴族たちとの不和は兄もまずいと思ってる。ジェーン、君がエドワード六世を動かし、王の言葉として公に伝えるなら、兄の顔も立つ。融和を受け入れてくれるよ」

「本当？　助かるわ、ありがとう」

　不仲だが、さすがに兄弟だけあって互いの出方や機嫌のとり方はよく知っている。ジェーンはトマスを今生の相方に選んでよかったと思った。

「囲い込みを阻止しなかったことで起こる農民の反乱には、ウォーリック伯（ジョン・ダドリー）ではなく、父を行かせてもらっていい？」

　父が一軍の長では頼りないが、この乱の制圧でジョン・ダドリーが台頭するのだ。それを阻止し、他貴族が文句を言えない人選となると、父しかいない。

「ジョン・ダドリーは私たちにとって不吉よ。少しでも手柄を挙げさせる機会は取り上げるべきだと思うの」

「仰せのままに、女王様」

　ことはジェーンの望む通りに進んでいく。

　だが、破滅を回避しようとジェーンが動けば流れに逆らうことになり、軋轢が生まれる。

「ジェーン、これだけ頻繁に陛下と面会していながら、いまだに妃にという話が出ないのはどういうことですか」

ある日、トマスの邸に下がったジェーンに、母が面会に来た。

「あなたは陛下と同じ血が流れているとはいえ、女なのですよ？　なのにまるで学友か側近のような扱いだそうではないですか。また陛下に小難しい反抗的なことを言っているのではないでしょうね。まったく、家の恥だわ」

母が頭ごなしに叱りつけてくる。あいにく相手をしてもらおうにもトマスは宮廷に出ていて留守だ。トマスの母君は最近は老いのせいか疲れやすく、今日も寝込んでいる。ジェーンが母の相手をするしかない。

「こんなことなら教師などつけるのではなかった。生意気に育ってしまって。話に聞くあの売女(ばいた)の娘も母に似て恥知らずに育ったというけれど、女に学問など害になるだけだわ。それに海軍卿も。作るドレスはどれもこれも地味で女の魅力がないものばかり！　口ほどにもない方。成果が出ないならもうドーセット邸に戻ってきなさい。海軍卿にご迷惑をかけるのではありません」

母はジェーンがもう妃の座を狙っていないことを知らない。学友扱いだからこそサマセット公が王の隣にジェーンがいることを許しているということにも頭が回っていない。

（お母様の頭にはたぶんキャサリン・オブ・アラゴン様を王妃の座から引きずり下ろしたエリザベス王女のお母様、才媛だったと噂のアン・ブーリン様がいるのだわ。お母様にとってエリザベス王女様とアン・ブーリンは不快な荊の棘だもの）

娘が王と並んで歩きながら神学について語る様に、かつてのアンとヘンリー八世王の姿を思い出すのだろう。母は渋い顔をしている。それを見て、ジェーンは、あ、と思った。

（私、お母様が虚栄心と欲に釣られて私を王妃に、そして女王にしようと考えたのだと思っていたけど。違うのかもしれない。これはお母様にとって正義なのよ）

母は華やかな育ちだ。〈元フランス王妃、メアリー王女〉の娘として、宮廷で育った。ヘンリー八世王の権力が絶大で、イングランドの宮廷が一番輝いていた時期だ。そこでは母の母は王の気に入りの妹で、王妃は母の友だちで名付け親。そして唯一の王位継承権者であったヘンリー八世の王女メアリーは母の代理母。まさに王族並みの扱いだった。

（だからお母様は自分がただの家臣の妻であることが我慢ならない。いまだに王の身内という特別扱いを恋しがるのよ。もう王は代替わりしたのに。いえ、代替わりしたからこそ、また華やかな身になれる機会があると思っているの？）

晩年のヘンリー八世は恐ろしかった。猜疑心が強くなり、傲慢な自我が膨れ上がって、機嫌が悪いと平気で昨日までの気に入りの寵臣から邸を奪い、妃すら理由をつけては取り換えた。

だが母は、そんな恐ろしいヘンリー八世の御代（みよ）はもう終わったのだ。前と同じ華やかな宮廷に戻れる。そう解釈している。

ヘンリー八世から遠ざけられ、幼い頃から辛酸をなめたメアリー王女やエリザベス王女のような境遇に落ちたことがないから、政争の恐ろしさを実感できていないのだ。

（だから、私を王妃や女王にするという案に簡単に乗ってしまう。それがどれだけ危険な賭けか気づかずに。自分が王族の血を引くという矜持だけはあるから、自分たちが当然、受けるべき権威と利益を損なわれていると感じて）

だから正義を行うべく、ジェーンに動けと命じる。それがジェーンにとって耐えがたいものだと考えもせずに。

（お母様は私のことを、己の持つ権利に気づいてもいない愚かな娘と思ってる。だから導いているつもりでいるのよ。だから何を言っても通じない）

母は正義で、口答えする者は秩序を乱す悪だから。

母が厳めしい顔で言う。

「お前が頼りにならないから、キャサリンを代わりに王のもとへ上げることにしました。護国卿が親切にも声をかけてくださったのです。海軍卿よりは護国卿のほうが力は上。キャサリンならすぐに妃の座を射止めるでしょう」

「キャサリンを⁉　そんな、駄目です、護国卿の誘いに乗ってはっ、お母様っ」

護国卿は、ジェーンが王の友として力を増すのが気に入らないだけだ。あわてて止める。

「私の対抗馬としてキャサリンを上げようとしているだけです。彼が一族の娘を妃にという考えは変わらないのだから、キャサリンは護国卿のもとで飼い殺しにされてしまうっ」

「見苦しいですよ、ジェーン。それほどキャサリンが妬ましいのですか！」

「え」

「キャサリンのほうが美しく愛嬌もいい。だからあなたよりいい後ろ盾を得ただけです。自分の不手際を棚に上げて妹の栄達を邪魔しようとするとは、恥を知りなさい！」

「何、それは」

ジェーンはキャサリンのためを思って自分が矢表に立とうとしているだけだ。未来を知っているから、王妃となる道などないと知るから駄目と言っている。

（なのにどうして、妬んでる、なんてことになるの？）

キャサリンの邪魔をしたことなど一度もない。なのに母はずっとそんな目でジェーンを見ていたのか。

急に足下に穴が開いたような気がして、ジェーンはよろめいた。椅子に座る母への礼儀から、座らず立って控えていたが、耐えきれず傍らに置いた椅子の背につかまる。

「……なんです、行儀の悪い。注意を受けている時くらいしっかりお立ちなさい。まったく、キャサリン王妃様も海軍卿のお母様もどういった教育をこの子にほどこしておられたのか」

前にも聞いた非難の声が母の口から転がり出る。もう立っていられない。

（やっとわかった。お母様たちの娘を見る基準が）

別に差別をしているつもりはないのだ、彼らは。

キャサリンはたまたま彼らが理想とする愛らしい娘像に合っていた。だから可愛がる。だがジェーンはそうではない。だからもどかしく感じて厳しく躾をした。ただそれだけ。

まるで馬の交配か調教でもするように、彼らの理想の娘に近づくよう助けたつもりだった。完全な善意からしたことで、二人の娘双方に同じだけの愛をかけているつもりでいる。だから手を振り払われると驚く。そして人の好意もわからない愚者と眉を顰める。

「……だから私が囚われた時も、自分たちの保身を優先したのね。お母様たちからすれば、私は自分たちの野心の犠牲にしてしまった娘ではなく、あれだけ後押しをしてやったのに失敗した愚かな娘という扱いだから。だから自己責任だと、実の娘が処刑されるのを見過ごした」

「ジェーン？　あなたは何を言っているの？」

母がいぶかしむようにこちらを見る。だがジェーンは前世の記憶について説明はしなかった。

(だって。記憶があると話しても、お母様はこんなふうに訳がわからないという眼で私を見るだけでしょう？　自分たちの不手際や、私がどれだけ嫌がったかということは都合よく忘れて、私が女王になるのを失敗した、そこだけを見る。責める！)

人は自分が見たいものしか見ないし、覚えない。いつだって加害者は忘れる。被害者は忘れられずに苦しむのに。世の中は弱い者が黙って我慢することで回っている。

(だけど、もう嫌よ、もうたくさん！)

ジェーンははっきりと抵抗した。床に伏せ、ふるえながらも、屈しないと、母を見据える。

「私はもうあなたたちには従いません。だって頼りにならないから。お父様もあなたも野心だけはあっても自分でどうすればいいか考えたりできない。だからいつも軽々しく扇動者の口車に乗って馬鹿なことをしでかすのよ。その皺寄せを受けるなんてもうたくさん！」

「ジェーン！」

母が手を振り上げ、ジェーンを打つ。鋭い痛みが走ったが、ジェーンは母をにらみ続けた。

昔は父母が恐ろしかった。条件反射で目を伏せ、従った。子なら皆そうだろう。抵抗する力を持たない子にとって親は絶対者だ。

(だから。これが正しいことだと頭から押さえつけられる圧迫感がずっと苦しかった)

今は大人の目で父母の愚かさがはっきりと見える。家の外にある世界を知ったからだ。それでもジェーンが父母の子であることに変わりはない。立場の弱さも前より身に染みている。ジェーンに関する権利を持つのは父母だ。

今はトマスに預けられているとはいえ、それは父母が許したから。父母が家に連れ戻すと言えばジェーンが泣こうがわめこうが関係ない。力づくで連れ戻されてしまう。そしてまた言うことを聞くまで閉じ込めるだろう。暗い地下室に。

（嫌よ、そうなったら動けなくなる。キャサリンは？　ハロルドは？　それに私だって、どうなるの⁇　死にたくないっっ）

ジェーンは床にうずくまった。暗く冷たい地下室を思い出しふるえながらも、梃子でも動かないと母を見上げる。そんなジェーンを眉を顰めて見下ろしながら、母が傍らに立つ侯爵家から連れて来た従者に合図する。ジェーンが抵抗することを見越していたのだろう。母が連れていたのは侯爵家の従者の中でも力自慢の二人だった。

彼らの手で乱暴に腕をつかまれ、立たされようとした時だった。

明るい男らしい声がした。

「これはドーセット侯爵夫人、おいででしたか。今日もまたお美しい」

トマスだ。気まずい母とジェーンの間に、明るく割り込んでくる。そして、母に見えないように彼はジェーンに合図してくれた。もう大丈夫、と、軽く片目をつむる。

（あ……）

それを見て、もう母に連れ戻されなくて済むのだ、と素直に思えた。

前に立つのがトマスでは母も無下には扱えない。それに王の気に入りで宮廷のムードメーカーである彼にかかれば母もただの女だ。あっという間に機嫌を直して笑っている。今ほど相方に〈大人〉を選んだことに安堵したことはない。

「では後はよろしくお願いいたします。強情な娘ですが、鞭を見せればさすがに黙りますので」

「ご安心を、素直でよいレディですよ。鞭など出すまでもありません」

母が上機嫌で帰っていく。それを見送り、部屋に戻ってきたトマスは、まだ体を固くしてふるえているジェーンに急いで駆け寄った。傍らに膝をつき、そっと抱き起こす。

「……大丈夫、もう大丈夫だ。母君も納得して帰ってくれた。君はあの邸に戻らなくていい。大丈夫だ」

途中からの乱入だったが、母子の間に何が起こったのか察していたのだろう。幼子か怯える子猫をなだめるような口調で彼が言う。

「お堅い君の目を盗んで可愛い女官と宮廷でいい雰囲気になっていたけど、従者が知らせに来てね。戻ってよかった。いつも賢者な君が母君に叱られて、年相応の娘のようにべそをかいているところを見られたのだから。なかなか貴重な光景だ」

「……べそなど、かいていません」

「今くらい強がらなくていいよ。僕は君の味方だ。志を同じくする同志で、いわば荷車の両輪だ。替えはないから相手を切り捨てることなんてできない。安心していい。僕は自分の利益のためにも必ず君を守る。信じていい。だって君は僕をさらなる極みに導いてくれる、女神だろう？　神を粗略に扱う男などいないさ。現に可愛い宮廷の子猫を放って僕はここに来た。違うかい？」

トマスがそっとジェーンの髪を手に取り、口づける真似をする。初めて密談を申し込んだ時のように身をかがめて、片目をつむっておどける。そんな彼に笑いかけようとして、ジェーンは失敗した。

「ふ、くっ……」

ため込んでいたものがあふれそうになって、ジェーンは顔を伏せた。両手で覆う。

「……見ないで。ここから出ていって」

涙をこらえ、かろうじて言うジェーンから、トマスが戸惑ったように手を離した。

結婚歴はあっても、トマスに子はいない。

唯一の子、キャサリン王妃との間に生まれた小さなメアリーも赤子のうちに世を去った。なので恋愛遊戯に慣れた女の扱いには長けていても、怯える子どもの相手には慣れていないのだろう。彼は少し途方に暮れたように、そっとジェーンの肩に手を置く。それから、彼は意を決したようにジェーンを深く自分の胸に囲い込んだ。

「……これからはなるべく僕が傍にいよう。邸の護衛も強化する。君の父君や母君とはいえ、僕に無断で君に近づけないようにする」

トマスが低い声で言う。そして何度も何度もジェーンの背をなでる。伝聞でしか聞いたことがない優しい父の仕草で、ジェーンの髪に口づけを落とす。

前まではは不快でたまらなかった大人の男の匂いがする。だが今はそれが頼もしく感じられて、ようやくジェーンの体から力が抜けた。だんだんふるえも収まっていく。

「君は僕の大事な未来の妻で女王だ。必ず守る。だから……いつもの子どものくせに高飛車なジェーンに戻っておくれ。君に蔑みの目で見られないなんて、調子が狂う」

「……あなたを喜ばすために軽蔑しているわけではありません。今は大事な時だから、本心からもう少し身を慎んでくれたらと思っているだけです」

「言ってくれるね。それでこそ僕のジェーンだ」

くぐもった笑い声が頭の上から聞こえて、ジェーンを抱く彼の腕にさらに力が籠もるのを感じた。

ずっと彼のことが嫌いだった。前世でエドワードに罠をかけさせハロルドを殺した卑劣な男だ。女癖も悪いと、本心から蔑みの目を向けた。だが今は彼がいれば大丈夫、父母のもとへ連れ戻されたりしない、また処刑される運命に怯えなくていいと思えた。

「私は、女王になります。必ずなってみせる」

ジェーンはトマスに言った。

「そしてあなたは王配に。だからこれは交換条件です。……私を母たちから守ってください」

「仰せのままに、マイ・クイーン」

彼だって父母と同じようにジェーンを駒と見ている。

だが少なくともジェーンに考える頭と意思があることは認めてくれている。守ると言ってくれた。それがありがたかった。

エドワード六世が体調を崩したのは、それからほどなくのことだった。

最初は軽い風邪(かぜ)のようなものだった。彼の健康に気をつけていたジェーンが急いで呼んだ医師もそう判断した。

だが治ったかと思えばぶり返す。そしてどんどん症状が重くなっていく。いつの間にかエドワード六世王は起きているより寝ている時のほうが長い有様になっていた。

〈音楽の夕べ〉が開かれたのは、そんな時だった。

病のせいで気鬱になりかけた王の気分転換と静養を兼ねて、チェルシー宮殿に移ったのだ。実母を赤子の時に亡くした王は故キャサリン王妃を母と慕っていた。彼女がヘンリー八世亡き後に暮らしたチェルシー宮殿の明るさと温かさを懐かしんだのだ。

なのでエドワード六世は、昔のチェルシー宮殿を再現するかのように、まだ若い、自分と同年代の側近や当時、王妃の宮廷にいた少女たちを集めて、音楽会を開いた。

「皆、ここにいる時くらい明るくふるまってくれ。暗い雰囲気はもうたくさんだ。踊れ、踊れ!」

エドワード六世王が死の影を追いやってくれと頼むように皆に声をかける。

まるで昔が蘇ったようだった。

王妃自慢のイタリアから呼び寄せた楽団の最新流行の曲を聴き、彼らの伴奏で踊る。少女たちが目いっぱいお洒落をして、頬を上気させている。春だというのに毛布にくるまり、長椅子に横たわった王がそれをうっとりと見ながら言う。

「ジェーン、君も踊っておいでよ」

「いいの? 私に踊らせて。最近、ダンスの授業はさぼっていたから、すぐお相手の足を踏んでしまうわよ。怪我人が出るかも」

「確かにそれじゃ踊れないね。君の相手が気の毒だ」

王がくすくす笑いながら、皆に「今夜は無礼講だ」と命じる。その声が弱々しすぎて、ジェーンはじめ側近たちは泣きそうになる。だが明るくふるまえというのが、王の願いだ。皆、無理やり笑顔を作り、ダンスを踊る。それでも王の気に入りで従姪、そのうえ海軍卿の庇護下にあるジェーンを誘う猛者はいない。

だからジェーンはそんな皆を一歩引いた壁際からそっと見る。

懐かしい。前の生ではこんな夜に思いきってエドワードに声をかけたのだ。

そっと探してみると、彼はいた。前にいたのと同じ場所で、数人の小姓仲間と女の子たちを交えて談笑している。

最初、王のもとに上がった時にいたのは幼い十三歳の彼だった。前の生での、頼もしくリードしてくれた彼を知るジェーンからすると子どもを相手にしているようで収まりが悪く、なるべく言葉を交わさずにいた。だから今生の彼はきっとジェーンが彼を嫌っていると思っているだろう。それが少し寂しかった。

（……でも仕方がないわ。同じ姿をしていても、彼は前と同じ彼ではないもの）

そして、ジェーンももう前のジェーンではない。それでも肌寒さを感じて、自室に戻ろうかと迷っていると、エドワードが近づいてきた。声をかけてくれる。

「素敵な曲だね」

「ええ……」

「覚えてる？　四年前のこと。キャサリン王妃様に招かれてここへ来て、初めて君を見た音楽の夕べでもこの曲がかかっていた。あの時の君はすぐ自室に戻ってしまったから誘えなかったけど、よければこの後の輪舞（ロンド）では僕と踊ってほしい」

エドワードが前の生と同じ美しい青い目でこちらを見る。

初めて彼と言葉を交わした時、先に踊りに誘ったのはジェーンだった。その時、彼は、

「先を越されたね」と言ってくれた。女のほうから誘う強引な真似をしたうえに、言葉をつかえさせてしまったジェーンをなぐさめるための言葉だと思っていた。なのに今、彼は本当に誘いに来てくれた。

(……社交辞令じゃなかったの?)

それだけでジェーンは満足だった。胸がいっぱいになって、実らなかった初恋が綺麗に昇華されたのを感じた。

「……私は、いいのです。踊りより本を読むほうが好きですので」

誘ってくれてありがとう、とやんわりと断る。

「どうか他の子たちを誘ってあげてください」

踊りたそうにしていたエイミーに彼を譲って、ジェーンは王に断ってそっと外へ出る。足は自然とあのイチイの庭に向かっていた。

今生では彼の手は取らない。そう決めていた。なのに心は彼と過ごした幸せな時間を求めていた。

「ジェーン様? どちらへ、もう外は暗くて危のうございます」

トマスがつけた護衛の一人が追ってくる。

王が弱った今、王位継承権者としてのジェーンの価値は増している。それもあって母の来訪後、約束通りトマスはジェーンの警護を強化した。ジェーンがトマスの邸に下がっている時は必ず共に下がるし、宮廷にいる時は必ず自分か信頼の置ける従者を傍に配置して、ジェーンが警護の甘い宮廷の外に出ることは好まない。今夜も必ず誰か従者をつけること、王とその側近の少年少女ばかりの御幸だからとジェーンの同行を許したくらいだ。

そんなトマスがつけた手練れの男は、ジェーンの足では撒ききれない。

前の生ではいつも供をしてくれるのはハロルドだった。知らない人をあそこに連れていくのは嫌だ。供とはいえ他人の前でなんか泣けない。

その時、ジェーンの心に応えるように、ハロルドが現れた。

「交代しよう。後で馬のことでジェーン様に伝えたいことがあるから」

そこで初めて、ジェーンは今生では頼らないと決めていたのに、自分が彼がいるだろう厩のほうへと向かっていたことに気がついた。

ジェーンはトマスの庇護を受けてはいてもドーセット侯爵家の令嬢で、ハロルドは侯爵がつけた護衛も兼ねた馬術教師だ。ジェーンがうなずき、他には下がるように言えば、トマスの従者たちも距離を置かざるを得ない。

「……ありがとう。少し一人になりたかったのだけど、なかなかそうもいかなくて」

「ジェーン様のお姿が見えましたので、そんなことだろうと思いました。これからはそういう時はこちらにおいでください。あなたはまだグレイ家の令嬢で、私はグレイ家の者ですから」

ハロルドが、ここは殺風景ですから、と庭園のほうへ戻るようジェーンをいざなう。

「夜の散策なら、こちらのほうが安全ですよ」

そう言って連れていってくれたのは、あのイチイの箱庭だった。

「ハロルド……？」

何故、今生のあなたがここを知っているの？　問うように見上げたジェーンを、彼がそっと生垣の秘密の隙間へと背を押した。

「たまにはお一人になりたいこともありましょう。偶然見つけただけですが、ここなら誰も来ません。私は生垣の外で見張っておりますから」

それは、中は見ない。人が来ないように見張っている、という意味で。

彼の気遣いがありがたかった。

ジェーンは古代の神殿のような小さな庭で一人、涙を流した。やがて来る王との別れと、自分の初恋の終わりに、心の区切りをつけた。

ここを出ればジェーンは王の後を継いで女王になる。もう泣くわけにはいかなくなるから。

4

エドワード六世王が死んだ。十五歳と八か月。あまりにも短い生涯だった。ジェーンはキャサリン王妃と同じく、また彼を延命させることができなかった。

「約束だよ、ジェーン。君は女王に、そして僕は王配にしてくれるね？」

トマスが、王の棺（ひつぎ）に寄り添うジェーンに手を伸べる。

ジェーンは若くして逝った王を偲（しの）ぶ暇もなく、トマスと結婚した。そして再び女王となった。

ロンドン塔からウェストミンスター宮殿へと向かう行列で、一巡目での即位のことを思い出す。あの時は他からの反対を恐れての、完全に秘密裏の即位だった。

王の死すら秘されて、ジェーンは母の手を借りひっそりと御座船に乗った。道行くロンドンの民も、王家の船に乗ったジェーンを、あれは誰だろうという顔で見送っていた。

今度はきちんと行列を組んだ。少ないながら歓声もある。

ジェーンが馬に乗り、通りを行くと、プロテスタントの王、万歳、という声が起こった。

エドワード六世王が存命中からジェーンを傍に置き、民に姿を強調したからだ。

民は、自分たちの前に姿を現す者しか王と認めない。トマスと共に天蓋の下に並びながら、皮肉げに思う。いったい自分はどこの民の女王かと。死の床のエドワード六世にはプロテスタントのための王になりますと誓ったが、もともと王に近づいたのは自分のため。自分と近しい者たちの未来のために王位を目指した志の低い女王だ。

(だけど今度は失敗しない。笑って王位を譲ってくれたエドワード六世陛下のためにも)

王との約束通り、教会改革を進める。そして自分自身も。絶対に死なない。今度こそ幸せになって見せる。挑むようにジェーンは戴冠式を行う寺院を見上げる。

(それでも死を繰り返させるというなら、繰り返させればいいじゃない)

何故このループがあるかはわからない。最初は戸惑った。次は怯えた。だが今生は開き直った。ジェーンは頭を上げ、挑む笑みを浮かべる。

誰の差し金かは知らないが、時を戻れというなら戻ってやろう。いくらでも苦しい生を繰り返そう。だがあきらめてなんかやらない。戻れるというなら戻って利用してやる。

そしてどんな手段を使ってもいい。毎回、幸せになってみせる。時を戻った回数分だけキャサリンを幸せにして、ハロルドも生かしてみせる。それだけではない。いつかはキャサリン王妃やエドワード六世王を救う方法だってきっと見つけてみせる。

(だって、でないとまたハロルドが心配そうに私を見るもの)

ハロルドはもうイングランドにはいない。昨日付けでカレーを目指して出港したはずだ。新女王の命でローマに送ったのだ。

トマスとの結婚を公表した時、ハロルドは心配げな顔でジェーンに言ったのだ。婚姻後も変わらずジェーン様にお仕えしますと。そして問いかけてきた。

「本当によろしいのですか。あの方で」

いつもの優しい目尻を下げた顔で言った。

ハロルドはジェーンと共にキャサリン王妃の宮廷にいた。その後もトマスの邸についてきていた。だからトマスの漁色家ぶりや野心家たちの思惑がわかるのだろう。小さな声で、

「今さらになりますが、私は反対です」と言った。

「それでも私はあなたの護衛兼馬術教師ですから。お供します。あなたの意志を信じます。そして今度こそあなたをお守りします」

きっと彼は政情の不安定さを憂えて言っている。王位継承権者である母や二人の王女を飛び越しての即位は、エドワード六世王の後ろ盾があっても危ういものだから。

だがジェーンには前の生でのことを彼が悔いているように感じた。

そして改めて思った。このままにはできないと。彼を遠ざけないとまた彼はジェーンを守ろうとする。死んでしまう。

「……条件があります。もう一つだけ。ハロルドに役職を与えて遠ざけたいのです」

ジェーンは結婚と即位を迫るトマスに言った。

「ハロルド？　ふ、ん、あの馬術教師だった男か。君が僕の家にまで連れてきた。侯爵夫

人が押しかけてきた時、誰にも命じられていないのに僕を呼びに来たのもあの男だった」

それを聞いて、ジェーンは離れていても彼がいつもジェーンを気遣い守ろうとしてくれていたのを知った。嬉しい、と思った。境遇が同じだと感じたエドワード六世王が死に、ジェーンは再び孤独を感じていたから。

(だけど、そうだった。私にはハロルドがいた)

ジェーンは彼にただの騎士への情以上のものを抱きはじめている自分に気がついた。この時戻りでただ二人だけの同志。そんなふうに彼のことを感じている。

だが同時にトマスの目が猜疑心で鋭くなっているのに気づく。

「それに……エドワード六世王のチェルシー宮への御幸の時、一人だけ君の供をしたのも彼だった。なるほど。僕に白紙結婚を、と言ったのはあの男が原因か。目障りだね」

トマスが敵意を隠さない、険しい眼で言った。最近の彼が成長したジェーンを底の知れない、意味深な目で見ているのは知っている。以前の母から守ってくれた時のようには子どもと見てくれない。脅されているのだと察した。

「まさかこのまま王家の主馬頭にして、君の即位行列の馬の轡(くつわ)を取らせたりはしないよね？」

「……妙な勘繰りはやめて。遠くにやると言っているでしょう？」

ジェーンは遮った。今のジェーンはこの男の妻だ。妻に不埒な目を向ける従者を切り捨てるくらいこの男は簡単にする。久々に前の生での最期を思い出した。犬でも追い払うようにハロルドに銃を向けたトマス。トマスの手からもハロルドを守らなくてはならない。

「ローマ大使の護衛、ならどうかしら」

ジェーンは言った。

「彼を国外へ。なら、いいでしょう？」

本当は彼に傍にいてほしい。言葉を交わさずとも、ハロルドはジェーンの心の支えだ。

ジェーンはハロルドさえ生きていてくれれば強くあれる。会えなくとも遠い地で彼が無事だと知れれば、女王として生きていける。

（でも、だからこそ遠ざけないと）

いや、これから女王として汚れていく自分、それを見せたくなかったのかもしれない。

「私はグレイ家のジェーンで、女王になった女よ。贔屓などを相手にするわけないでしょう。ただ……彼は乳母のエレン夫人と同じく古馴染みで、不遇だった少女時代の私にも誠意を持って仕えてくれたから。その忠義に報いてあげたいだけよ」

国外であれば戻ってこられない。だが新女王の力が失せれば彼は戻ってきてしまう。この危険なイングランドへ。だからジェーンは今まで以上に力をつけなければならなかった。

その過程で自分はまた嘘をつく。どんどん魂を汚していく。そして優しいハロルドはきっとそれに気づく。そして心配そうな目でジェーンを見るだろう。それが嫌だった。

「ついでにイタリア産の馬でも見つくろって送ってもらいましょう。各宮廷の馬術を学ばせるのもいいわね。イングランド宮廷も大陸のさまざまな文化を取り込む時期よ」

言いながら、ジェーンは王位を保持するための対策を立てる。一度目の生では、即位後にヘンリー八世王の遺児メアリー王女を取り逃がしたことがほころびの始まりだった。彼女は地方に落ち延び、兵を集めてロンドンに進軍してきた。

だから今生ではジェーンはトマスとサマセット公を動かした。エドワード六世王が健在な頃から二人の王女の監視を強化し、孤立させた。

おかげで王位の譲渡はスムーズにいった。

即位から一年が過ぎたが、今のところ反抗を企てる者の影は見当たらない。

「ロンドンの民は君が頻繁に前王と姿を見せたおかげで従順だね。貴族たちも工作がきいておとなしいよ、ジェーン」

即位一周年を記念する式典で、トマスがゆったりと玉座の隣に腰をかけつつ言う。兄よりも上の地位につけて満足なのだ。

「……前から思っていたのだけど、どうしてサマセット公とそんなに仲が悪いの?」

「君も兄を持ってみればわかるよ。それも強欲で僻(ひが)みっぽく、陰湿な最低の兄をね」

「わからないわ。私には天使のような妹が二人いるだけだから」

トマスが言う最低な兄、エドワード六世王の後見人として権勢をふるっていたサマセット公も、肝心のエドワード六世王が子も残さないまま墓に入ってしまえばどうしようもない。なんのつながりもないメアリー王女やエリザベス王女を推すよりはと、仲が悪い弟の妻とはいえ、身内であるジェーンを女王に推すことを誓約してくれた。

「前王の姉たち、王女二人の監視は続けているよ。そちらも問題ない。気になるのは君の妹たちだな。君が女王になったことで、彼女たちの地位は上がった」

「それは大丈夫。末妹のメアリーはあまり寝台から離れられない体だし、キャサリンは愛が人の形をとったような子だもの」

トマスは兄弟姉妹なんてこの世で一番信用できない相手だとぶつぶつ言っているが、いったいどんな幼少期を送ってきたのかと思う。

キャサリンは新女王の権限で王妹としてチェルシー宮殿を与えた。自由に生きるように言ったが、そんな彼女は結婚相手にエドワード・シーモアを選んだ。

前の生でジェーンの初恋の人だった彼だ。今生でも優しいエドワードは、身の安全を図るためとはいえ宮廷から遠ざける形になったキャサリンを気遣い、御機嫌伺いに通う間に恋が芽生えたらしい。即位一周年記念の式典に、久しぶりにチェルシー宮殿から出てきたキャサリンは、すでにお腹に彼の子がいるのだと頬を赤らめながら教えてくれた。

「お姉さま、お願い。彼との結婚を許して。決してお姉さまの治世を脅かさないと誓うから」

キャサリンは必死だ。エドワードも「どうか、陛下」と頭を垂れている。これでは結婚を許さないわけにはいかない。

というよりキャサリンのお腹が大きくならないうちに挙式を急がなければ。子が嫡出子でなくなるのはヘンリー八世王のごたごたを見ているので避けたい。

(……既成事実を先に、とはこういうことなのね)

前の生でのエイミーの言葉を思い出してしまった。

エドワードの人柄はわかっているし、キャサリンが望むなら別に反対しないのだから、もっと早くに言ってくれてもよかったのにと思わないでもないが、とにかくエドワードは前生での「キャサリンを、妹をお願い」というジェーンの願いを叶えてくれることになったのだ。順番がどうであれ、めでたい話に違いはない。

「……おめでとう、キャサリン。それにエドワードも。妹をよろしく頼みますね」

少し間が空いてしまったが、無事、祝いを言うことができた。

エドワードは優しい人だ。きっとキャサリンを幸せにしてくれる。

父母も愛娘の懐妊と初孫の誕生に大喜びだ。サマセット公も嫡子の結婚と初孫の存在に、トマスのほうに自慢げな目を向けている。孫どころか子もいないトマスが悔しそうに歯ぎしりをしていて、この兄弟はなんとかならないのかと思う。

だがこれでキャサリンもシーモア家と縁続きになるのだ。ジェーンと敵対する派閥に取り込まれることはない。安心してジェーンは女王としての力をつけることができる。

ジェーンは満足しながら国政をサマセット公から学ぶ。いつかは自分一人でできるようにならなくては。わずか数年だったが、エドワード六世王のもとで学んだことは無駄にはしない。キャサリンのためにもこれから生まれる彼女の子のためにも安心して暮らせる国を作らないと。

エドワード六世王の時代から続いて摂政の役職にいるサマセット公が言った。

「それにしてもこれが王家の血か。変わりましたね、あなたは。実に堂々とした女王ぶりです。あの本の虫と呼ばれていた小さな令嬢がこれほど見事な君主になられるとは」

「ありがとう。それも公たち皆の助けがあってのことよ」

内心ではどう思っているかわからないが、丁重に言うサマセット公にあたりさわりなく返す。

（さすがにトマスとは格が違うわ）

これが国を動かす野心家ということか。前はジェーンとエドワード六世王が会うことすら邪魔をしていたのに、彼はさっさと頭の中を切り替え、未来を見据えて動いている。

（私だって未来を見据えないと）

一度目の生ではジェーンは嫌々王位についた。父やダドリーの言いなりだった。そんな娘に誰がついていこうと思う？

対してメアリー王女は馬に乗り、軍の先頭に立った。ロンドン市民を前に、我こそは女王だと演説を行った。きっとあれで民はメアリー王女を王位継承者として認めた。

人は卑屈な王についていきなどしない。ヘンリー八世王の宮廷があれほど輝いていたのは、中心に太陽のような王がいたからだ。

だからジェーンも今回の生では演じる。堂々たる女王を。

民が欲しがる、頭上に君臨する慈悲深くも輝かしい、太陽のような王を。

だが、そんな日々は長くは続かない。キャサリンの出産が無事に終わり、可愛らしい男子が生まれた。父と祖父、それに従叔父にあやかって〈エドワード〉と名づけられたその子に祝いの品を贈った数か月後のことだった。

その日はちょうどジェーンの即位二周年を祝う式典の日だった。

ジェーンが寺院へ祝福を受けに出かける用意をしていると、トマスが青ざめた顔でやってきた。そしてジェーンに人払いを願うと言ったのだ。

「ローマからの急使が、兄のところに来たらしい」

「え？　私は何も聞いていないけれど」

「兄が握りつぶしたんだ。スペインが動いた。僕たちの監視下にあるメアリー王女を自由にして即位させるよう、教皇に働きかけたんだ。イングランドのカトリックの声に応えるためという名目で。そして教皇が勅を出した。……プロテスタントの君を王として認めない。即位は無効で、君は善良なるキリスト教徒すべての敵だ、と」

「なっ」

ジェーンは息をのんだ。それはつまり教皇が聖戦を行えと全カトリックに命じたも同然だ。ジェーンは神の敵とされた。いつどこで襲われても文句は言えない。

「どうしてそんな重要なことを私に知らせないの、サマセット公は。私はこれからロンドンの通りをウェストミンスター寺院へ向かうのよっ」

言いかけて、はっと気づく。違う。知らせなかったのではない。隠したのだ。情報を。

トマスが叫ぶように言う。

「兄は宮殿の護衛に向けていた私兵をすべて取り下げた。エドワードとキャサリンの子を守るため、シーモア家の本邸に差し向けたんだ。くそっ、あの最低男め、自分の孫に王位継承権者ができた途端、こちらを切り捨てる気だ」

トマスとサマセット公はもともと権力争いをしていた。トマスが王配の地位についたことで勝敗は決したかに見えたが、サマセット公の嫡男であるエドワードと、女王の妹であり王位継承権を持つキャサリンとの間に無事男児が生まれたのだ。

そうなれば野心あふれる男の考えることは一つだ。

「……私が死んでも問題ない。いえ、命を落とすことすら願っているのね、彼は」

キャサリンを、いや、キャサリンの子を次期王とするために。

（どうすればいいの⁉ これじゃあ宮殿の外には出られない。いいえ、宮殿の中も安全じゃないわ。カトリックであることを隠した廷臣や陳情者たちがいるもの）

誰が刃を向けてくるかわからない。

「ヘンリー八世王も教皇聖下から破門されたことがあったわ。だけど逆にローマと決別してイングランド国教会を立ち上げた。それと同じことはできない？」

「無理だ。あの頃はイングランド宮廷の黄金期だった。今の君はそこまでできるだけの地盤がない。時代も違う。今は教皇の後ろにはスペインがいる。イングランドの初代女王は彼らの共通の敵になってしまったんだ。くそっ、このままでは君がっ」

トマスの必死の叫びを聞いてジェーンは思った。

（ああ、そうか。私の即位は民たちだけでなく、神にも望まれていなかったのだ）

ジェーンは苦笑めいた乾いた笑みを唇にはいた。そして、小さく言う。

「……トマス、王位を返しましょう。メアリー王女に。代わりに助命を乞いましょう。私たち二人と、仕えている者たちの」

運命を変えることはできない。キャサリン王妃もエドワード六世王も助けられなかった。無駄だったのだ。自分の頑張りは。なら、できる限り傷を浅く済ませたい。

「でないとキャサリンや生まれたばかりの小さなエドワードまで神の敵にされてしまう。後のことは私が手配します。もし罪を負えと言われれば私が一人で引き受けます。ごめんなさい、トマス。たった二年だけの王配で」

「何を言っているんだ、あきらめてどうする！」

トマスがジェーンの肩をつかんだ。

「そもそもキャサリンと小さなエドワードのためだって？　何を考えてるんだ、君は。最も気をつけなくてはならないのは血のつながった兄弟姉妹だと、即位の時に教えたはずだろう⁉」

「え」

「くそっ、こうなったら皆ぶちまけてやる。君が大事にしている妹とやらは、君の即位式の時、僕に言ったよ。『私があなたの妻になって女王になりたかったわ』ってね。それからも僕を口説いてきた。私ならお姉さまと違って世継ぎだってあげられるわと言ってな。だからエドワードをあてがったんだ。おとなしくさせるために」

「え？　何を言って……」

「キャサリンは言っていたぞ。姉がすべて奪っていくと。晴れのお披露目の席でわざと抱きついてきて妹のドレスを皺にしたり、自分が見劣りするからと、危険からかばうふりをして妹を他の目から隠したり。あげくは宮廷から遠ざけ、誰も来ないチェルシー宮殿に閉じ込めた。姉さえいなければ私は幸せになれたのにとな。君が気にかける価値などない娘なんだ、彼女は」

「嘘よ……」

ジェーンは引きつった笑みを浮かべた。これは嘘だ。幼い子どもの頃、宮廷へのお披露目の日に抱き着いてガウンを皺にしたとか、姉妹でしか知らないことを彼は口にするが、全部作り話だ。トマスが兄への反感から勝手なことを言っているだけ。

茫然と立つジェーンに、トマスがはっとしたように言葉を止めた。それから、すまない、言うつもりじゃなかったんだ、と言った。

「とにかく。王冠を持つのはこちらだ。兄の力などなくとも君は守って見せる。今日は君は予定通り寺院へ向かえ」

「でも」

「護衛は手配する。それよりも女王が民の前に姿を見せることが重要だ。怯えて縮こまっているなどと兄に笑われてたまるものか」

それからはあっという間だった。魂の抜けた人形のようになったジェーンはそのまま輿に乗せられ、テムズ川を下る御座船に乗せられた。この船で川を下り、沿岸に集った民に手を振るのだ。

ゆっくりと進む王の船団。その足が途中で乱れた。

「投石、いや、矢だ、誰かが射かけてきているっ」

護衛についた兵たちの声が聞こえて、ジェーンが座す船の天蓋を支える柱に、何かが突き刺さった。矢だ。しかも火がついている。

「きゃあああああ」

天蓋の布が燃え、付き従っていた侍女たちが総立ちになる。船がバランスを崩した。船頭が制止したが間に合わない。さらに矢を射かけられて、侍女たちが逃げまどい、船が転覆する。

「陛下っ、こちらへっ」

あわてて腕を伸ばした船頭の手で、船の縁になんとかつかまった時だった。顔のすぐ横を矢が掠めた。船が転覆した時に同乗の兵たちは川に落ちてしまった。真珠や宝石が縫いつけられた正装のドレスは重い。ジェーンは縁にしがみつくだけでせいいっぱいだ。避けられない。

また、矢が飛んでくる音がして、ジェーンが身をすくめた時だった。ばんっと強い音がして、船底に伏せた顔の両側に誰かが両手をつく。そして肉に何かが刺さる鈍い音がした。

目を開けると、ジェーンの背後に、逞しい体があった。

船べりにしがみつくジェーンを囲うようにして、男が一人、身を挺してジェーンをかばっている。濡れ鼠の、平服姿の男だった。ジェーンが川に落ちるのを見て、岸から飛び込み、ここまで来たらしい。彼が伏せていた顔を上げる。濡れた髪の間から鮮やかな緑の瞳が見えた。

「ご無事ですか、ジェーン様……？」

「ハロルド⁉」

久しぶりに見た、彫りの深い、男らしい彼の顔。額に濡れた髪が張りついている。

「どうしてここに、イタリアにいたはずでは」

ジェーンは問いつつ気づいた。トマスが言っていた、ローマからの急使とは彼だったのだと。

「……どうして、戻ってきたの。あなたは大使の護衛だったはずよ」

「ご命令に背いたことへの罰はいくらでも。ですがどうしても我慢できなかったのです。あなたに危険が迫っているのに、一人、遠い異国にいることなど……」

ずっとずっと見たかった彼の顔。頬に彼の息がかかる。優しい笑みが涙が出るほど懐かしくて、ジェーンの顔がくしゃりと歪んだ。

ジェーンは会わせてもらえなかった。だが彼はジェーンを守るため、途中、殺されることも覚悟して必死にイングランドに戻ってきたのだ。そして今、ジェーンをかばって矢を受けている。

（こうならないように、遠ざけたのに！）

「ジェーンっ、マイ・クイーンっ」

トマスが重い正装を脱ぎ捨て、ジェーンの傍らに泳ぎつく。

その姿を見て、ほっとしたようにハロルドがジェーンをトマスに預けた。

「後は、どうか。どうかジェーン様を……」

言って、力尽きたのか。ハロルドが暗い水底に沈んでいく。手を伸ばしたがすり抜ける。

彼がつけていたロケットだろうか。鎖につながれた首飾りが水に揺蕩い、鈍い光を放つのが見えた。だがそれすらもすぐ濁った水の向こうに消えていく。

(ごめんなさい、ごめんなさい、ごめんなさい……!)

ジェーンは彼のもとへ行こうともがき、トマスに止められながら必死に謝った。

また、失敗した。彼を死なせてしまった。暗い水底は冷たいだろう。矢傷は痛かっただろう。遠ざけたのに、戻ってきてしまった。冷たくしたのに。

(私は彼にもよけいなことをしていたの……?)

何もせずにいれば彼は生きられたのだろうか、キャサリンのように。

「陛下っ、トマス卿っ」

その時、また兵士たちの悲鳴のような声があがった。弓づるの音が聞こえ、周囲に新手の矢が降り注ぐ。沿岸警護の目を欺き、新たな暗殺者の一団が攻撃してきたらしい。

「うっ」

矢を受けたトマスがのけぞり、それでもジェーンを離すまいとする。が、濃い血の匂いがした。ジェーンはトマスの腕に刺さった矢と、自分の胸に深々と刺さった矢じりを見た。

(死ねない、だってハロルドが身を挺して助けてくれたのにっ)

だが息ができない。手足が鉛のように重い。そして水を吸ったドレスも。重くてもうこれ以上、船に、トマスにつかまっていられない。

ずるりと手が滑り、体が水の中へと落ちる。トマスがあわてて手を伸ばす。

水をかき分ける音と、急いで飛び込んでくる護衛たちの立てる水音が遠く感じた。駄目だ。間に合わない。

(今生では、キャサリンだけは助けられたかしら……)

水に沈みつつ、ぼんやりと思う。

きっとこの後はキャサリンが即位するだろう。そしてサマセット公がそのまま摂政を続ける。

キャサリンにはもう男児がいる。次代を継ぐべき王子が。

サマセット公ならローマも抑えられる。きっと国は栄える。キャサリンはもう父の駒になる心配もなく、女王として愛する夫と子どもに囲まれ幸せに生きていくだろう。

(私は、キャサリンの幸せの役には立てた……?)

だが、胸に刺さった小さな棘がある。トマスの言葉が忘れられない。キャサリンのためを思ってしたつもりだった。だがもしあれがキャサリンの本音だったら？

キャサリンには恨まれ、ハロルドを救うこともできなかった。そのうえカトリックたちを怒らせた。誰も幸せにできなかった。それに今度こそ民のために即位したつもりだったのに、こうして襲われ、川で溺れている。

（すべてよけいなお世話だったの？　無駄だった？　なら私は、なんのために生きているの。何を為（な）すために時を戻るの？）

生きるための目標が見つからない。

「警護を強化したのではなかったのか。誰か女王を救え、いや、俺が行くっ」

護衛たちに船に引き上げられたトマスが、再び飛び込もうとして兵士に押さえられているのが見えた。最後に、「ジェーンっ」と、叫ぶようなトマスの声が聞こえた。自分の権力のよりどころであった女王を失い、永遠に兄に敗北したことを悟った男の声だった。

（……終わったのね、また私の人生は）

さようなら。ごめんなさい、トマス。私の人生に巻き込んで。

今生での同志だった男に別れを告げる。そしてジェーンはもう見えないハロルドの後を追うように暗く冷たい川底に沈んでいった。

顔を上げると、遠い水面（みなも）の上に鈍い色の空が見えた。

地平線へと夕日が落ちていく。三巡目の時、エドワードとチェルシー宮殿で見たのは胸が痛くなるほど神々しく美しい夕日だったのに。今、濁った川の水越しに見えるのは、腐って落ちかけた柘榴(ざくろ)を思わす腫れぼったい醜い落日だった。

そうして、ジェーンは死んだ。

享年、十七歳、女王となって三年目の夏のこと。死因は溺死だった——。

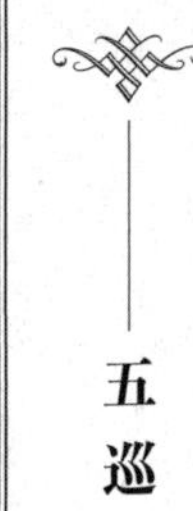

五巡目

だから五巡目は何もしないことにした。

いや、何もできなかった。

自分がなすこと、そのすべてがよけいなことで、他の人たちの運命を歪めて不幸にしてしまうのではないか。そう考えると臆病になった。怖くて動けなくなった。

だからジェーンはひたすら身を縮めた。何もせず、流れに身を任せた。

「さあ、ジェーン様、キャサリン様もお待ちですよ」

いつものドーセット侯爵邸で目を覚ましたジェーンは、行列見物に向かうため子ども部屋から出た。階下に降りる。そこにハロルドがいた。

今度は従者だった。しかも彼はジェーンが五歳の幼女の頃から仕えているという。

(このパターンは初めてだわ……)

ジェーンは茫然と立ち尽くす。再び無事な姿で立つ彼に、涙がこみ上げてくる。

彼はそんなジェーンを見て、はっとしたように目を見開いた。まるで久しぶりに再会した相手を前にしたように、懐かしそうに切なそうに目を細める。

(どうして？　あなたはずっと私に仕えているのでしょう？　毎日、私を見ている。なのにどうしてそんなに切なそうな目で私を見るの？)

ジェーンは戸惑いつつも、彼が伸ばした手を取った。また見上げる位置に戻った彼の顔を見て、彼が矢傷を負った背をそっと確かめてから、馬車に乗り込んだ。

玄関ホールで駆け寄ってきたキャサリンを抱き締めることはしなかった。怖かったのだ。トマスの言葉を思い出して。笑みを返すことすら怖かった。桟敷席でもその体を押さえたりはしなかった。そのよそよそしい態度は周囲にも丸わかりだったのだろう。

「ジェーン様？　お加減でも？」

桟敷から馬車へと戻る途中、ぬかるみ、汚れた路面でドレスが汚れないよう、ハロルドに抱かれて運ばれている時だった。彼が心配そうに覗き込んできた。

「いつものあなた様ならもっとキャサリン様に構われますが」

「ハロルド……」

記憶と同じ優しい目を見て、ジェーンは思った。彼はジェーンをどう思っているのだろうと。

(その問いはキャサリンに冷たい私を咎めてのこと？　それとも……)

彼に前生での記憶はない。だが代わりにジェーンの知らない五歳からの四年がある。その間彼はジェーンとキャサリンの双方に仕えていた。そのうえで今回の彼は誰を主に選ぶのだろう。

（私と言ってほしい。でもまた死なせたらと思うとそれも嫌）

答えが欲しい。なのに聞きたくない。安心を求めて問いかけたいのに、返ってくる真実が怖くて唇が動かない。

（……あなたにまで、よけいなことばかりしている邪魔な主と思われていたら）

今までの死を間近にした恐怖とはまた違った恐ろしさがジェーンの胸を掠める。

今までジェーンは誰かに愛を向けてもらったことはない。親たちにすら無理だった。

トマスやジョン・ダドリーがジェーンを求めたのも、グレイ家の長女だから。ただそれだけだ。ジェーン自身を求める者など誰もいない。民も、貴族たちも、皆、見捨てた。敵に回った。

そんな中、ハロルドだけは傍にいてくれた。遠ざけても戻ってきてくれた。

そんな彼に背を向けられたら。もうジェーンはこの広い世界にたった一人だ。

それは、いつも他の人たちよりも先に逝くばかりだったジェーンが感じた、初めての寂しさだった。この世界にただ一人取り残される孤独。

（彼だけは絶対に失いたくない！）

だがどうすればいいかわからない。今までだって頑張った。だがいつも失敗した。

（私がすることのせいで皆がよけいに不幸になる。駄目、何もできない。自信がない
……！）

だから今回のジェーンはすべてに目をつむった。キャサリン王妃とエドワード六世王が死ぬのを見殺しにし、トマスが失脚するのも黙って見過ごした。彼の処刑の日、一人、毛布をかぶって息を詰めていた。大嫌いな相手だったはずなのに、涙がボロボロこぼれた。

それから親の言いなりになってジョン・ダドリーの息子ギルフォードと結婚した。ジョン・ダドリーがサマセット公を国内貴族たちを結束させるための敵として利用して処刑するのも黙って見ていた。初恋の人エドワードが父を失い苦しむも黙殺した。

（だけど、このままだと私は処刑される。お父様も。それだけは避けないと）

ジェーンが処刑された後の世界がどうなるかは知らない。だがジェーンと父が逆賊として死ねばドーセット侯爵家もただでは済まない。

（だから、これだけはよけいなことではないわよね？）

ジェーンは怯えながらも、即位を迫るジョン・ダドリーに条件を出した。ジェーンがジョン・ダドリーより優位に立てるのはこの時だけだ。どうしてもジェーンの同意が必要な彼は、この時だけはジェーンが出した条件も渋々ながらも受け入れる。

だからジェーンはそっと願いを口にした。

一つ、ジェーンが女王位につくのは、ヘンリー八世王の遺児、メアリーとエリザベス、二人の王女を厳重な監視下に置けた時だけ。

これはもちろん王位が九日間だけで終わることのないようにという対策だ。メアリー王女さえ蜂起しなければ、ロンドンの民も枢密院の貴族たちも迎合して起たなかったのだから。

二つ、プロテスタントの王位継承者としてのジェーンを前に出すのはいい。だがカトリックへの弾圧はやめてほしい。

これも、前生ジェーンが死んだのは国内のカトリックを軽んじたせいだから。

そして、最後に一番大事なことを一つ。

ハロルドを従者として傍に置いてほしい、と。

前は遠ざけて失敗した。だから今度はいつも目の届くところに彼を置く。

怖いのだ。遠ざけて、自分が知らないところで彼が死んでしまったらと考えて。

(だって彼はいつも死んでしまう。二巡目のハロルド助祭だって、きっと生きてない)

三巡目の生で、屠殺場の家畜を見るように淡々と、トマスの部下がハロルドを殺すのを見ていた父だ。そんな父が王妃となるべくトマスに預ける娘の逃亡などという醜聞を知る助祭をそのままにしておくわけがない。きっと殺された。事故にでも見せかけて。

父は自分で陰謀を構築することはできないが、目下の者へは強く出られる人だ。貴族としての保身に臆病な分、そういった後始末は平然と行う。

(だからよけいなことをと恨まれてもいい。あなたが死ぬのだけは見たくない……!)

もう誰も信じられず猜疑心の塊になったジェーンの救いはハロルドだけになっていた。

新たな時戻りで目を覚まし、彼と出会い、その名を口にする。

「ハロルド・エイワース?」

「はい。マイ・レディ」

この短いやり取りを行って、やっとジェーンの世界は動き出す。絶望の中に希望が生まれるのだ。先の見えないループの中で彼とまた会える、それだけがジェーンの支えだった。いや、生きて彼とまた会う。それが自分の存在意義になっていたのかもしれない。この時のジェーンは、すでに、自分という存在がそこにいる、それだけで怖かったから。

(だって私は何も信じられない。自分自身さえ)

存在しているだけで誰かの邪魔になっているのでは、恨まれているのではと体がふるえた。

ジェーンは女王でありながら民のことも信じなくなっていた。四巡目の時、ジェーンに石を投げ、ハロルドに矢傷を負わせたのはロンドンの民なのだ。

だから身辺警護を怠らなかった。王国の民であれば誰でも自由に宮殿に入り、王が臨席する正餐を見物し、礼拝所へ歩む姿を見ることができるのがイングランドの伝統であり、王の義務だ。が、ジェーンはそれをやめた。

ジョン・ダドリーになんと言われようとこれだけは聞かなかった。民が宮殿内に立ち入ることを禁じ、一人、宮殿に引き籠もった。周囲を固めた。ハロルドを他の反対を押しきって女王の寝室付き従者に任命すると、他の者が女王に仕えることを拒絶した。

そして王位を盤石なものにするために世継ぎを求めた。

キャサリンが産んだ男児と、サマセット公に見捨てられた四巡目の記憶が脳裏から離れないからだ。ハロルドと自分が生き残るためには後継者がいる。

ジェーンは心をぼろぼろにしながら従者として控えるハロルドの前を通ってギルフォードと寝室に入った。愛してもいない男に抱かれた。哀しそうなハロルドの顔を見ることができなかった。吹っきったと思っていたのに、自分の少女のままの部分が嫌だと言っている。あの輝かしいチェルシー宮殿の時代を知る彼にだけは今の自分を見られたくないと。

(でも、これは必要なことだから。彼を守るためだから……！)

それで、ああ、そうか、とジェーンは自覚した。

いつの間にかジェーンはハロルドを生きる支えとしてだけでなく、愛するただ一人の人として心の奥深くに住まわせていたのだ。エドワードに捧げた初恋とも違う、もっと深い、穏やかな愛を彼に抱いている。それを自覚した。

(自覚したって、どうしようもないのに……)

身分も立場も違う。そもそもジェーンはただ一人時戻りを繰り返す女だ。彼と同じ時を生きているようでいて、同じ記憶を共有できない。ジェーンは一人、一人孤独なままだ。

寝台の奥で毛布をかぶって泣いた。

そうして、ジェーンは子を産んだ。五度の時戻りで初めての妊娠と出産だった。

生まれたばかりの王子を見に、キャサリンが女王のもとに伺候した。そして彼女はジョン・ダドリーの数多い息子の一人と結婚したいから許可が欲しいと言った。

「彼を愛しているの」

彼女の言葉を疑うわけではないが、前生でのトマスの言葉がある。野心家の息子と結婚すれば否応なく政争にも巻き込まれる。ジェーンはそっとキャサリンに聞いてみた。

「正直に話して、キャサリン。あなたは本当に彼が好きなの？ お父様やジョン・ダドリーに強要されたわけではないのね？」

「私、親に強要なんかされなくても相手くらい自分で捕まえられるわよ、お姉様と違って」

「本当に？　あなたが望むならいくらでもいい人を選んであげるわよ？」

「いらないから。私、もてるのよ？　女王様にお相手をあてがってもらわなくても大丈夫」

ジェーンは自分が読み違えていないか、じっとキャサリンの顔を見る。

今度こそ幸せになってもらいたいから、彼女には自由にさせている。まだ十五歳の少女でありながら、キャサリンは宮廷で奔放にふるまい、恋多き女として名を馳せていた。キャサリンは自分の魅力を疑われたとでも思ったのか、拗ねたように頬を膨らませている。

仕方なくジェーンは許可を出した。

キャサリンとハロルドと一緒に、静かに人生を終えたい。

いつもいつもジェーンの願いはそれだけだ。だがうまくいかない。

即位後、二年が過ぎた時だった。少しも姿を見せない女王に民は冷ややかだった。宮殿の奥深くにいるジェーンのもとにまでそんな不穏な空気は伝わった。

この頃にはジェーンは半ば心を病んでいたのかもしれない。持ち込まれた政務こそこなすが、心配したハロルドが馬に乗りませんか、庭の散策をいたしましょうといくら誘っても顔を横にふり、赤子を抱いて狭い女王の寝室から出ず、閉じ籠もっていたから。

そんな女王の姿に周囲の廷臣たちは危惧の念を抱いたのだろう。

「ここは危ない。暴徒が押し寄せるかもしれない。王子は安全な地方の城で育てよう」

ジョン・ダドリーの一声で、ジェーンは赤子と引き離された。無事、赤子が育ちそうでほっとしていた時のことだったが、王子の安全を口にされてはどうしようもない。ジェーンは泣く泣く子を手放した。

それでも女王の務めとしてウェストミンスター宮殿に留まるジェーンのもとに、ある日、王子と一緒に領地に下がっていたはずのジョン・ダドリーが地味な外套を纏った姿で現れた。

深夜の、もともと寂しいジェーンの謁見室を人払いして無人にしたうえでの来訪だった。

「お別れを言いに来ました、女王陛下」

慇懃(いんぎん)に一礼する彼を、ジェーンは怪訝な顔で見る。

「お別れ、とは？　騒ぎが収まるまでロンドンから離れるということですか」

「まったく、愚かな女だ。臆病なだけでなく、察しも悪いらしい。まあ、だからこそ私の言うことも聞かず頑固に宮殿に閉じ籠もっているのだろうがな。もっと従順な娘かと思ったが、扱いにくい。だから誰からも愛されない」

ジョン・ダドリーが、急に口調を変え、鼻で笑う。

「まだ気づかないのか？　お前は女王として民に人気がない。政の不満がすべてお前に向かっているんだ。暗殺を恐れて外へ出なかったからな。愛らしいキャサリンが女王なら、ロンドンの民も盾になり彼女を護(まも)ろうとしただろうが、もうお前では駄目だ。誰も従わない。後を継ぐべきダドリーの血を引く王子も生まれたことだし、民に愛されない臆病な女王に用はない」

どうしてここでキャサリンの名が出てくるの？　それに用はないとはどういうこと？

ジェーンはふるえる声で問いかける。

「まさか、私を退位させて、息子を王に？」

「私が年端も行かぬ赤子一人に一族の命運をかけるような無謀な男だと思うか？　安心しろ。キャサリンは夫に私の息子を選んだ。姉の代わりに女王にしてやるという約束でな。キャサリン女王の誕生だ。赤子を王位につけるとうるさい奴らもいるからな。もちろん王子も大事に養育するさ。無事、成人し、キャサリン女王に男児が生まれなければ彼が次の王だ」

なっ。ジェーンは蒼白になった。ジョン・ダドリーにつかみかかる。

「キャサリンを巻き込まないでっ」

「本音はどうなのだ？　美人で誰からも好かれるキャサリンに嫉妬していたのでは？」

痩せ細ったジェーンを軽々といなしながら、ジョン・ダドリーが笑う。

「キャサリンも言っていたぞ。姉がいる限り私はいつも日陰の身だと。姉はいつも私から距離を置いた。抱き締めてもくれない、自分が王位についても妹に地位ある男を薦めてもくれない。きっと自分の脅威になるのが嫌だったのだ。冷たい姉だった。妬んでいるのだ、と」

違う、そんなつもりじゃなかった。誤解だ。ジェーンは必死に顔をふる。

だがジョン・ダドリーはそんなジェーンをせせら笑い、剣を抜いた。

「安心しろ。一人では逝かせない。供をつけてやる。お前の大事な従者をな。後で来るようにと命じたから、そろそろ現れるはずだ。おっと、その前に舞台を整えるか」

言うなり、彼がもう片方の手に持っていた壺の中身を床に撒いた。油だ。そして燭台を倒す。

「何をするのっ」

「この宮殿も老朽化が進んだからな。印象も古臭いし、そろそろ建て替え時だ。新しい女王にふさわしい華麗な宮殿にしよう。今までの暗い時代を払拭するような」

ジェーンはあわてて人を呼び、火を消そうとした。が、すでに周囲からは人払いがされている。誰も来ない。

「逃げるなよ。譲位をスムーズに行うためには、お前に暴徒に殺されてもらっては困る。筋書き通り、ここで死んでもらわないと」

ジェーンが扉に向かおうとすると、足を切られた。うめきながら床に伏す。

「陛下、煙が、何事ですかっ」

そこへハロルドがやってきた。扉を叩くのもそこそこに、中に足を踏み入れた彼は、床に倒れた血まみれのジェーンを見て一瞬、動きを止める。

その隙をジョン・ダドリーが突く。扉の陰で待ち受けていた彼の剣が、ハロルドを襲う。

「ハロルドっ」

ハロルドはかろうじて避けた。だが剣を抜き、応戦しようとしたハロルドに向かって、ジョン・ダドリーがこれ見よがしにジェーンに剣を向ける。

「自分の剣で、首を切れ。そうすれば私にとっても大事な女王だ。命までは取らん」

やめて、とジェーンは叫んだ。だがジョン・ダドリーがジェーンの背をドレスの上から突き刺す。剣先を肉の中でねじられ、こらえきれない悲鳴が出た。ハロルドが「やめろ」と叫んだ。

「言う通りにする。だから、ジェーン様を」

そこからのことは悪夢のようだった。

ハロルドが剣を首にあて、引き切る。真っ赤な血が散り、ジョン・ダドリーが哄笑を放ちながら彼に近寄るととどめを刺した。血まみれの顔でジェーンを振り返る。

「安心しろ、お前は大事な王子の母で新しい女王の姉君だ。名誉は守る。乱心して狼藉を働いた従者から身を守ろうとして相手を刺した、逆上した従者が刺し返し、その争いの際に燭台が倒れ、女王は火に巻かれて死んだということにしてやる。もちろん、貴婦人の身でけなげに抵抗した高潔さを前面に出してな。これが一番、劇的で、民が喜んで食いつくほどよい醜聞が混じった死に方なんだ。地味な病死や事故死ではどうしても皆、俺の関与を疑うからな」

「この、人でなし……」

足の腱を切られ、背に剣を突き立てられ、身動きがとれない状態で、ジェーンはジョン・ダドリーをにらみつけた。高笑いをしながら彼は去っていく。

炎が勢いを増して、ジェーンは咳込んだ。喉と肺が熱気で痛い。

そして、またジェーンは死んだ。

十七歳の夏の終わりだった。死因は焼死。

即位して二年と二か月。今までで一番長く生きたほうだろう。流れに抗わず身の安全に気を遣い、慎重に慎重を重ねたから。

だが目の前でまたハロルドを殺された。信じていた妹に背を向けられ、手を組んだ相手に殺された。今までで一番ひどい最期だった――。

六巡目

熱い。苦しい。それ以上に胸が痛い。

また九歳の自分に戻ったジェーンは、ロンドンのドーセット侯爵邸で目覚めた。

茫然と目を開けると、乳母のエレン夫人が怪訝そうにジェーンを覗き込んでいた。

「どうなさいました、ジェーン様？　早く用意をなさらないと。キャサリン様がお待ちですよ」

「キャサ、リ、ン……？」

大事だった妹の名を聞いた途端、ジェーンの胸奥から何かがこみ上げた。

「――――！」

声にならない悲鳴をあげ、ジェーンは寝台の上で身を折った。口元を手で押さえる。だが止まらない。

「う、げっ」

ジェーンは吐いた。白いシーツの上に醜い吐瀉物(としゃぶつ)をぶちまける。

「ジェーン様⁉　いったいどうなさったのです、誰か、誰かっ」

エレンがジェーンの背を支えながら叫ぶ。だがジェーンにはそれに構っている余裕がなかった。

『キャサリンは言っていたぞ。姉がすべて奪っていくと』

『美人で誰からも好かれるキャサリンに嫉妬していたのでは？』

頭の中をトマスとジョン・ダドリーから聞いた言葉がこだまする。

愛らしいキャサリン。

本当なの？　あなたは本当に私を恨んでいるの？

（嘘と言って、キャサリン……！）

トマスに聞いた時は彼の作り話だと思った。だが再びジョン・ダドリーから聞いた。ジェーンの胸が何かわけのわからないドロドロしたものでいっぱいになる。また熱いものがこみ上げて、ジェーンは身を折った。さらにえずく。もう吐くものなど残っていないはずなのに止まらない。ジェーンは悶(もだ)えながら吐いた。吐きながら悶えた。

「エレン夫人？　いったい何が……、なっ！」

家令が様子を見に来てあわてて扉を閉める。厚い板の向こうから、彼が指示を飛ばすのが聞こえる。

「キャサリン様を早く出発させろ、流行病かもしれん。階上には誰も来るな、誰か医者を、いや、その前に宮廷の侯爵様に連絡を、指示を仰げ、ジェーン様がご不調だ」

あわただしくなる邸の音を聞きながら、ジェーンは意識を失った。症状を確かめる前に隔離し、父の指示を仰ごうとする家令に、健康でない自分にここでの居場所があるのだろうかと思いながら。

次にジェーンが目を覚ましたのは夕刻だった。

真っ赤な夕日の色に部屋が染まっている。枕元ではエレンが看病疲れだろう。こっくりこっくりと舟をこいでいた。昼間中眠っていたわけだ。王の行列はとっくに終わっている。

「ハロルドに、会えなか、った……」

つぶやく。今、ここに彼がいない。つまり今回の彼は幼少時からジェーンに仕える従者ではないということだ。なら今生の彼は今どこにいるのか。

(行列見物に行かなければ会えない職についていたのかしら……)

彼に会えないまま、〈今日〉が終わってしまう。それが寂しい。

だがこれでよかったのだとも思う。

王の行列を見に行けばどうしてもキャサリンはじめ、ジェーンの人生の登場人物たちに会ってしまう。自分がよけいなことをして不幸にした人たちや、自分を疎み、殺した人たちに。五度は耐えた。だが今回は自信がない。

部屋を赤々と染める炎と血を思わす夕日を見るのが嫌で、ジェーンは毛布を深くかぶり外界を遮断した。固く目をつむる。

やがて夜の帳が降りて、祝宴を抜け出した母が迎えに来た。

「グレイ家の娘が体調の管理もできないとは恥ずかしい！　今日はあなたたちのお披露目なのですよ⁉　祝宴だけでもきちんと出席なさい！」

怒った母は毛布を引き剝がし、老婆のような顔色をした娘に息をのんだ。手短にエレンに様子を聞き、この有様では連れていっても逆効果だと悟ったのだろう。キャサリンだけを連れて出ていった。扉の隙間から、母たちが手巾で鼻と口を覆っているのが見えた。

「ジェーン様、その、お体がよくなられるまで、ここから出るなと母君の仰せです……」

言いにくそうにエレンが告げて、ジェーンは隔離された。数日待って状態が好転しないことがわかると、他に感染する前にと、人目をはばかるようにブラッドゲイト城へと戻された。

片道、馬車で一週間の道のりだ。しかも外聞を恐れてか、往路には泊まった郷士の家や宿には寄らなかった。冬のさなかの、病状も安定しないままの強行軍はジェーンに残った力のすべてを奪い去った。城に戻った時にはもうジェーンの息は絶え絶えだった。

寝台に横たわり、使用人たちの噂で、キャサリンが行列見物やその後の祝宴で人々の目を奪ったこと、キャサリン王妃の特別の声がけでジェーンの代わりに宮廷に上がることが決まったことを知った。父母もキャサリンも大喜びしていると。

（なんだ、最初からこうしてればよかったんじゃない。病に倒れた利用価値のない娘なら、何にもわずらわされずに生きられるんだわ）

くっ、と笑う。父母からは体調を見舞う便りすらない。ジェーンはほっとした。

今までさんざん苦しんだ。自分が恐ろしい死を迎えるのが嫌というのが一番の理由だったが、他に皺寄せが行かないよう、少しでもグレイ家の娘としての義務を果たそうと頑張ったつもりだった。

よりよい未来を選ぼうと抗って、抗って、それで得たのは誰からも好かれない自分だけ。為すことすべてよけいなことと眉を顰められる、情けない自分を自覚しただけだった。

（……こうして思い出すと本当に情けないわ。今生ではこれからどうなるのかしら。役立たずとでも言われて、また誰からも嫌われて死ぬの？　今までとパターンが違いすぎてわからない）

だが一つだけはっきりしていることがある。今生ではもう父母の言いなりにはならずに済む。

結婚を強要もされないし、女王位も継がなくていい。運命に抗わなくてはと意に染まないことをする必要もない。

（だって、もう身を起こす力もないもの）

本当に食べ物が喉を通らない。心配したエレンが毎日、ミルク粥(がゆ)やジェーンの好物だったベリーのパイなどを作ってくれるが、わざとではなく口に含むだけで吐き出してしまう。無理にでも飲み込もうとすると脳裏に母や父の顔が浮かぶ。そうなると何も喉を通らなくなって、ジェーンは寝台の上で顔を横向け、胃液を吐いた。

あっという間にジェーンは痩せ細った。もともとふくよかとは程遠い体型だったが、今ではブラッドゲイト城にいる皆がジェーンの回復はないだろうと悟っている。

そんな時だった。ハロルドが現れたのは。

彼は今回は医者としてジェーンの前に現れた。領地のもめごとを収めるためにロンドンから戻った父が、彼を連れていたのだ。

気鬱から来る病を主に扱うという変わり種の医師だそうだ。流行病かと思い急いで隔離した娘が、食事が喉を通らないだけで発病から一月経っても生きている。そのことを知り、ならば医師をつければまだ使えるのではないかと父は考えたらしい。

だが、寝台に横たわるジェーンを見た父は絶句した。

「……なんとか回復させせよ」

かろうじてそれだけを命じると、忌々(いまいま)しげに背を向けた。回復させせよと口にしつつも、もう無理だと思ったのだろう。父はすぐロンドンに戻り、それからは一度も領地に来なかった。

おかげで以後のジェーンの暮らしは穏やかだった。

エレンとハロルド、ジェーンに心から仕えてくれる二人に見守られて、ジェーンは今生の最後の時間を過ごした。もはや親に見捨てられた身では、どう動けばいいかと悩む必要もない。ジェーンは静かに死を受け入れ、天へと召される準備をした。

心が落ち着けば世界のすべてが美しい。

子ども時代を過ごした懐かしいブラッドゲイト城。勉強の息抜きに馬に乗り、城の建つなだらかな丘を降りて、どこまでも広がる広い草地や森を並足で行くのが好きだった。見事な角の牡鹿や可愛い小鹿、仲のいい動物の家族を見ては自分をなぐさめていた。

「窓を開けて、エレン」

エレンに頼んで窓を開けてもらうと、心地いい風が吹き込んだ。いつの間にか季節は春になっていた。ジェーンは寝台に横たわったまま、青い空を見上げた。

ああ、イングランドの空だ。

グレイ家の娘としての肩の荷を降ろして、自分はまたここへ帰ってこられたのだ。

(ここが私の最期の地になるのね)

広い、広い空。どこまでも広がる空には今、少し雲がかかっている。

春先の天気は変わりやすい。すぐに鈍色（にびいろ）の雲に覆いつくされるだろう。だが今はまだ陽が差して光の筋が降りてくる。荘厳な光景だ。今までの最後の景色は暗いロンドンの空ばかりだった。生まれ育ったブラッドゲイトで死ねる今回は幸せだろう。

「処刑台の上やテムズ川の底などより、よほどいいわ……」

「何かおっしゃいましたか、ジェーン様？」

小さく独り言をつぶやくと、応える声があった。ハロルドだ。

気がつくと彼が枕元の椅子に座っていた。ジェーンはいつの間にかまどろんで、午後の診察の時間になっていたらしい。最近は時の経過があやふやだ。

エレンはいなかった。水差しの水を替えに行ったのかもしれない。いや、弱っていくジェーンを見ていられなくて席を外したのか。どこかジェーンには聞こえない物陰で泣いているのかもしれない。最近は席を外して帰ってくると眼が赤くなっていることが多いから。

ごめんなさいと言いたい。だが、エレンには悪いがジェーンは今生を生きるつもりはなかった。生きて何になるのか意味を見出（みいだ）せない。それどころか生を放棄した今は、今までで一番、心が落ち着いて楽だった。

そんなジェーンを見て、ハロルド医師が苦しげに目を細める。

「……あなたは、幸せになりたいとは思われないのですか。私では教えられませんか」

「え？」

「若い娘なら、恋も自由も知らないままに神の国に行くのは、寂しくはありませんか」

「知って、どうなるというの？」

ジェーンは苦く笑った。鈍い痛みを覚えた胸を、そっと押さえる。

古傷のように、いまだに痛む。これは良心の痛みだ。

六度の生で会ったいろいろな人たち。自分という存在が彼らを不幸にした。解けない鎖か荊の蔓（つる）のように魂に絡みついている。

「……私は自由には生きられない。王位継承権者フランシス・グレイの娘だから。恋をしても結局は義務を優先しないといけない。国のため、プロテスタントのため、そして……、私以外の誰かの野心のため。そんな理由で心を預ける相手を選ぶものじゃないわ。神もよくご存じよ」

だからいつだってうまくいかない。相手を死なす。

（だから、これでいいの。誰にも迷惑をかけずに死んでいく、今生の運命が一番いいの）

自分に言い聞かせながら眼を閉じ、顔を横に向ける。このまま話していると弱い自分に戻ってしまいそうだった。せっかく覚悟を決めて落ち着いたのに。

「ジェーン様……」

ハロルドが何か言いかけて口ごもる。それから彼が懐から取り出したのはイチイの枝だった。

「これは……」

「あまりに瑞々しく美しかったので。ジェーン様にと思い、折り取ってまいりました」

イチイは常緑の樹だ。その幹は固く水に強いため、弓や家具の材になる。秋になるとつく赤い実は、種は毒だが果肉は甘い。見た目が愛らしいので、よく生垣や教会の庭などに植わっている。

だがただの木の枝だ。病人の床に持ち込むようなものではない。

「どうして」

これを私に？　そう問う声が掠れていた。

三度目の生でエドワードに案内された秘密の庭。それを囲っていたイチイの樹。二人でドレスや髪についた葉や枝を取りっこした。

それだけでない。四巡目の生ではエドワードをあきらめたジェーンを元気づけようとするように、ハロルドがあの庭に連れていってくれた。

(どうして？　今のあなたは知らないはずなのに)

問いかけるように彼を見る。が。彼は何も言わなかった。少し目をそむけて、言った。

「脈を拝見」

もう今日は測ったはずなのに。不思議に思いつつ痩せてしまった腕をシーツの間から出す。

彼はすぐには手を取らなかった。蒼い血管の透けて見えるジェーンの手首をしばし見つめて、泣きそうな顔になって。それからそっと胸ポケットから手巾を出した。

真新しいモスリンの手巾、彼らしい、なんの飾りもついていないそれにジェーンの手を押し抱くように乗せると、そっと脈を測るために指を押しつけた。

布越しに感じる彼の指。何故だろう。脈拍が上がった気がする。

ジェーンは顔をそむけた。枕に押しつける。

今のジェーンは九歳の子どもだ。子ども部屋から出たことのない、まだ出仕する前の、大人とはカウントされない幼女。だったら……我儘を言ってもいいだろうか。

「幸せに、というなら、ずっと傍にいてくれる?」

「はい」

「最期まで?」

「……元気におなりになります。きっと」

「手を握って」

「え」

「お願い。怖いの」

子どもであれば許されるかも。そう思った。が、彼はためらった。

それでも頼むと、ようやく彼が動いた。おそるおそる手を伸ばして、ジェーンの手を握ってくれる。温かかった。

「ありがとう……」

そうして、ジェーンは死んだ。本格的な春を迎えることなく、この世を去った。

享年九歳。今までで一番短い生だった。

死因は公式には〈病死〉になるのだろう。だが本当のところは衰死だ。死の間際、ジェーンの傍にいたのはハロルドだけだった。父母はとっくにジェーンを見捨てていた。それでも涙を流すハロルドに手を握られたジェーンは、うっすらと唇に笑みをはいていた。

満足だった。彼の死を見ずに死ぬことができて。誰かに恨まれ、殺される。そんな苦しい想いをすることのない穏やかな最期を迎えられて。

今回も生き残ることはできなかった。だが少なくともハロルドの命は守れた。

「……神様、ありがとうございます」

それが、ジェーンの最期の言葉だった——。

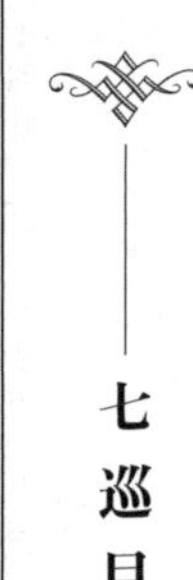

七巡目

どうして？　どうしてまた戻るの？　私は満足したのにっ。

七度目、またドーセット侯爵邸の子ども部屋で目覚めたジェーンは、頭を抱えた。人目もはばからずに叫ぶ。

「何故、何故、何故、何故、何故っ……！」

何故、自分は蘇る？　人生を繰り返す？　やっと穏やかな死を迎えられた。ハロルドを殺すこともなかったし、キャサリンや父母も早めにジェーンに見切りをつけたことで望む未来を手に入れただろう。皆が満足できる人生を送れたのだ。

（あれでループを終えてよかったのにっ……！）

なのにどうしてまたやり直さなくてはならない？　何より、

「どうして私だけがこんなことになるの⁉　どうやったらこのループは終わるのよっっ」

ジェーンは寝台に突っ伏した。あまりの錯乱ぶりに、乳母のエレン夫人がジェーンの体を押さえる男手を探しに部屋を駆け出していく。

（今なら、ここから逃げられる）

ジェーンは裸足(はだし)の足を床に降ろした。固い板床にはエレンの心づくしでラベンダーの枝が撒かれている。前の生で萎えきり、感覚がまだ戻らない足でそれを踏んで、棘のようになった茎先が足裏に刺さって。その痛みでジェーンは自分の体が健康だが、なんの力もない九歳の少女に戻っていることを思い出す。

これは前の続きであって、続きではない。

駆け出たところで、外にはエドワード六世王の即位式前日のロンドンの街が広がっているだけだ。資産も持たない無力な子どもでは、追っ手の目をごまかせても生き延びられない。

それに、

「……そもそも、逃げるって、どこへ？」

ジェーンは正気に戻った。絶望と共につぶやく。

どんな人生を送ろうとも、人はいつかは死ぬ。

「そして時戻りが繰り返される以上、死ねばここに戻るだけ。この部屋に」

生きることを放棄し、生から逃げても、死すらもジェーンに安穏を与えてはくれない。

逃げ場など、どこにもないのだ。

「あなたは、幸せになろうとは思われないのですか？」

今回は語学教師として現れた〈彼〉は、ジェーンに挨拶するなりそう言った。

たった九歳の子どもを相手に、彼は至極、真面目な顔をしていた。そのくせ目線を合わせるために大きな体をかがめて丸くなっている。半ば自棄(やけ)になって今生を生きはじめていたジェーンは、彼をおかしな人だと思った。

「ジェーン、彼はハロルド・エイワース。あなたのために用意した、ギリシャ語の教師よ。まだ若いけれど博識で、神学や医学にも通じているの。これから大人になって視野を広げていくあなたにはぴったりだと思って招いたのだけど、どうかしら」

優しく微笑みながら、キャサリン王妃が紹介してくれた。

抗うこと、嘆くことにすら疲れた。ジェーンが半ば心を閉ざし、流されるままにキャサリン王妃の宮廷に行くと、ハロルドがいたのだ。こんな事例は初めてだ。ハロルドはいつも父に雇われてジェーンの前に現れたから。

（それで陛下の即位行列見物に行っても、彼と会えなかったのね……）

いつも同じ流れをたどるジェーンの人生だが、ハロルドだけは本当に読めない。

だがまた会えた。そのことは、『この世のことなど、もうどうでもいい』そんな気分になっていたジェーンの心をも動かした。久しぶりに胸に湧き出た感情だ。名前を思い出すのに時間がかかった。

（ああ、そうだ。これは、嬉しい、だ……）

懇願でもしているかのように真摯な目の彼と向き合い、ジェーンは口を開く。

「ハロルド・エイワース？」

「はい。ジェーン様」

いつもの会話に、ジェーンは自分の止まっていた時が動き出すのを感じた。

そうして、ジェーンの新しい生が始まった。

ハロルドが教師として傍にいること以外は、もう七度も繰り返している人生だ。どこで何が起こるかはわかっている。心を閉ざしたままでも体が勝手に動いてくれる。だからジェーンは現実を見ないようにして淡々と事柄をなぞっていく。

が、ことあるごとに、ハロルドが今まで聞いたことのない問いを放ってくる。

「生きてください。あなたはどうすれば生きたいと思ってくださいますか」

「どうか幸せを求めてください。あなたにとって幸せとはなんですか？」

これはギリシャ語の授業の一環なのだろうか。ジェーンは首を傾げる。

（こんな質問、前までの教師は誰も口にしなかったわ）

過去六度にはなかった問いなので、答えるには新しく考える必要がある。心を閉ざしたままではいられない。せっかく安全な夢の中を漂っていたのに、煩わしい現実に引き戻された気分になる。

「ジェーン様は幸せについてどうお考えです?」

前と同じ優しい笑みで、それでいて少し悲しそうに彼は言う。ジェーンは首を傾げた。

「幸せ?」

聞き慣れない言葉を、初めて発音した子どものように繰り返す。

意味は知っている。一度目の生では、おぼろげながらそんなことを願った気もする。

(でも、遠い過去のことすぎて思い出せないわ……)

二度目の生では処刑に至る運命を前にした不安と恐怖のほうが大きく、それ以後は幸せになりたいというよりも生き残りたいとばかり考えていた。

(私、いつの間にか、幸せを求める気持ちなんて忘れてた……)

いや、わざと心を麻痺させていたのかもしれない。繰り返される死に、希望などを抱いてしまえば、その分、潰えた時が苦しいから。

そんなジェーンにハロルドが言う。

「ほら、もうさっそく眉間に見事な皺ができていますよ、ジェーン様」

彼がジェーンの額に触れかけてためらい、自分の眉間を指さして見せる。皺を消そうとするかのようにぎゅっとこする。

「私は、あなたに、生きることの楽しさを教えたいのです。そんな皺ができないように。あなたに生きたいと願っていただくために。あなたはどうすれば笑ってくれますか？」

「先生のおっしゃる笑みとは、社交辞令の微笑ではなく、楽しくて笑うという意味ですよね。なら思いつきません。考えたこともなかったので」

現実を考えることなどもう放棄したい。なのに律儀に返してしまうのは、今までの生で染みついたジェーンの性格だ。今さら変えられない。

（無視したくても今の私は生徒で彼は教師だもの。命題として問いを与えられたのなら、答えなくてはならないわ。でも、どうしてこんな〈幸せ〉なんて、あやふやなことを聞かれなくてはならないの？）

居心地が悪い。幸せも何も、時を戻るたびに彼を不幸にしているのはジェーンだ。

（……ハロルドがお父様に雇われたのなら、今度こそキャサリンの傍に残してこられたのに。キャサリンは二巡目の助祭として現れた最初の時からハロルドを気に入っていたもの。今回も彼がいれば欲しがったわ）

だが今回のハロルドはキャサリン王妃に雇われてジェーンの前に現れた。グレイ家の人間ではないから、ジェーンには彼をどうすることもできない。

それが、困るのと同時に、新鮮だった。

今までのジェーンには、彼に忠誠を誓わせて死なせたという罪の意識が常にあった。自分の我儘から傍に置いているのではないか、彼は本当はキャサリンの傍にいたいのではと悩んでいた。

だから必要以上に彼と関わらないようにしていたし、今度こそ彼を生き残らせなくてはと思い詰めていたように思う。だが今生の彼はすでにキャサリン王妃を主と仰いでいる。ジェーンに彼の意思を縛る権利はない代わりに、彼の未来を考慮する義務からも解放されている。選択肢がない分、迷う必要もない。なんだか、心の荷が取れたようだ。

「ジェーン様はどういった人生を送れば幸せと感じていただけますか?」

また、彼に問いかけられた。そして彼がギリシャ語で続ける。

『今度はギリシャ語で答えてみてください。私はギリシャ語の教師で、これはギリシャ語の授業ですから。ここからの会話はすべてギリシャ語で行いましょう。語学の習得には物を書き写すだけでなく、自分で考え、話す練習も混ぜたほうがいいのですよ』

ハロルドが、ジェーンをうながす。今回の彼はジェーンに忠誠を誓うことはない。だからなんの気負いもなく話していい。

(それに知る人の少ないギリシャ語での会話なら、何を話しても誰かに聞き咎められることはないわ。もし何か失敗して子どもらしくないことを言ってしまっても、ギリシャ語に不慣れで間違えたからと言えるもの。私の時戻りがばれることはない)

ジェーンはほっとした。周囲を気にせず自由に話せるなど、いつぶりだろう。一気に心が楽になったからだろうか。ジェーンの強張っていた唇が動きはじめる。口調が徐々に滑らかになって、過去の行動をなぞるのではなく新たに考え、動くのが自然になる。

何度か彼との授業を続けるうちに、とうとう冗談めかした言葉が口から滑り出た。

『ハロルド先生は語学教師というより、生き方の教師のようですね』

『ええ、そうですね。私はあなたに生きる幸せをお教えしたくて教師になりました』

大真面目に返した彼は、「やっと自由に話してくれましたね」と目を細めて喜んでくれた。それから、ジェーンの気を引き立てるためにか、彼が見たイングランドのいろいろな土地の光景を語ってくれた。語学の勉強にかこつけて、フランスやイタリアといった海を渡った大陸の話までしてくれる。

『オリーブが実り、糸杉が植わった丘を、ぜひ、あなたにも歩いてほしいのです。書物でしか知らない広い世界を、実際に見てみたいとは思いませんか』

『楽しそうだけど、私が行くのは無理よ。将来、どんな政変が起ころうと、さすがに国外には出してもらえないわ』

ジェーンが正真正銘の王族、つまり王女であれば政略結婚の駒として国外に出る未来もあるかもしれない。だが実際のジェーンは反逆の火種だけを抱えた臣下の娘だ。

『お祖母様や亡くなられたスペインのキャサリン王妃様のように海を渡ることはないでしょうね。それどころか海を見ることすらできないかも』

言いながらも、興味を惹かれている自分がいる。

決して自分が目にすることがないものだと知っているからか、よけいに焦がれる。

『素敵でしょうね。青い海。本当に水平線というものはあるのかしら。地平線とは似ている？　風が潮臭いというけど、潮臭いってどんな臭い？　テムズでたまに薫るのと同じなの？　私はグリニッジにすら行ったことがないの』

話すうちに自然と自分から問いかけていた。もともとジェーンは学問好きな少女だ。初めての生では勉強さえしていれば父母から折檻を受けないという理由で読書を好んでいた。キャサリン王妃のもとへ来てからは、成果があれば褒めてもらえる、それが嬉しくて自分から進んで本を開くようになり、そのうち純粋に学究の世界が楽しくなった。

（そんな気持ちも何度も時戻りを繰り返すうちに薄れたけど、知識欲だけは残っていたのね。私、今、どきどきしてる）

未知の世界を語るハロルドの授業が楽しくなってくる。彼と話すギリシャ語が二人だけの秘密の言語のように特別なものに思えてくる。

今のジェーンの人生は七巡目だ。同じ授業を何度も繰り返しているから、王妃がつけてくれた他の教師の前では無知なふりをしなくてはならなかった。不審をかうかもという恐れが常にあって、自由に思考することもできなくなっていた。

だがハロルドとの授業には不思議とそういうことがない。彼は十歳の子どもが身につけるべき基礎の部分はさらっと流して、ジェーンが本当に知りたいと思う最奥のところを教えてくれる。決してジェーンを子ども扱いしない。

(そういえば、この人は最初からそうだったわ。初めて会った、助祭様の時から)

改めて意識して、ジェーンはハロルドを見る。何度、役割が変わろうが、ジェーンが時戻りを繰り返して中身が変わろうが、彼は変わらない。

(私はやっぱり彼が好き。安心できる)

ジェーンは苦い想いと共に感じた。いくら好きでも、野心家たちに飼い殺しにされる運命しかないジェーンにはどうしようもない相手だ。海や見たことのない大陸の光景と同じで、決して手に入らない。焦がれることしかできない。

(それでも、この人の眼差しが好き)

困ったように微笑む顔も好き。こちらを気にかけてもらえているとわかるから。それから、あの大きな温かな手が大好きだ。触れられると確かな固さにほっとする。

今生では教師と生徒だから体の接触はない。だが三巡目の彼の、騎士としてジェーンを抱き留めてくれた時の胸板の厚さや、馬術教師としてジェーンを抱き上げてくれた腕の逞しさは覚えている。

（そういえば。今の彼は学者だけど、体つきは違っているのかしら。顔は同じだけど）

ふと気になって彼の長衣に隠された腕を見ていると、注意された。

『どうなさいました。今日は珍しく気もそぞろですね』

『た、たまにはこういうこともあります。書き取りなど同じことを繰り返していると退屈で』

だってもう六度目なのだ。今、彼に見てもらっているのは原典がギリシャ語だからと一緒にいてもらっているだけで、本当は他の教師から出された課題だ。同じ課題ばかりでは飽きる。

（だからつい彼に目が行ったのは私だけが悪いわけではないわ。たぶん）

ジェーンは真っ赤になって自分に言い訳する。

『では、新しいことを習ってみますか。その課題の理解を深めるのにふさわしい本をちょうど手に入れたところです』

『え』

『王妃様の宮殿付き教師という役職はいいですね。学識高い学者の皆様と意見を交わすことができますし、ほら、こんな稀覯書（きこうしょ）を持つ商人とも懇意になって贈り物をされる』

そう言って彼が差し出したのは、イングランドの数少ない女性の出版経験者が訳したという聖書だった。

『まあ！　これ、ずっと読んでみたかったのです！　他と比べてみたくて』

前世でも読書家だったジェーンだが、父母は教育熱心なわりにケチだった。自由に好きな本を選ぶことができず、実家の書庫も貧相だった。王妃のもとに来て選択肢が増えたとはいえ、自分の資産を持たないジェーンでは、新しい本というものはなかなか手に入れられない。

『これをお借りしてよろしいのですか、先生』

『よければお譲りしますよ。私は商人たちとの間に新たな伝手ができただけで満足ですから』

優しく目を細める彼に胸が温かくなって、すぐ、冷たくなる。彼が好きになればなるほど別れの時が辛くなる。それを知っているからだ。

（だって、今生では彼と接することができるのは今だけだもの）

ここにいられるのは王妃が存命の間だけ。たった一年と半年だけだ。

その後は教師（ハロルド）までは一緒に連れていけない。そもそも彼の雇い主はキャサリン王妃だから、ジェーンとの関係はここを出た時に終わる。

（私、今まで彼のことを遠ざけなければとか、近くに置いておこうとか、ハロルドが私の傍にいるのが当然の人生ばかり送ってた）

今さらながらに思う。何度も繰り返した生だが、彼がいない人生など考えられない。

（彼がいなかった一度目の生は、私、どうやって生きていたのかしら）

彼は空気のようにそこにいてくれた。キリスト教の意味が生じる前の古代ギリシャの四つの愛、ストルゲー、アガペー、エロス、フィリア。彼はそのすべての要素を持っていると思う。父や母よりも今のジェーンの中では彼の比重が大きくなっている。

（なら、せめて。ここにいる間だけでも楽しもう）

先のことを考えるのは、ここを出てからでいい。彼といられる時間を大切にしよう。ジェーンは思った。

ハロルドはジェーンの勉学を見るだけでなく、健康にも気遣ってくれた。

「たまには気分転換も兼ねて外で授業をしませんか。心と体の成長には、外の空気と太陽の光が不可欠です」

ある日のこと、ジェーンはそう言って彼に誘われた。

まるで医者のような健康に関する注意を受けてから、外へ出る。

ハロルドと一緒に、庭園を散策しながらギリシャの先人たちが残した詩について話す。

ジェーンが足元の小石につまずくと、ハロルドが素早く体に腕を回して支えてくれた。彼からは爽やかな新緑の香りがした。

『大丈夫ですか、ジェーン様』

『え、ええ、ありがとう』

こちらに向けられた端整な彼の顔。伏せられた睫毛が思ったより長かった。ただの授業なのに、楽しすぎて胸が痛い。ずっとこの時が続けばいいと思ってしまう。

『今日はお疲れのようですね。少しあそこで休憩をしますか？』

彼が示したのは庭園の小路沿いに置かれたベンチだ。ここなら彼と並んで座っても咎められない。教師と生徒の適切な距離を守って座りながらも、ジェーンは胸がいっぱいだ。

隣にいる彼を意識してしまう。

今までの彼は立場の違いから、決して同じ椅子には座ってくれなかった。医師の時ですら別だった。なのに今、自分は彼と同じベンチに座って、一緒に緑の芝が広がる庭園を見ている。最高の贅沢だ。世界が眩しい。

（私、彼といるとどんどん欲張りになる。楽しむのはここにいる間だけ。そう決めたのに、もっと、もっと、と願うようになってる）

贅沢になりすぎて怖い。ジェーンは深く息を吸うと懐かしい光景を見る。

彼が騎士の時はここで見守られながらエドワードと鬼ごっこをした。彼が馬術教師の時はあの先の草地でギャロップを教えてもらった。

思い出の詰まった場所だ。何度、時を繰り返しても、キャサリン王妃の宮廷で過ごす一年半がジェーンの人生で最良の時だと思う。

大人の世界に出ていく前に、最後にゆっくりと過ごせる柔らかな繭(まゆ)の中のような場所。暖かな陽ざしを楽しみながら、ジェーンはもう一度、深呼吸をする。気分が大きくなって、前から知りたくて、でも聞くことができなかったことが聞ける気がした。

『先生、あなたのお家のことを教えてくださいませんか』

『え、私の家ですか?』

『どんなお家で育つと先生のような方ができるのか不思議で。それに私は自分の家以外を知りません。将来のためにもこの国にはどんな家があるか、他家のことを聞いてみたいのです』

『……私の家のことなどを、侯爵家の姫君にお話しするのもお耳汚しですが、そういうことでしたら』

困った顔をしながらも、彼はねだると語ってくれた。

『私の家は代々、騎士を輩出するのが唯一の自慢の郷士です。まあ、田舎の家ですので生まれる子の数も多いですから。七人もいれば一人くらいは無事に成長して騎士にもなれたのですよ』

かの獅子心王(ししんおう)リチャード一世と第三回十字軍に参加した家柄だそうだ。

『騎士の家に生まれたのに、学者になったのですか?』

『思うところがありまして。家柄や血筋など関係ない、人は望めばなんにでもなれる、と、ある人に見せたかったのですよ』

『ある人?』

それはもしや恋人? だっていてもおかしくない。幸いというか今までの彼にはそういう相手の影はなかった。が、それもジェーンが知らなかっただけかもしれない。

少し寂しくなった。

思い返すと彼はどの生でも人気があったと思う。今だって回廊の端からこっそりこちらを見る侍女見習いの少女たちがいる。

普段は洒落た貴公子にしか興味のない彼女たちだが、穏やかな彼に大人の頼もしさを感じるのだろう。頬を上気させてくすくす笑いながら覗いている。

朴念仁の彼はそれらに気づかずに、話を続けている。

『まあ、なんにでもなれると言いましたが限度はありますけどね。今は戦乱の時代でもありませんし、私にはあなたの祖父君サフォーク公のようにたった五年で盾持ちから公爵へと出世するだけの才覚もありません。なら、学者が一番、貴人と言われる方々に近づける方策かと。教師や牧師は出自に関係なく、主と同じ卓で正餐をとることができますから』

『……あなたも地位や出世に興味があるの?』

『いえ、出世自体に興味があるわけではありません。ただ、自由にいろいろなところへ出入りするには、ある程度の身分が必要と実感しましたから』

自由にいろいろなところへ？　学者である彼は各家の書庫に興味があるのかもしれない。

ジェーンはほっとした。今生の彼が他の野心家たちのように権勢欲に囚われて、そのせいでジェーンに取り入ろうとしているならどうしようと思ったからだ。

繰り返してきた生で、彼の誠実さは知っている。だが、

（人は、変わるから）

ジェーンも変わった。だから彼も変わったかもしれない。それが少し不安だったのだ。

ジェーンも貴族の娘だ。父母に領地の地主たちが近づくのは願い事があるからと知っている。父母が宮廷に出るのも自分たちの地位を上げるためだ。人は損得でしか動かない。なのにハロルドの出世したい理由が、自由にいろいろなところへ行けるようになるため、というのが欲がなさすぎて笑ってしまう。

（私の場合は出世をすると自由がなくなるから、世棄て人になりたいくらいなのに）

自分たちの真逆具合がおかしい。そしてますます強く自覚する。彼が好きだ。

背の低い子どもと目を合わせるため、かすかに傾けた彼の顔。逞しい首筋が胴衣の襟から覗いている。短い外套がかかった肩に、ゆったりとした袖口から覗く彼の腕。すべてが頼もしくて、彼が大人の男性だということを意識する。

そして回廊の陰にいる少女たちのことも意識してしまう。

彼とお似合いの少女たち。彼らはいくらでも幸せな未来を願うことができる。だがジェーンはジェーンである限り、そんな自由は望めない。彼と結ばれる未来などいくら時を繰り返しても存在しない。それは彼がグレイ家を離れても変わらない。

（こんなに近くにいるのに、とても遠い）

つい、取り残された気分になった自分をジェーンがあわてて律した時、彼の首にある細い金の鎖に気がついた。

そういえば四巡目の時、溺れたジェーンを助けようとした彼の首には、鎖のついたロケットがかかっていた。同じものだろうか。

『それは？』

ギリシャ語で聞くと、少しのためらいの後、彼が首から下げた鎖を引き出して見せてくれた。

中央に十字が彫り込まれた、金と象牙で造られた小さなロケットがついている。蓋を開けると小さなくぼみが縦横三列、合計九個刻まれていて、砂粒のようなものが一つだけ入っていた。

『……十字軍に参加した先祖が持ち帰った聖遺物です。主の血が流された丘の砂だと伝わっています。護符としてずっと身につけていました。手に取ってごらんになりますか？』

『いいの？　そんな大事なものを』

『構いません。あなたになら』

眩しげに目を細めて言われて、どきりとする。

彼が蓋を閉めると、首から重い首飾りを外してジェーンの手に持たせてくれた。

彼がずっと身につけている聖遺物の入ったロケット。それだけで厳かな気分になる。

ジェーンは目をつむり、敬意を込めてロケットのざらついた表面にそっと口づけた。彼の温もりが移った貴重なロケットは、固くてざらついているのに、とても優しく感じた。

こくり、と息をのむ音が聞こえた気がした。

顔を上げるとハロルドがこちらを凝視していた。

いつも優しい彼の眼差しが、今は妙に熱っぽく感じて、まるで自分の心を見透かされているようでジェーンは顔をそらす。それでも視線が追ってくるのを感じる。

今のジェーンは九歳の子どもで生徒だ。彼がそんな目で見るわけがないとわかっているのに、ジェーンは胴衣で押さえた胸が大きく上下するのを感じた。

気をそらしたくて、意味もなく彼の名を呼ぶ。

『ハ、ハロルド・エイワース？』

「はい。ジェーン様」

ジェーンの呼びかけをいつもの母国語だと思ったのか、彼がギリシャ語を使うのをやめた。それでジェーンは互いの立場を思い出した。

イングランドにいる限りついて回る身分の差。だが彼はいつも律儀に応えてくれる。大事な護符を見せてと我儘を言う子どもを相手に、貴婦人に仕える騎士のように、どこまでも誠実に付き合ってくれる彼。変わらない。

かつて騎士だった彼の、こちらを見る真摯な緑の瞳が眩しかった。

〈私は変わりません、ジェーン様。あなたに仕える私の立場が変わっても、いくらあなたが距離を置こうと可愛げのないそぶりをされても、ずっとお傍にいます。見捨てたりはいたしません〉

彼にそう言ってもらえたようで、胸が温かな想いで一気に膨れ上がる。

（もしかして、幸せ、ってこういう気持ちのこと？）

ふと、思った。自分の生はいつも彼の言葉で始まる。彼に会うために時を戻る。ジェーンの満足は、彼が共に同じ世界に生きて存在してくれていること。いつも変わらぬ彼でいてくれること。それを確認するために自分はループを繰り返している気がする。

決してジェーンを野心を叶える駒として見ない彼。

何かを聞けば照れたような顔をして、それでも律儀に答えてくれる。歳のわりに老成した落ち着いた話し方をして。すべていつもと同じで安心できる。この安心感が欲しくて、自分のせいで損ねるのが嫌で、ジェーンは彼をなんとか救おうと頑張ってきたのかもしれない。

「先生、前に私に、幸せになりたくないのか、と聞かれましたよね」

彼に大事なロケットを返しながら、母国語に戻って言った。学習のための会話ではなく、本心からあなたに伝えたい言葉なのだと、彼に知ってほしかったから。

「私、今までは自然と信じられていた聖書の記述が、最近は読めなくなっていました」

何度も繰り返す死にうんざりしている。幸せを求める心すら忘れてしまった。

(もう人生をやり直すこと自体に疲れた。怖い)

こんな世の理と外れた運命を繰り返す自分は何なのか。神に罰でも与えられたのかと怖くて、礼拝堂でも顔を上げることができなくなっていた。

『タリタ、クミ。――主はすべての罪を許したもう。少女よ起きなさい』

聖書に記された、死せる少女を主が蘇らせた奇跡の箇所ばかりを見てしまう。

「でもあなたの話を聞いていると、私でも許されているのではないかと思えます。広い外の世界を見てみたい、そんな希望を持ってもいい気がしてくるのです」

幸せを願ってもいいのでは、時戻りを繰り返してもいいかと思う。

(ハロルドと一緒にいると、時戻りがないことが逆に怖くなるから。ドーセット邸での目覚めがなかったら、また次の生でのあなたに会えないもの。あなたの名を呼べない)

これは生きたい、という気持ちではない？

「私は、あなたのためになら生きられるかもしれない」

ハロルドの目を真っすぐに見て言った。

彼を自分のせいで死なせた。だから彼を幸せにしたい。ジェーンという一人の人間として、今生こそは彼を生かすために生きたいと思う。

そんな償いの気持ちや主の義務ではなく。

(彼と一緒にいたいから。この温もりを感じていたいから)

ジェーンはそっと微笑んだ。儚(はかな)い、陽にあたれば溶けてしまいそうな残雪のような笑みだった。が、それでも今生では初めて笑えた。

ハロルドがはっと目を見張って、ジェーンの顔を凝視する。それが恥ずかしくて、あわててジェーンは顔を伏せる。ハロルドがうろたえたように立ち上がった。ジェーンの前に跪き、興奮のあまりか腕を上げ下げしながら、上ずった声で言う。

「も、もう一度、見せてください、ジェーン様。今、笑ってくださいましたよね?」

『嫌よ。もう休憩は終わり。今は語学の時間ですもの』

照れ隠しでギリシャ語で返しながらも、ジェーンの眉間からは皺は消えていた。

「ああ、神よ、感謝を」

感極まったように手を組み合わせるハロルドが大げさで、ジェーンはますます恥ずかしくなった。

そうして、七度目のチェルシー宮殿での日々が過ぎていく。キャサリン王妃の宮廷でハロルドに見守られながら、ジェーンは少しずつ表情を取り戻していた。

ハロルドの役割が違うこと以外はいつもと同じだ。いいや、いつもより平和だろうか。今回のジェーンは生き残ろうと足掻くこともないが、怯えて縮こまっているわけでもなかったから。

エリザベス王女とは距離を置いたまま勉学を通して交流し、トマスが求婚のためにせっせと王妃のもとへ通ってくるのを見た。今回も王妃はトマスの熱意に圧されるように、エドワード六世王の許可を得るとひっそりと内輪だけで式を挙げ、彼と結婚した。

トマスがチェルシー宮殿に男主人として加わり、空気が変わるのも今までと同じだ。前から華やかだった宮殿だが、今では明るい笑い声がそこかしこから響く。トマスは女たらしの最低男だが、場を明るくし、キャサリン王妃やエリザベス王女を笑わせることができるところは有益な人だと認めざるを得ない。

（そういえばエドワード六世陛下もトマスがいる時だけは明るい顔をされていたわ）

ただ、やはり今回もトマスはエリザベス王女にちょっかいをかけている。それがジェーンの気に障る。せっかくの穏やかなチェルシー宮殿の暮らしに波風を立てる行為だからだ。

夏のある日、ジェーンが回廊を歩いていると、トマスに出くわした。

「これはこれは、ドーセット侯爵家令嬢殿ではないか。ご機嫌はいかがかな？」

一巡目から三巡目までは単純に女たらしの彼が嫌いだったから。五巡目は流れに身を任せるせいで彼を見殺しにする罪悪感から、彼を避けていた。

だが今は前ほどの拒絶感はない。それに「生き残らなくては」という強迫観念から脱したジェーンは、肩の力も抜けて、前ほど本の虫でもない。

好きな時に好きなところに行くことにしているので、よく彼に会う。すると彼は四巡目の共闘した時の記憶などないはずなのに、ジェーンにもちょっかいをかけてくるのだ。

面倒だなとは思うが、知らない仲でもないので一応、忠告をしておく。

「……あまりそういう軽い態度はとられないほうがよろしいと思います。性別が女性であればそれでいいと目移りばかりなさっていると、本命の君に愛想を尽かされますよ」

「おお、これは手厳しい。小さなご令嬢は今日もご機嫌が麗しくないようだ。それとも、他の娘には目を向けないで私だけを見て、と暗に訴えられているのだろうか。うーん、困ったな。僕には妻がいるのだが」

間髪を入れずにふざけた言葉が返ってきて、うっとうしくて軽蔑の目を向ける。

「おお、怖い怖い、叱られる前に退散しよう」

トマスが妙に嬉しそうに笑いながら去っていく。相変わらずだなと思いながらその姿を見送っていると、彼の後ろをつけるように、エリザベス王女が現れた。

波打つ赤みがかった金色の髪に、挑発的な眼差し。十四歳という年齢にふさわしい細身の体だが、妙に婀娜(あだ)っぽいというか、女を感じさせる王女様だ。

彼女は、トマスの姿が見えなくなったのを確認すると、つかつかとジェーンの前へやってきた。じろりとジェーンを見下ろす。

「フン！」

特大の勢いで鼻を鳴らすと、彼女は、ツン、と顎を上げた。それからトマスを追っていく。

ジェーンは茫然とした。何が気に障ったのだろう。

王妃の義娘で王族である彼女の機嫌を損ねるのはまずい。謝罪しようにも原因が思いあたらず、ジェーンが眉間に皺を作っていると、柱の陰から、ひょい、と派手な金髪の少女が現れた。

「気にすることないわ。独占欲の強い王女様は、トマス卿が自分だけでなく、気に食わないあなたにまで声をかけたことに、ご機嫌を損ねているだけだから」

そう言ってジェーンの肩に手を置いてきたのは、侍女見習いの中のリーダー格、エイミーだ。三巡目の生でエドワードの手紙を届けに来た少女でもある。

前までの生では彼女とは接触しなかった。今回も無視はしないが話しかけることもない、淡々とした距離をとっていた。が、一度、彼女がエドワードを会話に誘いたくて、彼が読んでいるという本を前に手を焼いているのを見て、助け舟を出してしまったのだ。要約して内容を教えた。それに喜んだ彼女が、以来、話しかけてくるようになったのだ。

「ふふ、あなたは教師と話す時しか笑顔を見せない本の虫だもの。それに前にエドワード様の誘いを断ってたし、私のライバルにはならない変人だものね。これからも安心して本の内容とかを聞けるわ。嘘とか教えられる心配がなくて」

エイミーは話していてもわかるが要領がいい少女だ。恋の他にも狩りや楽しいことが好きで明るく積極的。宮廷女官に向いていると思う。

そして彼女と交流があることでジェーンも一目置かれて、他の少女たちから無視などの嫌がらせもされない。世を渡るうえでの情報も入ってくる。ハロルドは教師だが男性だ。こういった女性間のいざこざには疎くて教えを乞うことはできないので、エイミーは今生を穏やかに生きたいジェーンにとって貴重な情報交換相手だ。

だからジェーンは遠慮なく、話をエリザベス王女に戻して聞いてみる。

「気に食わない？　王女様が私を？　どうして」

「あの方は王女と言っても庶子扱いで有力な身内がいるわけでもないでしょ。野良猫みたいな王女様だもの。だからあなたみたいに恵まれた人が気に障って仕方がないのよ」

「恵まれてって、あの方のほうが位は上よ。王族ですもの」

「あなたを見てると本当に育ちがいいと思うわ。素直にそう言えるところが、恵まれた環境で育っているというのよ。チューダーの赤を受け継ぐ血筋は伊達じゃないわね」

　明らかなお世辞に、ジェーンは自分の冴えない色の髪を見てため息をつく。

「チューダーの色だと言ってくれる人もいるけど、私はこの赤っぽい砂色の髪が嫌いよ。あなたみたいな金髪か黒髪、とにかくこれ以外の色がよかったわ」

　エドワード六世王もその姉のエリザベス王女も同じ色の髪をしている。ヘンリー八世をはじめとする王家の血を引く特徴ではあるが、ジェーンは嫌いだ。

（この髪色のせいで、私は六度の人生を台無しにされた）

　そう感じてしまう。父母がジェーンを王妃に、そして女王にと考えたのも、王族を連想させるこの髪のせいだと思う。そのくせそばかすの痩せっぽち。可愛げの欠片もない生真面目な顔つきで。華やかなキャサリンと比べれば、薔薇とぺんぺん草ほどの差がある。

（だから、私はお父様たちには愛されなかった）

　愛されなかったから無愛想な娘になったのか、無愛想だから愛されなかったのか。気づいた時には、たまに領地へ帰ってくる父母からは顧みられない存在になっていた。

（そんな忘れ去られた娘なのに厳しく躾けられたのは、お母様がエリザベス王女様を意識していたから。それだってこの髪を見てのことだと思うもの）

　いろいろな偶然が重なって、ジェーンの不遇につながっていたのだなと思う。一つ一つは取るに足りない些細なことなのに。重なってしまうとこんなに重い。

落ち込むジェーンを、エイミーが、まあまあ、と慰めてくれる。

「人は上辺しか見ないから、誤解されたりするのはしょうがない」

でも私はあなたのことちゃんと見てるわよ、と彼女は言った。

「真面目でキャサリン王妃様に取り入ることもしない。男の子たちを誘ったりもしない。荒野の聖人みたいに端然としてて、そのくせ気を許した相手には笑顔を見せるでしょう？そこが男心をそそるの。あなたトマス卿からどんな目で見られてるか知らないの？ だから王女様は躍起になってトマス卿を追いかけるのよ」

「それって王女様が私に競争心を抱いておられるってこと？」

「うーん、競争心というより、妬んでるって言うか。まあ、あなたがいなくても王女様はトマス卿に近づいたとは思うけど。ここには他に大人の男性は来ないし、彼は私から見ても素敵だもの。王女様は父親のような年上の男に惹かれる傾向があるみたいね」

言われて、ジェーンは考える。今生のジェーンは抗う気もなく、流されているだけだ。起こる出来事がわかっているから、何に驚くこともなく淡々とこなす。その様が超然としているように見えるらしい。

（十代の子どもたちに囲まれていれば、年齢のわりに老成して見えるのは確かかね。私の心はとっくに二十歳を越しているから）

そこが奇異に感じられて、今生のトマスの興味を引いてしまっているのだろうか。

「そう言われると、王女様につっかかられるのも無理はないかと思えてきたわ。王女様から見れば私は皆に甘やかされたずるい飼い猫に見えるのでしょうね。両親もいるし」

「そうでしょう。王女様はキャサリン王妃様に引き取られるまではほったらかしだったもの」

同じ王女でも、姉のメアリー王女は由緒正しきスペイン王女だったキャサリン・オブ・アラゴンの娘だ。九歳で王女位を降ろされるまではヘンリー八世の嫡子として宮廷でかしずかれて育った。背後には強大なスペイン王国が控えているし、エドワード六世王とは違いカトリックの教えを棄てていないため、国内に残るカトリック勢力やローマ教皇からはイングランドのカトリック勢力の最後の希望として重きを置かれている。

対してエリザベス王女はエイミーの言う通り、強い後ろ盾を持たない。

彼女を利用しようとする輩は常にいたが、彼女を陰謀に巻き込んで破滅させることを狙っているような卑劣な相手も多かった。母であるアン・ブーリンのブーリン一族は失脚しているし、遠縁にあたる名門ハワード一族が残ってはいるが、彼らも今はメアリー王女を支持している。

それに彼女が王女でいられたのは二歳の時まで。二歳と八か月の時に母であるアン・ブーリンは処刑され、彼女は庶子に落とされた。王族として堂々とふるまった時代がほぼないのだ。

それからは腫れ物に触るような扱いで、あちらこちらを転々とたらい回しにされながら成長した。まさに家を持たない〈野良猫〉だ。彼女が愛に飢えた、いや、愛を知らない、無い物ねだりの王女になるのは無理もないだろう。

彼女と比べればジェーンには害にしかならない親でも両親がいた。侯爵令嬢としてだが、領地では小作人たちに敬われてきた。人の上に立つ者としての鷹揚な雰囲気が身についている。

「気をつけたほうがいいわよ。あの方、あなたの教師も狙っているから」

「ハロルドを？」

ジェーンは息をのんだ。

「でも、専門が違うわ。王女様はもうギリシャ語は習得なさったって」

「鈍いわね。あなたの教師だから欲しいのよ。自分が一番、注目されてないと気が済まない王女様だから。彼は包容力もありそうな人だし、王女様は年上の男に眼がないもの！」

ジェーンはそれからエイミーにこんこんと危機察知能力の低さについて諭された。

だがその時は不安こそあれ、まだ半信半疑だった。穏やかなチェルシー宮殿での暮らしが脅かされることになるとは思ってもいなかった。

なまじ時戻りの記憶があるから、こんな些細なことで流れが狂うとは思わなかったのだ。

ジェーンがエイミーの言葉は正しかったのだと知ったのは、それから数日後のことだった。

ジェーンとハロルドが再び、外の空気を吸いながら勉強いたしましょう、と、ギリシャ語で会話しながら庭園の散策をしていた時だった。

『あら、ギリシャ語の勉強? 私も混ぜて』

エリザベス王女が流暢(りゅうちょう)なギリシャ語で割り込んできた。並んで歩いていたジェーンを突き飛ばし、ジェーンとハロルドの間に入って、ハロルドの腕に自分の腕を絡める。

ふふっと笑って彼を見上げる彼女がゆっくりと唇をなめて。いつもより襟ぐりが深い紅の胴衣から、十四歳の少女にしては強調された胸が覗いて。ジェーンは頭に血が上るのを感じた。

エリザベス王女がハロルドを誘惑している。ジェーンから奪おうとしている。

六度も生を繰り返しながら、いまだに恋愛経験の浅いジェーンは冷静さを保てなかった。

(嫌、ハロルドに触れないでっ)

そう思った時にはすでに体が動いていた。

「やめてっ」

ハロルドの腕に絡められた王女の手を払い、突き飛ばしてから、自分がした子どもっぽい妨害に青ざめた。

派手に王女がよろめいて、ハロルドがとっさに腰を抱いて受け止めなかったら転倒していただろう。ハロルドの手を借りながら体勢を立て直したエリザベスが、ジェーンをにらみつける。

「……王女に何をするの」

苛烈な炎を宿すエリザベスの目が、してやったりと意地悪く細められていた。

(やられた、挑発に乗ってしまった!)

ジェーンは自分が青ざめていくのを感じた。まだ九歳とはいえ、ジェーンはもうキャサリン王妃の宮廷に出仕しているのだ。一人前の貴婦人扱いだ。

それがなくとも身分差がある。先に仕掛けたのは王女のほうなどという言い訳は通用しない。たった十四歳の王女にかっとなって、無礼を働いてしまった。このままでは処罰される。ここから出されてしまう。

侯爵家に戻るのは嫌だ。だってハロルドがいない。今回の彼はキャサリン王妃に雇われた教師なのだ。ジェーンがここを出されれば彼とは会えなくなってしまう。

(それだけは嫌っ)

ジェーンが真っ青になって地面に崩れ落ちそうになった時だった。声がした。

「それくらいになさいませ、王女殿下」

二人の少女の緊張状態を破ったのは、おっとりとしたハロルドの声だった。

「ドーセット侯爵令嬢は無礼を働いたわけではありません。あなた様をお助けしようとしただけですよ」

「何を言っているの？」

「これを。周りをご覧ください、殿下」

ハロルドが差し示したのは宙を飛ぶ蜂だ。さっきまでは気づかなかったが、確かに言われればたくさん飛んでいる。どうして平気でこんなところを歩いていたのか不思議なくらいだ。「きゃっ」とエリザベスが悲鳴をあげて跳び上がった。

「きっと王女殿下の髪を甘い蜜だと勘違いしたのでしょう。ほら、どんどん増えています。侯爵令嬢はあなた様が蜂に刺されては大変だと、背を押されたのですよ。忠臣の行為です。王女様は忠義の臣を叱責なさるのですか」

きっぱり言って、ハロルドが退避をうながす。少し距離を置いてエリザベスについていた侍女たちも、あわてて近づいて、エリザベスをこの場から引き離す。

「おお、恐ろしい。庭師に言って、巣があるか探させましょう」

「さ、王女様、お早く。こちらへ」

エリザベスは侍女たちに囲まれて去っていった。ジェーンはほっとした。

「……ありがとうございます、先生。王女様から助けていただいて。それに私、蜂がいることにも全然気づいていませんでした」

自分たちも安全なところまで避難して、ジェーンがハロルドに礼を言うと、彼は悪戯っぽく笑って掌を見せた。小さな石が載っている。

「気づかなくて当たり前ですよ。最初は蜂など飛んでいませんでしたから。とっさにこれを彼らの巣に投げて怒らせせました。今、たくさん飛んでいるのはそのせいですよ」

「え」

「よくご覧ください、あれは蜜蜂ではなく、脚長蜂ですよ。蜜など求めません。たまたまここの木陰にあの蜂たちの巣があったのを覚えていて助かりました。一応、危険がないよう、散策予定のコースは見回っているのですが、相手はただの蜂だし刺激さえしなければ大丈夫。ここは美しい花もあるしと思い迂回しませんでしたが。運に助けられました」

ただ、とハロルドが言う。

「そう何度も運に頼るわけにはいきません。私も今後は外に出る際には注意しますが、ジェーン様もお気をつけくださいますね？」

「ええ……」

ハロルドがわざわざそう言うのは、今回は引き下がったが、エリザベスがますますジェーンに敵対心を燃やしたのがわかったからだろう。

今までの生ではなるべく王女を避けていた。なので接触はなかったが、今回は彼女のほうから絡んできた。そうなると避けるのは難しい。

「まだ十代の王女様ですが、子どもと呼ぶには狡猾で、大人と分類するには子どもっぽい独占欲と癇癪（かんしゃく）をお持ちです。決して油断をなさいませぬよう。あなた様たちグレイ家の令嬢は、あの方にとって不快な目の上の瘤（こぶ）なのですから」

ハロルドが言って、ジェーンは母のことを思い出した。母もエリザベス王女をあの売女の娘と呼んで嫌悪している。王女も同じなのだろうか。

「なるべくキャサリン王妃様の近くにおいでください。さすがの王女殿下も、王妃様の前では妙な真似はできないでしょうから」

ハロルドが最後にそう言った。

それからもエリザベス王女の嫌がらせは続いた。

「これってどう考えても、トマス卿の戯れの皺寄せよね？　あの方が王女様にちょっかいをかけたりするから、王女様の女心に火がついてしまったのだし、トマス卿があなたにまで色目を使うから、王女様が怒っているのだし」

エイミーが「気の毒に」とエリザベスに踏まれた足を冷やす布と水を持ってきてくれる。

（今まではこんなこと一度もなかったのに、どうして今生ではこうなるの？）

ジェーンは困り果てて首を傾げる。トマスの皺寄せとは言うが、今までの時戻りでは、トマスはジェーンに関心は持たなかった。何故、今回だけこうなのだろう。

（エイミーは私の老成した雰囲気と、歳相応の顔との落差が興味を惹きつけるのだというけど。自分ではわからないけど、そんなに私の雰囲気は前とは変わってる？）

ジェーンが最近の自分の行動を思い返していると、エイミーがため息をついて言った。

「まあ、最大の原因はあなたがハロルド先生にご執心なことね。あなた、隠してるつもりみたいだけど態度に出てるわよ。で、教師ごときに負けるか、って、トマス卿が男の矜持を刺激されちゃってるのよ。あの方もたいがいエリザベス王女様と同じで自分が主役でないと嫌というか、目の届く範囲にいるすべての女に愛されないと気が済まない人だから」

ジェーンははっとした。

（それ、あたってるかも）

一巡目と二巡目のジェーンは誰にも心を開いていなかった。三巡目ではエドワードに恋心を抱いたとはいえ、ままごとのような初恋で、トマスの食指が動くには幼すぎた。

が、今回は。幾度も時を戻り、ジェーンの中身は本気の恋ができる大人の女になっている。その違いはトマスには一目瞭然だったのだろう。

そんなジェーンが自分ではなくもの慣れない学者に目を向けている。競争心を刺激され、奪い、自分を権力に近づけてくれる女の一人にしたいと思ったのだ。

そしてそのトマスの変化を敏感に感じ取ったのがエリザベス王女だ。

彼女にとって、キャサリン王妃の宮廷は初めて得た〈家庭〉だ。トマスは初めて得た父で庇護者で、恋人。

そんな彼が目障りなお嬢様育ちの甘い他の娘に目を向けている。それが不快で、彼女はいつもの用心深さも忘れてジェーンを蹴落とそうとしているのだ。

「……トマス卿に、もう声をかけないでとお願いしたほうがいいと思う?」

「馬鹿ね。あなたみたいな子が彼に近づくのは無謀よ。あなたはエリザベス王女様のような天性の〈女〉とは違うもの。トマス卿と二人にでもなったらあっという間にいいようにされちゃうわよ。いなすなんてできないでしょ。それどころかそんなところを王女様にでも見られたらどう吹聴(ふいちょう)されるかわからないわ。卿はキャサリン王妃様の夫君なのよ」

その通りだ。相手は宮廷一の女たらしだ。ジェーンごときが太刀打ちできるわけがない。

(なのに私、何を口走ってるの)

自分で自分にあきれる。たぶん、トマスと婚姻契約を結び、共に運命に抗った四巡目の記憶があるせいで、おかしくなっているのだ。

あの時の不思議な関係がジェーンの心に染みついているから、今生の彼はあの時の記憶のない別の彼だとわかっていても親しい感覚を抱いてしまっている。話せば聞いてくれる、そう無意識のうちに思ってしまっている。

（だから私、こんな火遊びはためにならない。そう彼に諭したくてたまらないもの）

彼を見殺しにした五巡目。あの時、ジェーンは何もしなかった自分に後悔した。だから今も彼を見ると、つい、救いたいと考えてしまうのだ。

（私、時を繰り返すうちに、世の事柄への興味を失ったと思っていたけれど。違うかもしれない。完全に外の世界を遮断するなんてできない。時を繰り返すことで、逆に、今まで接触のなかった人たちにまで愛着みたいなものができてる）

今のジェーンは運命のままに彼らを見過ごしにすることに、気力が必要になっている。自分の取るべき行動がわからなくて。

エイミーが去った後も、ジェーンはキャサリン王妃の謁見室へとつながる窓辺の壁龕に座っていた。何気なく外を見ると、トマスがいた。

彼はいつも通り洒落た胴衣を着て、颯爽と窓外の庭園を歩いている。

ぼんやりとその姿を見ていると、彼がこちらに気づいた。ジェーンを見上げて片目をつむって見せる。相変わらず気障な女たらしだ。

思わず身を引くと、そこへエリザベス王女がやってきた。窓外をちらりと見て、ジェーンが誰を見ていたかを確かめると、彼女はガウンの裾を翻してジェーンに近づいた。思いきり突き飛ばす。

「彼は私のお義父様よ！　近づかないで‼」

こちらをにらみつけるエリザベス王女の目はぎらぎらしていた。

憎らしい泥棒猫の喉元に噛みついて、引き裂いてやりたい。そう言っていた。そして彼女はトマスと合流するためだろう。ジェーンに背を向け、回廊を駆けていった。

ジェーンは圧倒された。気迫が違う。

エリザベスは手負いの獣そのものだった。

人の手など借りず、野で暮らす野生の獣だ。気高く、獰猛で、飼いならされた家畜とは全然違う。ジェーンは自分が彼女の前では牧場の凡庸な羊に過ぎないことを悟った。

彼女は自分に正直に、生き残って幸せになるために生きている。

対してジェーンはどうだ。

時戻りの最初はもうあんな怖い目に遭いたくない、殺されたくないからと生を願った。

次はハロルドを生かしたいと思って生きた。

では、ジェーン自身の意思は？　自我は？

殺されたくない、というのは本能のようなものだ。ハロルドを生かしたいと願っているのも他の人のため。女王に即位したのも父母や他の欲に押されてだった。

そこにジェーンの自我は一片たりともない。自ら女王となった四巡目でも、王位について何かをしたいという心はなかった。それは王として正しい姿か？　他人の願いを叶えるために王位につくなど、下僕のすることだ。

エリザベス王女だって生き残りたいから生きている。だが同時に彼女は自分が欲しいものを貪欲に追う。それが自分の警戒心と折り合えば、強引に奪おうと狙ってくる。

彼女は自分の欲しいものが何かを知っているからだ。きっとその時が来たら父ヘンリー八世王と同じに堂々とこの国に君臨するだろう。自分の我を行き渡らせるだろう。

『あなたは幸せになろうとは思われないのですか』

急にハロルドの言葉が脳裏に蘇った。

（私は、いったい何がしたいの……？）

ジェーンは窓から下を見下ろす。トマスとエリザベスが鬼ごっこをしてふざけ合っていた。それを見ていると、いつの間にかキャサリン王妃が隣にいた。

あわてて二人の様子を隠そうとしたが遅かった。キャサリン王妃が、エリザベスに追いつき、抱き締めるようにして捕まえるトマスと、甲高い笑い声をあげながら挑発的に体をくねらせるエリザベスを見てしまった。

王妃が静かに言った。

「世の中は、力の強い者だけが欲しいものを得て、自由に生きられるようになっているの」

ずっと老いた夫に仕え続けた彼女が言うと重みがある。

「ようやく私も自由に生きられる時が来た、そう思ったけれど。それはあの子も同じなのね。かわいそうなエリザベス。大人たちに振り回されて、ずっと縮こまり、猜疑心の塊となって生き延びてきた弱い子ども。だから今、自由を謳歌しているの。やっと甘えられる大人の男を見つけて、歯止めがきかなくなっているのよ」

だから王妃は何も言えないのだ。自分もまた夫の死後、自由を求めてトマスと再婚したから。

「だけど神の前で夫婦となったのよ、私と彼は。正式な結びつきなの。他の女とは違って」

独り言のように言う王妃の顔は、老婆のように老け込んで見えた。


ジェーンとの派手な喧嘩以来、エリザベス王女はますますトマスに執着した。ジェーンを煽るように人前でもトマスと戯れてみせる。トマスに的を絞りハロルドにはちょっかいを出さなくなってくれたのはありがたいが、これはこれで露骨すぎて目のやり場に困る。

「あれはまずいわ。私たちでもそう思うんだもの。特に今は王妃様は大事な時期だし」

エイミーが顔をしかめて言った。彼女の視線の先には、カード遊戯に負けた罰だと、頬にキスをし合う十五歳になった王女とトマスがいた。ただの戯れにしては雰囲気に艶がありすぎる。

ジェーンがキャサリン王妃のもとへ来てから一年が経っていた。

この頃、王妃はトマスの子を身ごもっていた。そのせいで精神的に不安定になっているのが、エイミーたち妊娠経験のない少女たちの目にも明らかだったのだ。

だから最初は野次馬よろしく面白がって見ていただけだったエイミーたちも、今ではなんとかエリザベス王女とトマスの戯れをキャサリン王妃の目から隠そうとしている。

だが限度がある。

「これはどういうことです⁉」

エリザベスを膝に乗せ、彼女の寝室でふざけている夫の姿をとうとう王妃が目のあたりにしてしまった。今までは気づいていないふりをしてきたが、もうそれもできないまでに二人は羽目を外していたのだ。

王妃はトマスをなじり、翌朝、エリザベス王女はチェルシー宮殿を出てグロスタシャーのサドレィ城へ移されることになった。

「……王妃様」

ジェーンは茫然としている王妃に話しかける。

「申し訳ありません。私がエリザベス王女様のお気持ちを煽ってしまったから」

彼女にとっては幼い子どもが訳もわからず困った顔をしているように見えるだけだろう。だがジェーンには王妃の心の苦しみがよくわかった。何度もこの姿を見てきたから。そして阻止できずにいるから。

「……あの子もかわいそうなのよ」

王妃が、また言った。今度の口調は自分に言い聞かせようとしているかのようだった。

「あの子だけではないわ。メアリー王女も。エリザベスはまだ十五歳だけど、メアリーはもう三十二歳よ。普通ならとっくに夫を持っている。なのにあの子たちには婚約者すらいない」

二人の王女には娘を気にかける母親はもういない。死んでしまった。そして父親であるヘンリー八世は二人を庶子として扱い顧みなかった。

「わかるのよ。陛下は男の後継ぎを欲しがっていらした。だから二人の王女に後ろ盾となる力ある夫をつけるわけにもいかなかったし、次期王位を主張されては困るから他国へ嫁がせるわけにもいかなかった。かといって後継者不在は許されないことで。……あの方も苦しかったのよ。すべての元凶は世継ぎを残せない自分にあると知ってらしたから」

だからこそ妻の側に責任があると思いたかったのだろう。良心の呵責（かしゃく）に耐えかねて。それだけ王位は重い。

どちらがましなのだろう。政略の駒としてさっさと他国へ嫁がされるのと、飼い殺しにされたのだ。二歳で母を処刑されるのと。

だからキャサリン王妃はエリザベス王女を宮廷に引き取ったのだ。二歳で母を処刑されて以来、家庭というものを知らなかったエリザベス王女に、父母のいる暮らしをさせた。

自分の子こそないが、母性にあふれた優しい貴婦人、それがキャサリン王妃だ。

なのに、その手を差し伸べたエリザベス王女には裏切られ、メアリー王女は警戒心を解かず距離を置いたまま。国一番の地位に昇った人なのに、あまりにも寂しい。

「ジェーン、可愛い子」

キャサリン王妃がジェーンを引き寄せ、抱き締める。ヘンリー八世の六人の妻たちの中でようやく生き残った二人の内の一人、キャサリン王妃が、迷子の子どものような声で言った。

「あなただけはいつまでも誠実でいて。私の傍にいて」

すがりついてくる王妃を支えながらも、ジェーンは答えられなかった。

未来を知っているから。

キャサリン王妃の寂しい心に触れた。だが時の流れのままに行くとトマスはしょうこりもなくメアリー王女とエリザベス王女に手紙を出し、宮廷に近づかなくなる。

王妃の出産も死も回避できない。それは今までに何度も試した。

（ならせめてトマスに王妃様の傍にいて、と頼めない？）

トマスは女たらしの最低な男だ。が、それでもジョン・ダドリーや計算高いサマセット公とは違い、温かさを持っていた。彼は王配として共闘した時、こんな可愛げのないジェーンでも抱き締め、なだめてくれた。父母から守ってくれた。

だから、キャサリン王妃が本当に寂しがっていること、王妃の想いは軽い宮廷遊戯なんかではないことを説けばわかってくれるのではないかと思ったのだ。

（少しだけ。王妃様の傍にいてと言うだけなら）

つい、足がトマスの私室のほうへと向いてしまったのは、四巡目の記憶があるからだ。それと、自分だけがハロルドと満ち足りた時を過ごしているのが後ろめたかったから。

「せめてキャサリン王妃様の傍にいてください」

ジェーンは他に人のいない回廊で、彼に懇願した。だが少しも取り合ってもらえない。

「君のほうから会いに来てくれるとは嬉しいね」と冗談口を叩かれるだけだ。

もどかしくて。ジェーンは思わず口走っていた。

「キャサリン王妃様のお命は、来年の秋までしかないんですよ⁉」

自分に禁じていた未来をまた口にした。だがトマスは信じない。

「悪い夢でも見たのかな、キャサリン想いの君がそんなことを言うなんて」

逆に怖いなら添い寝をしてあげようかとまで言われて、ジェーンはかっとなった。

こうなれば乗りかかった舟だ。ジェーンは必死になって今までに聞いたトマス周辺の事柄を思い出す。従者の落馬以外にも、彼にジェーンが未来を知るとわからせる出来事は何かなかったか。

「……トマス卿はご実家のシーモア邸で犬を飼っておられますね。エドワード六世陛下に献上した犬の母犬にあたる犬を」

決死の覚悟でジェーンはトマスに告げた。

「獣に詳しい者を呼んだほうがいいです。後ろ足を引きずっているはずです。早めに処置しないと変形して動かなくなります」

四巡目で、エドワード六世王に聞いた。彼の愛犬の母親犬が足を折っていたのに誰も気づかず、手遅れになったことを。うろ覚えだが今の時期だったはずだ。

「確かめてきてください。それと、お母様が咳をなさっていますよ。心配をかけまいとあなたたちには秘密にしてらっしゃいますから、そちらもどうか医師の手配を。そして……私の言うことが本当だと信じられたら。王妃様の傍にいてください。どうか」

ジェーンは両手を組み、彼に懇願した。

今までは四巡目のトマスを説得する時以外は、誰にも話さなかった。だが今、またジェーンは人生を繰り返して知った、〈未来〉を利用した。トマスと共闘するつもりもないのに。

キャサリン王妃を孤独のままに死なせないために、再び禁忌を破ったのだ――。

それから数日後のことだった。

シーモア家の本邸から戻ってきたトマスの目の色が違っていた。

「君は見えない遠い地のことがわかるのか？」

チェルシー宮殿に戻ってくるなり、私室にいたジェーンを訪ねてきた彼は、興奮した口調で言った。

母と犬の様子を確かめてきたのだ。ジェーンは自分が後戻りのできない道に踏み入ったことを知った。

「王位につくために必要なものが何か知っているか？」

彼が野心に目をぎらつかせながら言った。

「血筋だけでは駄目だ。歴代の王を見ろ。絶対的な運がいる。性別や健康な体だけではない、強い運、王冠をもたらす星の巡りというものがあるのだ。神に選ばれた資質というものが」

彼は勘違いをしている。だけど言えない。

「人知を超えた何か。それを持つ者だけが真の王になれる。……それはエリザベスかと思っていたが。ジェーン、君なのか」

ジェーンは自分が愚かなことをしたことを知った。ただでさえ彼が自分に持っていた興味をかき立てる火種を与えてしまった。

「……答える義務はありません。出ていってください」

ふるえる声で彼を拒絶し、追い出した。だがジェーンは自分がまた政争の渦に巻き込まれたことを知った。彼はもう自分を標的と定めた。離さないだろう。

穏やかな王妃の宮廷での日々が終わってしまったことに衝撃を受けたジェーンは、自分の部屋から出ていくトマスを、キャサリン王妃が見ていたことに気づかなかった。

部屋に残ったジェーンは茫然としていた。

先が読めない。自分は、彼はこれからどうなる？

（私はまた失敗したの？　今生では足掻かないつもりだったのに、また運命を変えてしまった）

失敗すれば死ぬのは自分だけではない。今までの例からすればハロルドもなのだ。

今回は今までと流れが違う。だから彼は無事でいられるかもしれない。が、読めない。

ジェーンは頭を抱えた。

「どうしたの？　ハロルド先生が授業時刻になってもあなたが来ないって心配してらした

わよ」

エイミーが様子を見に来て、ぎょっとしたように駆け入ってきた。

「どうしたの、すごい顔色になってるわ」

「……私、取り返しのつかないことをしてしまったかも」

「とにかくハロルド先生を呼んでくるからっ」

がたがたとふるえるジェーンを見て、ただ事ではないと思ったのだろう。部屋の主が幼いとはいえ、鍵もかかる女の寝室に男を連れてくるなど褒められたことではない。が、非常事態だからとエイミーが独断でハロルドを連れてきてくれた。

現れたハロルドはジェーンの様子に驚き、ためらいながらも部屋に踏み入った。扉は開けたままにして、寝台に座り込んでいるジェーンの前に膝をつき、気遣わしげに顔を覗き込む。

「いったい何が。先ほど険しい顔でトマス卿が戻ってこられましたが、それと関係が？」

「……私、彼に言ってはならないことを言ってしまったの。目をつけられてしまったかも。でも大丈夫よ、大丈夫。なんとかするわ。彼と組むのはこれで二度目だもの。他の人よりは勝手がわかってる。この先どうするかを決めていなかっただけだから取り返しはつくわ。ジョン・ダドリーよりははるかにましなんだから……」

「……それはトマス卿と将来の約束をなさったということですか。前のように」

半ば独り言のようにぶつぶつ言っていたジェーンは、はっとしてつぶやきを止めた。顔を上げ、ハロルドを見る。

「何？　なんと言ったの……？」

彼はジェーンの時戻りは知らないはずだ。なのに何故そんなことを言う。

彼は今までも「もしや」と思う発言をしていた。そのたびにまさかと否定していたけど。

「ハロルド、あなた、もしかして……」

ジェーンは問いかけようとした。だができなかった。

いつの間にか、キャサリン王妃が部屋に入ってきていたのだ。

供も連れず一人でジェーンの部屋に踏み入ったキャサリン王妃は、そのまま後ろ手で扉を閉めた。養い子の部屋に男（ハロルド）が入り込んでいることには目もくれず、彼女は淡々と言った。

「ジェーン、あなたまで私を裏切るの？　エリザベスのように」

「王妃様？」

「さっき、ここに彼が来ていたでしょう？」

それを聞いてジェーンははっとした。トマスが訪ねてきたところをキャサリン王妃に見られたのだ。違う、誤解だ。ジェーンはあわてて否定した。

「違います、王妃様、そんなつもりでお会いしたわけでは」

だがすでにトマスの裏切りに遭い、義娘であるエリザベス王女にまで不貞を働かれた王妃は正常な心ではなかった。

「エリザベスの言った通りだったわ。真に悪賢い泥棒猫は、それとは思わせない顔をして傍にいるものよ。真の不貞者はあなただったのね、ジェーン」

「エリザベス王女、様……？」

何故ここでその名がと眉を顰めかけたジェーンは見た。王妃がふるえる手で握りつぶしている手紙を。わずかに見える筆跡に覚えがある。

（あれは、エリザベス王女様の）

エリザベスの底意地の悪い顔が脳裏に浮かんだ。キャサリン王妃が持つ手紙はエリザベスからのものだ。彼女は自分が宮殿から遠ざけられたのを根に持って、キャサリン王妃に告げ口をしたのだろう。トマスに言い寄っていたのは私ではなくジェーンですと。

常の精神状態の王妃ならそんな出任せは信じない。だが今の王妃はたび重なる裏切りと孤独に心をさいなまれ、不安定になっている。

（エリザベス王女様、どうしてそこまで。いくら私が気に食わないと言っても、こんなことをすれば王妃様のお心まで張り裂けてしまうのに……！）

信じられないと思う。だが同時にこれが人かと納得もしていた。

三巡目の時、トマスに恋したキャサリン王妃がジェーンにも幸せのお裾分けをしてくれたように。今のジェーンが恋で満たされているから、孤独なキャサリン王妃に罪悪感を覚えたように。人は自分が満たされると周囲にも幸せを分け与えたくなるものだと思う。

そしてその逆もあるのだ。

エリザベス王女は今、失意の中にいる。孤独と不幸のどん底に。だから自分だけが辛い想いをするなんて不公平だと、ジェーンをも引き込もうとしているのだ。

華やかなチェルシー宮を指をくわえて見ていることしかできないから。一人だけ取り残されたようで寂しくて。

王妃が引きつった笑みを浮かべる。今まで耐えていた心の堰が、ジェーンとトマスの密会を見つけたと思い込んだことで弾けてしまったのだろう。うつろだった顔に、一転、激情を浮かべて、キャサリン王妃がジェーンにつかみかかる。

「よくも、よくもっ」

「王妃様っ、おやめください、お腹のお子に障りますっ」

「ジェーン様、王妃様っ、お二人とも、どうかっ」

王妃の体の状態を思い、ジェーンは彼女の手を振り払えない。背が高く堂々とした体躯の王妃と痩せた子供のジェーンでは体格も違いすぎる。のしかかってくる王妃を受け止めるのでせいいっぱいだ。ハロルドもまた、相手が身重の貴婦人であることに手をかけていいものかと迷う。

その逡巡（しゅんじゅん）を突かれた。ジェーンの背に灼熱（しゃくねつ）が走る。

（痛っ、何⁉）

思わず王妃を突き飛ばし距離をとる。よろめくように王妃が後ずさって、その隙に背に回したジェーンの手に、ぬるりとした生温かいものが触れた。

（血……？）

ジェーンはキャサリン王妃を見た。彼女の手には血まみれの短剣があった。袖に隠していたので気づかなかったのだ。

「ジェーン様っ」

ハロルドがジェーンに駆け寄る。王妃の手から短剣を奪い取ると、ジェーンを床に横たえ、血を止めようとする。肩の少し下辺り、斜め上から思いきり刺された刃は、骨の間を通り肺を傷つけたのだろう。息ができない。ジェーンは浅い息を吐きながら、それでもハロルドを見上げる。真っ青になった彼に、大丈夫、と言おうとして、喉が強張った。

彼の背後に、幽鬼のような顔をした王妃がいた。そしてその手に握られたもの。

王妃は短剣をもう一本、隠し持っていたのだ。

「邪魔をしないでっ」

嫉妬で錯乱した王妃の腕が振り下ろされる。王妃に背を向け、身をかがめていたハロルドは対応が遅れた。せめてもと身を投げ出し、ジェーンをかばう。その背に、深々と短剣が突き刺さった。ジェーンの頬にハロルドの血が飛ぶ。

「い、いやあああ、ハロルドっ、ハロルドっ……」

ジェーンはもがいた。なんとか彼の下から出ようとする。だがハロルドはジェーンをかばうことをやめない。強くジェーンを抱き締める。

ジェーンを必死にかばうハロルドの背に、王妃が叫びながら何度も刃を突き立てる。

隙を見て、ハロルドが王妃の手から短剣を奪ったが、床に滴り落ちる彼の血の多さに、ジェーンは知った。これは致命傷だ。そしてそれはジェーンも同じ。王妃の最初の一撃が動脈を傷つけていたらしい。

傷ついた肺を経由したのか、ジェーンの口からごぼりと血が流れ出た。

「ハロルド……」

また、自分は死んでしまう。彼も死なせてしまう。今度こそ守りたい、そう思ったのに。

「ごめん、なさい、ごめんなさ、い、またあなた、を……」

ジェーンは掠れきった声で必死に謝った。彼は苦しい息の合間に答える。

「大丈夫で、す、マイ・レディ。私こそ、また、あなたを……」

互いが受けた傷が致命傷であることは彼もわかっている。流れる血の量が多すぎる。ジェーンの視界が暗くなる。指先が冷えて寒くなる。怖い。何度繰り返しても死の瞬間には慣れない。

「大丈夫、大丈夫、私がいます。最後までお傍に。だから怖がらないで……」

彼だって深手を負っているのに。懸命にこちらに手を伸ばす姿に、三巡目の騎士だった時の彼の顔が重なった。

「ほん、とうに……？　本当にずっとそばにいてくれる？　ひとりにしない……？」

だからだろうか。ジェーンは幼子のように言っていた。伸ばした手を彼が取る。温かな手に六巡目の医師だった時の彼を、そして一巡目の生で処刑の時、首を置く石を見失い、迷っていたジェーンの肩に手を置き、導いてくれた温もりを何故か思い出した。

(……まさか、あれもハロルド？)

一巡目の時だけはジェーンの人生に登場しなかったと思っていた彼。実はいてくれたのだろうか。すぐ傍に。

「大丈夫です、大丈夫です、怖くはありません。ジェーン様……」

苦しいだろうに彼は声をかけることをやめない。ジェーンが、闇を、死の直前の孤独を恐れることを知っているように。少しでも温もりを与え、心安らかに逝かせようとしている。

(何故？　何故、彼はここまでしてくれるの？　それにどうして私が一人の死を怖がることを知っているの……？)

「ハロルド、あなたは……」

形にならない問い。それでも放ったジェーンに彼は優しく微笑んだ。そして言った。

「何も心配いりません。次に目を開けた時もあなたは一人じゃない。私がいます」

ずっと年下の相手に言うように彼は言った。いつも彼だけはジェーンを子ども扱いしなかったのに。

そして、ジェーンは問いのすべてを言えなかったのに、彼が確信した口調で答える。

「また会えます。会いに行きます。ですから……」

彼が最後に囁いたのは、懐かしいロンドンにあるドーセット侯爵邸にある中庭のこと。護衛騎士の彼に剣を捧げられた。あそこで会いましょう。彼は確かにそう言った。エドワード六世陛下の即位前行列の日に、と。

ジェーンは確信した。キャサリン王妃のもとで出会った今生の彼はあの庭のことを知らない。そして五巡目の従者のようにジェーンが生まれた時から仕えていないと、ジェーンが時戻りを行う日のことは、ジェーンの内面の変化はわからない。

「やっぱり、あなた」

記憶があるのね？　私と同じに？

声に出したいのに、返事をする彼の顔を見たいのに、ジェーンの視界は黒く塗りつぶされていく。避けられない死が迫ってくる。

いつも怖くて怖くてたまらなかった死の闇。だけど今回は前ほど怖くない。彼がきっと待ってくれている。この次の生でも。そう確信できたから。

そして、次は。

次もきっと。

だから、死の間際に願う。

「待ってるから」

と、長い闇の向こうに瞬く光のような希望に手を伸ばす。「待っていて」と、もう動かない彼の手を握る。もう離すまいと最後の力を込める。

「だからハロルド、お願い。次もどうか、あなたの声を聞かせて……」

それがジェーンの七巡目の最期だった。死因は刺傷による失血死。

そして、ジェーンは初めて自ら〈時戻り〉が起こることを、神に祈った——。

――ハロルド一巡目～九巡目

（また、だ。また、あなたを死なせてしまった……）

冷たくなっていく少女に手を伸ばしながら、ハロルドは悔しさを噛み締めた。

大切なのに。

自分の命などよりよほど大事なのに。

何度、時戻りを繰り返しても、いつもいつも不幸なまま死なせてしまう。今度こそと願うのに、どうしても手が届かない。

彼女を初めて見たのは、自分にとって初めての生でのこと。十五歳の時のことだった。

エイワース家はドーセット侯爵領近くに荘園を持つ、郷士の一族だ。ある日、父に連れられて、馬のならしも兼ねた遠乗りに出たのだ。

その時、従者に同乗されて丘を行く、まだ四歳の彼女を見た。

一緒にいた父に、その小さな少女が辺り一帯の地を治める領主の娘で、自分の将来の主君になるかもしれない人だと教えてもらった。

熱心なカトリックだった父はプロテスタントに転向したドーセット侯爵とその娘たちのことが気に食わず、吐き捨てるように言った。

「プロテスタントの魔女め。今は幼くとも地獄に落ちるだろう」

それで自分は疑問を持ったのだ。あんな小さな儚そうな顔をした少女が、魔女？ と。

その時は遠目で見た彼女に、未来の領主としての興味を覚えただけだった。だが十数年後、風の便りに彼女が女王を騙ったとして処刑されたことを知った。

図らずも父の言ったことが本当になった。

が、あの時の、従者に導かれ、懸命に手綱にしがみついていた少女がそんな大逆の罪を犯したなどとても信じられず、噂でしか聞けなかった彼女の死に様が気になった。

それが自分の最初の人生での出来事。その後、王の替わったイングランドの地で老いるまで生きた。そして司祭と一族の者たちに見守られ、寝台で穏やかな死を待ちながら思ったのだ。自分の人生で何が悔いだったかを。

彼女だった。

自分の手の届かないところで死んでしまった小さな少女。幼い頃に一度見ただけなのに、何故か眉間に皺を寄せて前を見据える、生真面目な姿が脳裏から消えなかった。

あの時、父に〈将来の主君になるかもしれない人〉と、騎士家に生きる者としての刷り込みがされていたのかもしれない。みすみす死なせた。そんな意識が常にどこかにあった。

その悔いのせいだろうか。自分は一度目の時戻りを果たした。目を閉じ、命尽きた瞬間に光を見たのだ。『タリタ、クミ』と、遠くで声がした気がした。

それが最初の奇跡。二度目の生の始まりだった。

目を開けると、彼女を初めて見た日の、十五歳の自分に戻っていた。

その時は自分に何が起こったかわからず、せっかくの時戻りを無駄にした。混乱したまま、流されるように生きてしまったのだ。そして次の時戻りでようやく自分に何が起きているのかを理解し、動き出せた。

彼女が何故、そんな死を迎えることになったのか知りたくて。

だが一介の郷士の息子では王位継承権者の娘で侯爵令嬢である彼女に近づける機会などなく。いざとなれば逃がせるかもと馬鹿なことを考えて処刑人に志願した。それなら自分の身分でも目指せたから。

彼女を処刑することになる役人の家を探し当て、弟子にしてくれと門を叩いた。ただ一度の対面となる日を目指して鍛錬を重ねた。

処刑の日、彼女は最期まで凛(りん)としていた。

そんな彼女が唯一、乱れた様を見せたのは目隠しをした後のこと。処刑の際に首を乗せる石が見つからなかった時のことだった。

誰も助けの手を伸べないことに憤りを覚えた。肩にそっと触れ、石のありかを示した。

彼女は細い声で、「感謝します」と言ってくれた。

刑がなされた後、しばらく自分は放心していた。それから、彼女がどうなったかを見た。

あまりの酷さに叫び出しそうになった。

彼女の遺体は処刑後、丸一日処刑台の上に放置されていた。

彼女がプロテスタントだったから、メアリー王女の即位で再びカトリックのものとなった王家の礼拝堂に埋葬するわけにはいかなかったからだ。上役たちも混乱していて、現場の者たちはどう処置すればいいか戸惑うだけだった。彼女は死した後も一人ぼっちだった。一度目と二度目もこうだったのかと歯ぎしりしながら許可を乞い、彼女の遺体をヘンリー八世王の処刑された二人の妃の隣に安置した。

あまりに彼女が哀しくて、悔しくて。

自分は壊れたのだろう。そこからのことはよく覚えていない。惰性のように生き、死んだ。そして気がつくと自分はまた十五歳の自分に戻っていた。

後悔したからだ。神が時をやり直させてくれたのに、彼女を孤独なまま死なせたと。

今度こそ彼女を救いたいと思った。だからその生では助祭になった。

彼女は自分のもとへ救いを求めてきてくれた。だがまた何もできなかった。彼女を匿おうとしたが、すでに上役である司祭が侯爵に使いを送っていた。剣を持った騎士たちが彼女を連れ戻しに来て、抵抗した自分はその場で殺された。彼女の目に触れずに死ねたことだけが救いだった。

だから次は騎士になった。そしてその次は……。

自分の身分で目指せる範囲にある、彼女を救えそうな職に片端からついた。時戻りの記憶を駆使して少しでもと上を目指した。彼女をなんとか守れないか、女王となる道が避けられないのなら、せめて彼女を幸福にできないかと、彼女の望みを知ろうと足掻いた。

そうしてずっと彼女のことばかりを考えて、傍にあろうとしたからだろうか。

彼女との時を重ねるたびに、自分の心が変わっていくのを感じた。

主君への忠義から始まった時戻りのはずなのに、懸命に生きようとする彼女を見ているうちに、次々と予期せぬ情が湧いていった。

初めは独り歩きを始めた幼子をはらはらしながら見守る父のように。それから、いじらしい妹を心配げに見る兄のように。そして……気高く、儚い一人の貴婦人としてせいいっぱい生きる彼女に、一人の男として心を惹かれていった。

何度も彼女を見送った。

泣いた。

ますます彼女を救いたいと願った。

が、何度時を戻っても、十五歳からのたった五年では、彼女を守れるだけの地位にはつけなくて。彼女は恐怖と孤独の中で死んでいく。そして深入りした自分も死に、十五歳に戻る。いつもこの年齢に戻るのは、彼女を初めて目にして、心に刻んだ歳だからだろう。

悔しかった。何もできない自分が。

彼女にどの程度、時を戻った記憶があるかわからなかったから、うかつに話しかけることもできない。もどかしかった。

彼女が生きることを願って他の男たちの手を取るのを、黙って見ていることしかできない。彼女が裏切られ、傷ついていくのをどうすることもできないままだった。

何度も、何度も、彼女は死んで。その都度、自分の無力を思い知らされた。何故いつも郷士の息子などという、力のない身に戻るのかと呪いたくなった。

だが、それももう終わりだ。

自分の時戻りはこれが最後だから。

だから今度こそ。

今度こそ、この呪いのようなループを脱して、この手で彼女を生かしてみせる——。

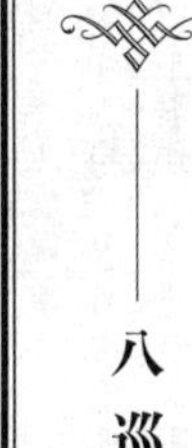

八巡目

「ハロルド、ド……？」

八度目、ロンドンのドーセット邸で目覚めたジェーンは、目蓋を開いた瞬間に彼の名を呼んだ。飛び起きる。そして駆け出した。

エレンの制止を振りほどき、子ども部屋を出て階段を降りる。中庭を目指す。

狭いロンドンのドーセット邸で唯一散策できる場所、彼が初めて剣を捧げてくれた場所。彼はきっとそこにいる。今日、この日にジェーンを待ってくれている。

外への扉を開け放ち、裸足のまま寒い冬の庭園へと駆け出したジェーンは、そこに彫像のように佇む人影を見つけた。

はたして彼はそこにいた。

二十歳の、今回は富裕な商人とでもいった異国風の装束を纏った彼が、騎士のように背筋を伸ばして寒空の下に立っていた。

「ハロルド！」

息せききって呼びかけたジェーンに、彼がふり向く。そして夜着姿に裸足のままのジェーンに驚いた顔をしてあわてて駆け寄ってきた。自分の外套を脱いでかけてくれる。そして片膝をついてジェーンの足を拭いながら言った。

「申し訳ありません、マイ・レディ、またあなたを救えなかった」

「何を言うの、私こそごめんなさい、ごめんなさい……」

また、あなたを殺してしまった。

ジェーンは彼が時戻りを経験していること、前生の記憶があることを確信していた。だからもう本当の自分を隠す必要はない。一人で抱え込まなくていい。

手を取り合い、ためてきた涙と言葉を吐き出そうとした時、邸のほうから声がした。ジェーンを探している。

「あ……」

「ジェーン様、とりあえずこちらへ」

ハロルドが小さなジェーンを軽々と抱き上げると、己の広い背で隠し、邸の裏手を目指す。馬術教師時代に見つけたのか、彼は今の時間なら、厩の二階に人目につかない暖かな場所があることを知っていた。二人で梯子を上り藁に埋もれて、ハロルドが改めてジェーンの今際の問いに答えてくれた。

私はあなたのお察しの通り時戻りをしています、と。

「あなたは、何巡目ですか」

彼は優しく微笑みながら言った。

「……私はこれで十巡目です。あなたより二巡多い」

そして彼は教えてくれた。彼の時戻りのことを。それを聞いてジェーンは自分には記憶にない二巡があるのだと知った。

彼はジェーンが戻る〈今日〉より五年も前、彼が十五歳の時に戻っているそうだ。

「では、毎回、あなただけが立場が変わっていたのは」

「はい。あなたを救いたくて。その力を手に入れられる地位につこうと足掻いた結果です。……申し訳ありません。あなたのループが始まったのは私のせいなのです。私があなたの幸せな生を、人生のやり直しを願ったから、だからあなたのループが始まったのでしょう」

ハロルドがジェーンが寒くないかと、外套でくるみ直しながら言った。

「あなたが六巡目で終われなかったのもたぶん私のせいです。私が後悔したから。あなたを不幸なまま死なせた、そのことを激しく悔いたからです」

「それであなたは七巡目で、私に幸せになってくださいと言っていたのね」

「申し訳ありません。あなたはもう終わりにしたがっていらしたのに。ですが私も時戻りのすべてを制御できているわけではないのです。何故、このループが始まったか。それすらも推測の域を出ず、どうやって終わらせていいかもわからないのです」

何度も、何度も、あなたを苦しみの中、死なせているのに、と、彼が苦渋に満ちた顔をした。

「もう終わらせたかった。私の後悔から始まったループなら、あなたを幸せにすれば終わるのかと思った。時を戻るたびに今度こそとあなたを救う道を模索しました。ですが私ではあなたの傍に近づくのでせいいっぱいで、あなたを救えるだけの力は持てなかった。あなたが選んだ男たちに、あなたを託すことしかできなかった」

「どうして教えてくれなかったの？　私、こんな繰り返しをしているのが一人だと思って不安で、寂しくて……」

「……申し訳ありません。あなたが確実に前の記憶を持っておられるか、私と同じ時戻りをしているのか確証が持てなかったのです。五巡目で従者としてお仕えした時に、あなたがこの日を境に中身が変わられることを確認はしました。ですが処刑の日の記憶までお持ちかはわからず、その場合、未来を知らないままのほうが幸せだとも思いました。あなたは私の時戻りを知れば、必ずご自身の最期とその後を問われるでしょうし、私はあなたには嘘はつけませんから」

それは確かにそうだ。何も知らないジェーンであれば、自分がいずれは処刑されるなどと言われても衝撃を受けるだけだっただろう。視線をそらせるハロルドを見れば、ジェーンの処刑後も知る彼が、あの孤独と恐怖以上のものを目にしたことがわかる。誠実な彼がジェーンには語れないと思うほどのことが、自分の死後にはあったのだろう。

「ですが時戻りは無限ではありません。限りがあります」

ジェーンを力づけるように、彼が強い口調で言った。それから、首から下げた鎖を取り出して見せてくれた。

中央に十字の彫りがなされた、金と象牙で造られた小さなロケットだ。

彼の先祖が十字軍に参加した時に持ち帰った、聖遺物が入っていると教えられたもの。

蓋を開けると、前に見た時には入っていた砂粒がない。

「空っぽ……？」

はい、とハロルドがうなずいた。

「元はここに九粒の砂が入っていました。……前にお見せした時にも話しましたが、これはエイワース家の先祖が持ち帰った聖遺物入れで、主の血が流された丘の砂を保管してありました。最初の時戻りの後、これが光った気がしました。『タリタ、クミ』との声も聞こえました」

主はすべての罪を許したもう。少女よ起きなさい。聖書の一説にある言葉だ。

「その時はよくわからなかった。ですがそれから時戻りを繰り返し、あなたに会って、そのお人柄を知って、私は神に許されたのだと思いました。あなたを墓（シエオル）の手から請け戻すことを。最初の時以来、光は見えず、声も聞くことはできませんが、この聖遺物は一度、時を戻るごとに一粒ずつ消えています」

今はもう一つも残っていない。空のロケットがあるだけだ。

「では」

「はい。たぶん、時を戻れるのは、今回が最後です」

彼が空のロケットを閉じながら、ループの終わりを告げた。

「ですから今生は我慢をしたくないのです。これが最後だから。ずっとあなたが他の男の手を取る姿を見てきました。私にはあなたを幸せにする力がない。だから傍にいながら見ていることしかできなかった」

それがどれほどもどかしく、悔しかったか、と彼は言った。

「なので今生では時を戻ってすぐにイングランドを離れました。この国にいたままでは、郷士の息子である私はあなたに手が届かない。あなたもこの国にいたままではその血筋に縛られ続ける。だから国を出たのです。前生で知った交易商人たちの交流網、それを利用して、イングランドの貴顕たちの手から離れた海外に拠点を作ったのです」

今度こそあなたを護りたいから。彼の真摯な瞳が言っていた。そして彼が手を伸べる。九歳のジェーンの小さな手を取る。

「お願いです。どうか今生では私をお選びください。トマス卿やエドワード卿ではなく、私を。あなたを守る権利を、どうか」

彼が懇願するように言って、目を伏せた。

ジェーンの指先に、そっと唇を落とす。

「マイ・レディ。ジェーン様。どうか私の手で、貴女を幸せにさせてください……」

もう他の男にあなたをゆだねて、歯がゆい思いはしたくない。

再び顔を上げ、ジェーンを見つめる彼の熱い眼差しが言っていた。

どうしよう。胸がどきどきしすぎて苦しい。

今までそんなことを考えたこともなかった。ハロルドを守るのではなく、彼の手を取ることなど。何より、国を出て外へ救いを求めることなど想像もしなかった。

(だって私はこの国の、王位継承権者の娘だもの)

へたに国外に出て誰かの手に落ちれば、他国の思惑に踊らされてしまう。この国に他国の侵攻を許してしまうかもしれない。だから決して自分は海を越えてはならないのだと思っていた。だが彼は海の向こうにしか自由はないという。

ジェーンは改めてハロルドの服装を見た。洒落た胴衣に帽子。どこから見ても騎士や教師ではない。だから聞いた。

「今生のあなたは何?」

「交易商です。ギリシャに拠点を置いた」

目尻の皺が日焼けした顔に眩しい。そういえば前の生で彼は商人に伝手ができたと嬉しそうに言っていた。ジェーンがギリシャ語を学ぶ姿を傍で見ていた。

時を戻るたびに彼は知識をつけ、ジェーンのために使ってくれている。

「このお邸には去年から出入りを許されているのです。今回はあなたのお披露目が行われるお祝いに、珍しいギリシャ語の本を献上しに来たということで入らせてもらいました」

グレイ家に雇われることなく、ようやくここまで来られるようになりました、と彼が言った。

「今日のお披露目で、あなたは死亡率の高い幼児期を脱した王位継承権者の娘として、周囲に認知されます。お父君たちの目が厳しさを増しますから、こうしてお会いできるのは今日が最後になるでしょう。ですから今の間に話しておかねばなりません。あなたが今生はどう生きられるか、どのような道を選ばれるか。私はそれをどうお助けすればいいか、確認しておかなければなりません」

急かすようで申し訳ありません、と謝ってから、彼は話してくれた。彼が見た、〈ジェーンの死後〉の世界を。

ジェーンは自分が一巡目と思っていた生でのことを、処刑の時に石に導いてくれた手が彼のものだったことを知った。それからメアリーとエリザベス、二人の王女がそれぞれ順に王位についたことをも知った。ハロルドの語る未来は驚きの連続だった。

「信じられない。エリザベス王女様が即位して教会の最高統治者になるなんて」

ジェーンの廃位後、メアリー王女が即位したことは知っていた。が、そのメアリー女王の治世は五年しか続かなかったそうだ。ジェーンが処刑されたわずか数年後に、彼女は死んだ。

「そして後に起ったのがエリザベス王女です」

「なんて強運な王女様なの、彼女は」

ジェーンは息をのんだ。メアリー王女が女王となった以上、エリザベス王女は直系から外れる。傍系の、女王の妹になる。王位はメアリー女王の産んだ子へと続き、エリザベス王女はそのまま歴史の表舞台から消える運命だった。

(なのに彼女は生き残った。王位についた)

メアリー女王の死、彼女が子を産まないこと、何よりその時まで生き残ること。それだけの条件をクリアして初めて王位につける、難しい立場だったのに。

前の生でトマスが、『性別や健康だけではない、強い運、王冠をもたらす星の巡りというものがあるのだ。人知を超えた何か。それを持つ者が王になれる』と、言っていたが、まさしくエリザベスは強運の持ち主だ。

「エリザベス王女の即位で、この国は再びプロテスタントのものになりました。ですからあなたはもうご自分が王位につかなければカトリックに国を渡すことになる、とためらわれる必要はないのです」

エリザベスは生涯、独身で通したそうだ。ジョン・ダドリーの息子ロバートなど、寵臣たちと浮名を流しながらも、誰にも心を許さず、猜疑心の塊として生きた。

孤独な玉座だったからか、幸せな結婚をし、夫を愛し、愛され、子まで得たジェーンの妹キャサリンを憎悪したらしい。

「ではキャサリンは」

「はい。不自由な暮らしでしたが、愛には恵まれた生涯を送られました」

キャサリンはジェーンの初恋の人、エドワードと結婚したそうだ。エリザベスは女王に内緒で勝手に結婚したと結婚証書も破り捨て、キャサリンを投獄したらしい。が、エドワードはそれでもキャサリンを愛し、二人の間には子もできたのだとか。

エリザベスのグレイ家嫌いは筋金入りだ。公の場には出なかった末妹のメアリーまでがエリザベスににらまれて生きたそうだ。

「蟄居(ちっきょ)を命じられ、やがて病に倒れられましたが、メアリー様もご結婚なさいました。ジェーン様のように政争に巻き込まれ、処刑されることだけはありませんでした。その点はご安心ください」

ハロルドが優しく言う。ついでに。母は父の処刑後すぐに年下の美男と再婚したそうだ。メアリー女王に没収された財も返してもらい、最後は王家の一員としてふさわしい荘厳な葬式をエリザベス女王が費用を出して行い、ウェストミンスター寺院に葬られたそうだ。

キャサリンの結婚と投獄、およびグレイ家の断絶となる末妹メアリーの病死はその後のことらしい。

「お母様は幸せな生を送られたのね。希望通りの地位で宮廷に返り咲くことはなくとも、最期は王族としての扱いを受けられたのだから」

妹たちも不自由な生活の末の病死だが、少なくとも政争には巻き込まれずに済んだ。ジェーンと父以外は、待遇に差があるとはいえ、処刑などという悲惨な未来は迎えずに平穏な死を迎えられた、ということだ。

「……こうして聞いてみると、結局、私一人の空回りだったのね」

ジェーンはぽつりと言った。

父母の期待に応えなくてはと幼い頃から必死に生きてきた。時戻りが始まってからも、頭には常に自分はグレイ家の娘だという意識があった。

自分の生まれ、為すべき義務。いつもいつも自分以外の立場の人のことばかり考えて、王位継承権者の娘に生まれたというしがらみから逃れることができなかった。

本当の王位継承権者は母フランシスで、自分は母の手で売られた身にすぎないのに。人に迷惑をかけまいとすれば、自分で自分を殺すことくらいしか思いつかなかった。

(でも、すべてが終わってみれば、誰も私を必要としなかった)

自分がいなくなっても時はそのまま穏やかに流れていく。ジェーンの存在はこの国を騒がせただけだった。死んでしまえば惜しむ者もいない。エレン夫人は嘆いてくれただろうが、彼女だってその後、新しい主を見つけて穏やかな余生を過ごしただろう。

「ふっ」

乾いた自嘲の笑みが出た。自分の道化具合がおかしくてたまらない。

疲れた。

そして同時に感じた。この国でのもろもろのこと、今度こそすべて吹っきれた、と。

だけど、

「……私はそれ以外の生き方を知らない。自分でも愚かとわかっていても、グレイ家の長女としての考え方しかできない。あなたに何度も幸せになってと言われたけれど、幸せになりたくても、どうしたらいいかわからないの」

あきらめきった表情を浮かべたジェーンに、ハロルドが「では」と言った。

「高潔なあなたが、自身の幸せを求める道がわからないというのなら。どうか私のために国を一つ作ってくださいませんか？　このイングランドという国ではなく、あなただけの王国を」

「私だけの、王国？」

「はい。あなたに忠誠を誓う私だけが住まう、あなたの王国です」

ハロルドが大真面目な顔で言って、居住まいを正す。

「民一人、女王一人だけの小さな王国です。ですがそこには必要とし、必要とされる関係があります。互いを唯一無二の存在として労り合う関係が。何より私にはあなたという主が必要なのです。どうか私のために王座についてくださいませんか、マイ・ロード」

言うと、彼は恭しくジェーンの前に跪いた。頭を垂れる。ここは馬のいななきが聞こえる厩の二階なのに、宮殿の王の謁見室で、王の許しを待つ騎士のように。

ちょうどその時、厩の壁に開いた明かり取りの木枠の隙間から、光の筋が差した。神々しささえ感じる藁山を見て、ジェーンの脳裏に今までの時戻りで得た光景が蘇る。

『あなたは、幸せになろうとは思われないのですか？』

教師の彼に言われた。哀しそうな目で。胸が痛んだ。彼のために幸せになりたいと思った。

『他の子たちはもっと世界を楽しんで生きてる。だからね、僕も肩の力を抜くことにしたんだ。君もそうしたらいいと思う』

懐かしいエドワードの言葉だ。聞いた時、自分は新たな世界が開けた気分になれた。

『あなたは生真面目すぎるのね』

キャサリン王妃に笑われた。父母の重圧下にいたジェーンは解放されたように感じた。

『君は僕の大事な未来の妻で女王だ』

トマスに励まされた。皆のために堂々としようと思った。

あれらの言葉を支えに自分は七度も生きた。すべて失敗したけれど、それでもそのすべてを見てくれていた人がいた。あなたの頑張りは無駄ではなかった、生きてほしい。報われてほしいと願ってくれる人がここにいる。そしてまだジェーンを望んでくれている。

ジェーンは泣きそうな顔になって、ハロルドを見た。ただ一人、ジェーンにだけ膝を折ってくれる騎士がそこにいた。

(信じていいの？　本当に？　私にはまだ存在価値があると……？)

ジェーンはおそるおそる息をのむ。乾いて声を発せなくなっている喉を潤す。

王位とは神より与えられるものだ。民を統べよと聖なる意志にて授かる。そしてここに神の奇跡を起こした人がいる。ジェーンに玉座についてくれと願ってくれている。なら。

ジェーンはふるえる声で彼に言う。

「……我が国の唯一の民、騎士ハロルドよ。あなたの望みは何？」

「陛下、あなたの幸せです。あなたがその心のままに自由に生きられることです」

ハロルドがきっぱりと答える。何度もの時戻りでいつもジェーンの呼びかけに答えてくれたように。

『ハロルド・エイワース？』

『はい。ジェーン様』

きっと彼は今、ジェーンが呼びかけても同じに応えてくれる。信じられた。

ジェーンはそっと手を伸べた。彼を立たせて、彼の頬に手を伸ばす。背が届かなかったけれど、彼は何も言わずに身をかがめてくれた。

「私は、あなたを私の騎士とします。そしてあなたのために玉座につきましょう」

ここに剣はない。彼も騎士ではない。

だがジェーンは彼の肩に手を乗せ、正式な手順に従い、叙勲の儀式を行った。

三巡目の生で彼に捧げられた忠誠を自分は受け取らなかった。それを今、ようやく受け取ったのだ――。

それから、二人で今生を生き残る方法を話し合った。

何しろ今生のハロルドはグレイ家の者でもキャサリン王妃に雇われた身でもない。今を逃せばもう会えなくなってしまう。

「メアリー王女を巻き込みましょう。それが現状、最も他との軋轢を生まない方法です」

ハロルドが言った。確信を込めた口調で。

「あの方はドーセット侯爵たちプロテスタントの貴族が言うほど愚鈍でもなければ無慈悲でもありません。在位中、カトリックを復権し、プロテスタントを恐怖に陥れましたが、それでもジェーン様、あなたの処刑は最後までためらっておられました。あなたの母君には変わらぬ友情を向けておられましたし、何よりエリザベス王女様とは違い、あなたがたグレイ家の姉妹を憎んではおられません」

「そういえば。お母様はメアリー王女様と交流があったわ。スコットランドのメアリー女王様のお母君、メアリー・オブ・ギース様がフランスに戻る際にイングランドに立ち寄られた時にも、祝宴で着るようにと、メアリー王女様は私にドレスを贈ってくださったわ」

ドレスは派手な深紅の生地だった。プロテスタントのジェーンは質素な服装が好みだったので眉を顰めたが、派手好きの母は喜びジェーンに強引にそのドレスを着せて宴の席に出した。

ジェーン自身は接点がないが、メアリー王女と母は信仰が違っても仲がよかったのだ。二人は幼い頃から従姉妹として共に宮廷で育ったし、メアリー王女は敬虔なカトリックではあるが贅沢な衣装を好んだ。母も派手好きだったのでそこも気が合ったのだろう。

「あの方と交流を持てと?」

「大っぴらにではなくてもいいのです」

目立つとかえって逆効果ですから、とハロルドが言った。

「メアリー王女様なら交渉の余地があります。あの方がエドワード六世王陛下崩御後、ジョン・ダドリーの手を逃れノーフォークへ逃がれられたのは一巡目での事実ですが、それを私たちが助言したから、というように持っていけば交渉の素材になりませんか」

そしてその見返りに、処刑されたことにして国外に逃してもらうのはどうでしょう、と彼は言った。

「幸いあなたの処刑は公開処刑ではありませんでした。遺体もさらされることもありませんでしたし、メアリー王女様の協力があれば、空の棺で埋葬を済ませることもできるでしょう。女王ジェーン・グレイは死に、新しいあなたになる。あなたが憧れるプラトン、彼が歩いたギリシャの丘を、一緒に歩きたいとは思いませんか？」

確かに。ジェーンは死にでもしない限り、野心家たちの手からは逃れられない。

「……私、力のある男性と手を組まなくては生き残れないと思い込んでいたけれど。女性の手を借りて〈自ら死ぬ〉という道もあったのね」

今までずっとメアリー王女を敵と見てきた。ジョン・ダドリーとはまた違った意味の敵だ。彼女を抑え込まないと殺される。王位を奪われると恐れていた。一度目の生でジェーンを処刑したのは彼女だったから。

「手を結ぶ相手なんて目でメアリー王女様を見たことなどなかったわ。エドワード六世陛下と同じ同族の王女様で、従伯母（いとこおば）にあたる方なのに」

メアリー王女はヘンリー八世王とスペイン王女であるキャサリン・オブ・アラゴン王妃との間に生まれた。エリザベス王女が生まれるまでは、ヘンリー八世の唯一の嫡出児だった由緒正しき王女だ。

母フランシスより一歳年長の王女で、ジェーンとの歳の差は二十一。ジェーンが九歳に戻った今、彼女は三十歳だ。ジェーンが女王となり、廃位され、代わりに彼女が即位した時には、メアリー王女はすでに三十六歳になっている。

それまでずっと苦汁をなめてきた王女だ。

父である王には王女位を取り上げられ、母王妃からは引き離されて、彼女の死に目にも会えなかった。キャサリン・パー王妃がヘンリー八世王を説得するまでは庶子の身分のまま、宮廷にも近づけなかった。母もなく、父からは存在を無視され、未婚のまま、子を産むこともなく老いていくしかなかった人だ。それはどれだけの孤独だろう。

彼女と比べれば、ジェーンの父母からの扱いがましに思えてくる。少なくとも父母はジェーンの存在を認識してくれていた。王位を望める身だと期待をかけてもくれていた。

メアリー王女とは歳も離れている。ジェーンはヘンリー八世時代の宮廷に上がったことがないので面識もない。宗教も違う。それもあって今まで交流してこなかった。

だが考えてみれば彼女と自分は同じチューダーの血を継いだ娘で、そのせいで周囲の野心家たちに運命を翻弄された、被害者同士だ。

(だったら、ハロルドが言う通り、手を取り合えるはず)

メアリー王女は一度もジェーンを敵視してこなかった。彼女は母から王妃の座を奪い、自分を使用人にしたアン・ブーリンの娘であるエリザベス王女にも何度も手を差し伸べていた。そのたびにずるいエリザベス王女がのらりくらりと身を躱し、見せ場だけを奪っても我慢していた。

公平だったというキャサリン・オブ・アラゴン王妃に似て、優しい人なのだ。確かに彼女なら信頼できるかもしれない。

ハロルドが訊ねてくる。

「グレイの家名を棄てるのは、お嫌ですか？」

「いいえ」

今度はジェーンも即答できた。肚が据わってきた気がする。

「女王だ、王家の血だと言われてきたけど。私はもう長女としての義務は果たしたわ」

何度も時を戻り、父母の野望に応え、王位に三度もついた。命も捧げた。この国への義務も血筋への責務も果たした。もう十分だ。

「私は今度こそ幸せになりたい。自由になりたい」

そう言ったジェーンの手を、ハロルドが押し戴くように取った。そっと甲に口づける。

「また連絡します、マイ・レディ」

厩の外から姿を消したジェーンを探す声がする。これ以上、彼とはいられない。

「本を届けます、あなたに。表紙の裏側に細工をします」

「それでいいわ。この家で本を読むのは私だけだし、キャサリン王妃様の宮廷では勝手に私の私物を覗くような人はいないもの。誰も細工に気づかない」

ハロルドの手を離したくなくて、ジェーンは未練がましく言葉を続ける。

「たくさん注文するわ、交易商殿。キャサリン王妃様を通して本が欲しいと言えば、父も母も文句は言えないから。しぶしぶながらも購ってくれる。二人とも見栄っ張りだから」

今後の手はずが整えば、別れの時間だ。それでも去りがたく、互いに見つめ合う。はたから見れば滑稽だろう。九歳の少女と二十歳の青年が互いの手を取りながら見つめ合っているのだ。しかもジェーンは早熟なエリザベス王女やエイミーなどとは違い、地味で痩せっぽちの少女だ。九歳という年齢よりも子どもっぽく見える。

それでも彼は切なげに目を細めて、「しばらくお会いできなくなりますね」と熱いため息をこぼしてくれた。それだけで胸がいっぱいになって、ジェーンは思わず自分から身を寄せていた。小さなジェーンの背丈に合わせて膝立ちになっている彼の額に、そっと口づける。

「ジ、ジェーン様⁉」

「いいの。私も、今生では我慢しないと決めたの」

グレイ家の娘らしく品行方正に。そんな教えをかなぐり捨てて、ジェーンは言った。何度も何度も自分のために死んでくれた彼との別れを、他人行儀な挨拶だけで済ませたくなかった。

もう一度、身を乗り出して、固まっている彼の大好きな目尻の皺にも触れる。本当はその下にある形のいい唇にも触れてみたい。だが今の自分は中身はともかく、見た目は九歳の子どもだ。

「……唇は私が大きくなるまではお預けね。今の私たちだと親子にしか見えないもの」

言うと、さっきまで固まっていたくせに、ハロルドが情けなさそうな顔をした。

そして彼は視線をジェーンの唇から下へと移して、納得したように宙を見上げる。それが今のジェーンの外観が他の者からはどう見えるかを雄弁に語っていて。

「どうせ私は痩せっぽちの子どもです！」

悔しくてぽかりと彼の胸を叩いた。彼の胸は初めてジェーンを抱き留めてくれた三巡目の騎士の時と同じく硬くて分厚くて、ジェーンは叩いた自分の手が痺れるのを感じた。顔をしかめたのに目ざとく気づいたハロルドが、あわててジェーンの手を取る。

「お怪我は、ジェーン様」

大丈夫だと言うのに赤くなっていると主張されて、治療という名の口づけを手に落とされて、ジェーンは拳どころか顔や首すじまで真っ赤になってしまった。

「私などを叩かれては華奢なジェーン様のほうが手を痛められます。これからもし私にお腹立ちのことがありましたら、おっしゃってください。あなたが示される箇所を自分で打ちますから」

本気の顔でハロルドにたしなめられて、抱き締められて。

ジェーンは我慢をやめた彼がかなりの過保護な青年であることと、自分が大切にされていることを実感した。そして確信した。

彼を手に入れた自分は、もう二度と孤独に苦しまなくても済むだろうということを。


さあ、動き出そう。

ハロルドが無事、邸から出ていくのを見送って、ジェーンはエレンたちの前に姿を現した。

「まあ、まあ、どちらに行かれていたのですか、ジェーン様。もうキャサリン様は出発なさいましたよ」

ハロルドと話し込んで遅れてしまった。ジェーンはエレン夫人と家令に連れられて、急ぎ行列見物の桟敷に向かう。だがすでに席は埋まってしまい、最上段の席まで行くのは不可能だ。

「仕方ありません。ここで見物しましょう」

家令に抱き上げてもらい、ジェーンは初めて行列ではなく、行列を見るロンドンの民を見た。

周囲は熱狂した民でいっぱいだった。

皆、エドワード六世王の即位を歓迎している。ジェーンは改めて自分との差を感じた。

（私の時は、こんなに大勢、喜ぶ民はいなかった……）

自分にとって一巡目の即位の時は、周囲を兵士に囲まれて、隠れるようにこっそりと行った。四巡目の時は祝う民はいても少数だった。五巡目の時はジョン・ダドリーがジェーンの逃亡を警戒していたのだろう。こんな大々的な行列は行わなかった。

こんなにも違うのだ。グレイの名を棄てると決めた今も、王位継承権者の娘としての義務を放棄するのかと良心が痛んでいた。だが民の様子を見て吹っきれたように思う。

（誰がなんと言おうと、民が望んでいるのはヘンリー八世王陛下の直系の王子様、王女様が王位につくこと。私は王女じゃない。誰にも望まれず、いたずらに争いを引き起こすだけの即位など、私は認めない）

過去二回は意志弱く、それが国のため、プロテスタントのためだと自分を納得させて即位した。だが蓋を開けてみればどうだ。誰もジェーンを望んでなどいない。望んでいたのは父母とダドリー家の面々だけ。追従した貴族たちもメアリー優勢と見ればころりと掌を返した。どこの世界に己が治める民に隠れるようにして即位する王がいるだろう。

（だからハロルドの案通り、王位を譲るのは正しいのだわ）

やっと時の流れは本来あるべき方向に進むのだ。民が支持するのは神に選ばれた特別な存在だ。生まれながらの王族であって、前々王の妹王女の孫などという傍系の侯爵令嬢ではない。

「もしかして、私、それを確認するためにここに来たのかしら……？」

華やかな王の行列を見ながら、ジェーンは一人、晴れ晴れとした顔になってつぶやいた。

まだ幼く、ただの侯爵令嬢に過ぎないジェーンが、メアリー王女と対話できる機会は少ない。

四巡目の生でトマスと組んでエドワード六世王の女官として宮廷に上がった時以外は、ジェーンは一度もメアリー王女と対面する機会がなかった。

今回はトマスとは組まない。流れのままだと、メアリー王女に会わずに終わる。

（だから、今から数日が勝負よ）

今日からウェストミンスター宮殿では、エドワード六世王の戴冠儀式が始まる。メアリー王女は父王に疎まれ猜疑心の塊になっていたとはいえ異母弟の即位だ。与えられた地方の城からロンドンに出てきている。

（メアリー王女様とエドワード六世王陛下の仲は悪くないわ。エドワード六世王の実母、故ジェーン・シーモア王妃様はメアリー王女様とヘンリー八世王の和解を最期まで願って

おられたし、エドワード六世陛下の洗礼式の時に代母を務められたのは、メアリー王女様だもの）

当然、メアリー王女は一連の儀式のすべてに出席し、祝宴の席にもやってくる。

ここで面識を作っておかなくては。といってもいきなり信用してもらうのは無理だ。表面上、自分たちが通じていると見せるのもよくない。

だが顔つなぎはできる。祝宴の席には母がいる。メアリー王女は母となら言葉を交わす。なので今回のジェーンは母に連れられ、宮廷にお披露目されることを嫌がらなかった。それどころか積極的に笑顔を浮かべる努力をした。おかげで母の機嫌がいい。

妹のキャサリンともども母に連れられ、王や貴顕たちに挨拶した後、ジェーンは言った。

「メアリー王女様はどちらにいらっしゃるのかしら？　お母様、私、ご挨拶をしたいわ」

母に否はない。ジェーンは母の手でさっそくメアリー王女に引き合わされた。

「まあ、ではその子がジェーンですか」

母と旧交を温めた後、メアリー王女がジェーンを見る。

赤と金のガウンを纏い、スペイン式の頭飾りをつけたメアリー王女は小柄だが、堂々としていた。母がジェーンを紹介するのを鷹揚にうなずきながら聞いている。

「お初にお目にかかります。メアリー王女様」

母の長い紹介が終わると、ジェーンは深々と腰を沈め、王に対する礼をとった。

「なっ」

メアリー王女と母が息をのむのが聞こえた。メアリー王女の侍女があわててガウンの裾を広げ、小さなジェーンの姿を周囲から隠している。

当然だ。今日はエドワード六世王が即位した日。

この時の彼は若く健康で、子を残せると考えられていた。つまり今日はメアリー王女が王位につく機会を永遠に阻止された日とみなされていたのだ。

だから他貴族たちのメアリー王女への態度は冷ややかだった。

日陰の身のまま消えて行く王女に取り入る必要などない。そんなぞんざいな扱いだった。

そんな中、ジェーンのみが彼女に王に対する礼を尽くしたのだ。目立たないわけがない。

一歩間違えればエドワード六世王への反逆罪に問われる危険な行動だ。だがジェーンには確信があった。母とメアリー王女なら、己の保身のため、ジェーンの行為は隠すだろうということを。

だから堂々と腰を折った。口では敢えて言わない。言っても王女には伝わらない。だから心から、ヘンリー八世嫡出の王女であるあなたを敬っています、と態度に示した。

ジェーンが身を起こすと、メアリー王女は扇で顔を隠した。足早に去っていく。残された母が、ジェーンの腕をつかんでつねり上げた。

「ジェーン、あの態度はなんですか！」

人目のないところまでジェーンを引っぱっていき、叱る。

「時と場合があります！　今夜はエドワード六世陛下即位の祝宴なのですよ？　その席でカトリックの王女であるメアリー王女にあのような態度をとるなど、反逆の意志ありと見られても仕方ありませんよ！」

もっと賢い子かと思っていたのにと母がぶつぶつ言っている。安心してほしい。今日はメアリー王女にジェーンを印象づける必要があったからしただけだ。以後は人前では慎む。

「申し訳ありません。お母様」

素直に謝るが、母の怒りは解けない。

「またそんな落ち着き払った顔をして。もう少し愛嬌のある顔はできないの」

母は、ふん、と不機嫌そうに鼻を鳴らしたが、キャサリンが賑やかなほうへ帰りたいとねだると、すぐ彼女のほうへ注意を向けてくれた。ほっとする。そしてそんな自分に驚いた。

（昔は私を素通りして、キャサリンばかり構われるのが寂しかったのに）

ジェーンは自分が完全に親とは決別していることを悟った。実に有意義な祝宴だった。

それからのジェーンは、メアリー王女に熱心に手紙を送った。

直接は会えない。現王であるエドワード六世を擁するサマセット公に警戒されるからだ。

母が祝宴の夜のことを気にして、お詫びの手紙を書きなさい、内容はぼかして、とせっついたので、ありがたく便乗させてもらう。

その時の王女からの返事に、社交辞令だろうが、これからも仲よくいたしましょう、親愛を込めて、とあったので、空気を読まずにキャサリン王妃の宮廷へ出仕した後も口実をつけては手紙を出した。彼女の警戒心を緩める努力をした。

ただし、他からはわからないように。

メアリー王女は王位継承権者だ。エドワード六世王にまだ子がいない状態では、サマセット公の監視の目が厳しい。母が王女に送る手紙への同封を頼んで短いメッセージを託したり、キャサリン王妃が義理の娘に送る手紙の文尾に、そっと追伸、として挨拶を加えさせてもらったり。気を遣いながらも、便りが途切れないよう、心を配った。

その努力のかいがあったのか、今生でもメアリー王女はジェーンにドレスを贈ってくれた。

母に呼び出されて邸に戻ったジェーンは、今までとは違い、自ら贈られたドレスに袖を通した。そして心の籠もった感謝の手紙をメアリーに出した。

前のような儀礼のみの、派手な装いを好まない潔癖な少女が嫌々書いたような礼状ではなく、気遣いを心から感謝している、そう伝わる手紙を。他の者が読んでも大丈夫なように気をつけて、体調を気遣う言葉などをさりげなくつなげて。

メアリー王女はいまだに見張られている。エドワード六世王を有するシーモア家に取り入ろうとする者たちが、謀反の冤罪を着せられないか虎視眈々とメアリー王女を狙っている。そしてそのことを王女自身が知っている今の状態では、必要な措置だ。

手紙を秘密裏に届ける手もあったが、秘密の文など王女を警戒させるだけだ。今までそれで何度も叛意ありと疑われてきた彼女だから。

だが最後はやはり直接、会う必要がある。

ジェーンはその時、十五歳になっていた。今までの流れと同じにエドワード六世王が体調を崩し、ジョン・ダドリーが父に接触してきた。ジェーンはロンドンへと連れ出され、彼の息子ギルフォードとの結婚を告げられた。ジェーンは従順にうなずいた。

「すべてお父様とお母様のおっしゃる通りにいたします」

そしてその足で邸を脱走した。メアリー王女のいるハートフォードシャーのハンズドンへ馬を走らせる。ロンドンから北へ三日の道のりだ。

この日のために、父母の好む〈よき駒でありよき娘であるジェーン〉を演じて油断させてきたのだ。馬の手配や道中の宿泊の手はずは、こっそり秘密の文通を続けているハロルドがつけてくれた。注意して背後を見ると、表立っての接触はまずいからと、彼が変装して少し離れた場所からジェーンを護衛してくれているのが見えた。

彼はジェーンにも正体を隠しているつもりだろうが、馬を操る見事な手際が過去に何度も見た彼と同じだ。相変わらずの過保護具合にくすりと笑ってしまう。

（早く会いたい。だってあれからもう六年も会っていないもの……！）

彼から頻繁に本に隠した手紙が届かなくては、きっと寂しさと不安のあまり叫び出していただろう。会いたい。会いたすぎて胸が痛い。

だが、それにはするべきことを済ませてしまわないと。

ジェーンは歯を食いしばり、荒れた街道を一路、メアリー王女の居城へと向かう。生垣に薔薇が絡まり、ぬかるんだ道の続くイングランドの田舎の城に彼女はいた。

注意深く周囲を回って見張りがいないことを確認してから、裏口に回って使用人が使う厨房の扉を叩く。出てきた料理人に指輪を贈って、王女の侍女を呼び出してもらう。

やってきた顔馴染みの彼女に、母を介して受け取った王女の手紙の数々を見せ、成長した自分が彼女の従妹フランシス・グレイの娘、ジェーン・グレイであることを納得させるまでに一時間かかった。それから、この来訪が誰かの罠ではないことを認めてもらうのにさらに一時間。

が、それでもメアリー王女はジェーンに会ってくれた。

「……信じられません」

ジェーンの申し出に王女は言った。猜疑心の塊であるメアリー王女のもとには、すでにジョン・ダドリーから、エドワード六世王が会いたがっているからロンドンに来るようにとの手紙が来ている。そこへジェーンが、それは罠です。王の死後、あなたを拘束するために彼はロンドンに呼び寄せようとしているのですと言ったのだ。迷うのも無理はない。

「ジョン・ダドリーからの要請は王の名で出されています。これを無視すれば私は叛意ありとみなされてもおかしくない。あなたの主張が私を謀反の罪に落とすための罠でないと誰が言いきれるのです」

王女は頑としてジェーンの言葉を聞き入れない。

それは仕方がないかもしれない。彼女は王女として生まれながら父から非嫡出児として扱われ、母を追い落とした女が生んだ子の女官とされた。それだけでも屈辱なのに母の死に目にも会えず、いつ父の手で処刑されるかと怯えながら、それでも亡き母の名誉のために決して矜持を失うまいと歯を食いしばって生きてきた人なのだ。

(これくらい用心深くないと生き残れなかったのだ、この人は)

メアリー王女は疲れ果てた顔をしていた。

寂しい人だ。最初の生のジェーンでは彼女の心がわからなかった。だから贈られたドレスに通り一遍の礼状しかつけなかった。でも今のジェーンなら少しは彼女の気持ちがわかる。なら、彼女の心に届くのは何?

「……私はあなたの味方ですと何度も言葉だけで繰り返すのは簡単です。ですが王女様はもうそのようなことは聞き飽きられたでしょう」

ジェーンは静かに語り出した。母はずっとメアリー王女様を友と思っておりました、カトリックとプロテスタントに別れても、と。

「母はヘンリー八世陛下の姪でプロテスタントの妻です。自身も改宗するしかなかった。ですがいつもメアリー王女様とキャサリン・オブ・アラゴン王妃様を慕っていました。だからこそ私の妹たちにはキャサリン、メアリーと言う名をつけました」

そして、と家庭の秘事を付け加える。

「母は末の妹メアリーが生まれた後はもう子を産んでいません。父と寝室を別にしたからです」

メアリー王女の背後に控えた侍女が息をのむのが聞こえた。だがジェーンは続けた。

「それがカトリックの王女とは距離を置けと命じた父への、母の意思表示でした」

どうかわかってほしい。こちらが敵ではないと。母と王女の交流にジェーンは賭けた。

未婚の娘が口にするには恥ずかしい事実を告げて、懸命に王女を見上げる。

その時だった。ジェーンが顔を急に上げたせいか、後ろにまとめていた髪がほどけた。

彼女の少し癖のある、赤みがかった砂色の髪が胸元へと流れ落ちる。チューダー家の色の髪だ。メアリー王女の固い殻に包まれたようだった目に、初めて感情の色が浮かんだ。

「……その髪、父上とエドワード、それに妹のエリザベスと同じだわ」

「え」

ジェーンが髪に手をやった時、ほろりとメアリー王女の目元から涙がこぼれた。

「そうね、あなたは私の従姪、そしてあのフランシスの娘で、お母様の友だったメアリー王女様の孫なのね。同じ血を引く一族なの」

メアリー王女が突然、顔を手で覆い、侍女があわてて手巾を差し出す。一国の王女として人前では感情を抑制するようにと教えられてきた人らしく、すぐ平静を取り戻したが、もう彼女の目は鎧に覆われてはいなかった。

変わらぬ友がいた。そのことは母が何年もの間、送り続けた手紙から感じてはいたのだろう。そしてジェーンもが手紙や贈り物を送り続けたことも思い出したのだろう。

「信じて、いいのですね？ 今度こそ」

か細い、子どものような声で言う王女に、許しを得てジェーンは近づいた。そのふるえる手を取る。王女はそっとジェーンを膝に抱いてくれた。

「メアリー王女様、どうかご慈悲を。私はもう野心家たちにふり回されたくありません。臣下の娘である私に、そんな資格などないのですから。私は名を変え、イタリアに、いえ、できればギリシャまで行きたいのです。……生きるために」

「そういえばあなたは本の虫でしたね」

メアリー王女がふっと笑った。

それは許可の印だ。メアリー王女はジェーンの提案に乗ると言ってくれている。ジェーンも感極まって、涙が出てきた。王女の膝にすがって泣く。

その夜は、城に泊めてもらうことになった。二人で、何故、こんなことになったのか、世の厳しさを嘆き、必ず生き延びましょう、この国のためにも、と約束し合った。

野心家たちの手で、敵同士にされた二人だ。ここを出ればもうこうして胸襟を開いて話せる機会はないだろう。それでも心を同じくする身内だ。ジェーンとメアリー王女は世代を超えて、一晩、互いをなぐさめ合い、話り合った。似た立場の者同士として、母よりわかり合えたと思う。

そして朝が来る。

ジェーンはメアリー王女と接触したことがばれないうちに、急ぎ移動しなくてはならない。侍女にうながされ、ジェーンは夜闇が残るうちに王女のもとを辞することにした。

だが、最後に。少しでも彼女の未来を確かなものにしたくて、ジェーンは言った。

「どうか陛下、あなたの地位目当てで近寄る男たちを信用しないでください。私はこの通り未熟な娘ですが、それでも夫に利用されたキャサリン・パー王妃様の嘆きを傍で見てきました。私を利用しようとする男たちも。男など頼る甲斐もありません」

こちらが利用して、手玉に取るくらいでちょうどいいのです。エリザベス王女がなさるように。

勢いで言いかけて、あわてて口を押さえる。

そんなジェーンに王女が悪戯っぽく言う。

「ふふ、エリザベスのように？」

声には出さなかったのに、メアリー王女がずばり言いあてて微笑む。

「あの子には困ったものだけど、その一点だけは強い子だと認めるわ。あの……母親の血を継いでいるだけのことはある」

父、ヘンリー八世の血もだ。彼もまた自分勝手な人だった。だがメアリー王女にそれは禁句だ。彼女はいまだにエリザベス王女をヘンリー八世の嫡子と認めたい、認めたくないとせめぎ合う複雑な心を持っている。ジェーンは話題を変えるため、言葉を続けた。

「ですが、あなたを慕いその旗のもとに集うであろう忠義の男たちのことは信じてあげてください。あなたを歓喜の声で迎えるだろうロンドンの民たちのことも」

言っていて、脳裏にハロルドの顔が浮かんだ。メアリー王女の目が優しくなる。

「あなたにはいるのね。信じられる騎士が」

「はい」

答えながら、これがたぶん目にする最後になるだろうと、王女を見る。

一度目の人生と、ハロルドだけが知るその前の人生と。二度の人生でジェーンに処刑の命を下した人だ。この人がいるからジェーンは死んだ。

だが不思議と憎いとは思わなかった。それどころか、憐れみを感じた。

自分はハロルドの手を借りこの終わりのない苦しみから解放される。逃げられる。だが彼女は政争の渦の中に取り残されるのだ。たった一人で。

「……どうか、ご自愛を」

つい言っていた。見た目は自分よりも何歳も年上の王女に向かって。

「あなたは神と民に選ばれたこの国の真実の女王です。それをお忘れにならないで……」

せめて女王位についた時の初心を忘れないで。少しでも長く民に愛される女王でいてほしい。そして生き永らえてほしい。幸せになってほしい。

そう願いを込めて、ジェーンは深々と腰を折った。彼女の未来が、自分とハロルドが知るものとは違うものになることを祈って。


メアリー王女との約束は取りつけた。ジェーン亡き後、妹たちの身分を保障することも約束してもらえた。父母のことは……特に頼まなかった。

彼らは大人だ。自分のことは自分でするだろう。それにこのままの流れでは父はジェーンの処刑に先立って反乱に加わる。重罪だ。さすがに許してとは言えない。

グレイ家の人間で父だけが死ぬことになるが、父のことだ。ジェーンが乱に加わらないでと言っても聞かないだろう。自己責任だと割りきる。

（……私、いろいろ言いながらも、お父様のことを愛していたのかしら）

希望が見えてきた今、心の余裕ができてきたからか、父母のことを気にするようになっている。あれほど彼らから自由になりたいと思っていたのに。

いや父母のことだけではない。しがらみはないと言いつつも、ジェーンにはまだこの国に気になる人たちがいる。

キャサリン・パー王妃とエドワード六世王はやはり救えなかったが、トマスには王妃のもとにいる間に、その時だけ予知の力が降りたふりをして、助言を与えておいた。

「キャサリン王妃様亡き後は、兄や宮廷からは距離を置き、メアリー王女様を支えなさい。流れに身を任せなさい。何もよけいなことをしなければ、あなたは幸せになれるでしょう」と。幼い子どものふりをして、「私、何を言ったの」と礼拝堂で驚いたふりをして。

トマスはもともとエリザベス王女と同時にメアリー王女のことも狙っていた野心家の女たらしだ。〈神のお告げ〉に後押しをされて俄然張りきった。助言通り距離をとったおかげで兄への反逆も企まず、兄の処刑にも巻き込まれず、無事、今も生きている。

明るく、資産家であるトマスのことだ。女王となり、ますます孤独になったメアリー王女を元気づけてくれるだろう。

（ハロルドがメアリー王女様とスペインのフェリペ王子様の結婚と別離の未来を教えてく

れたけど。トマスがいれば王女様の心を他に向けたりはしないわ。絶対、自分のものにしてくれる。明るい家庭があればメアリー王女様も厳しい宗教弾圧はしないはずよ)

ハロルドの見た未来では、メアリー王女は即位後、五年で病死している。そのことがなくとも年齢的にメアリー王女に後継者を求めるのは無理だ。自然、次の女王はエリザベス王女になる。トマスのことだ。きっとすぐエリザベス王女にもちょっかいをかけるだろう。二代の女王にうまく対すると思う。トマスが緩衝材となってくれればエリザベス王女もそこまでグレイ家の姉妹を目の敵にはしないだろう。

(だから、もう私はこの国ですべきことは何もないわ。心安らかに行ける)

後は、時を待つだけ。

ジェーンは馬を駆けさせながら、外套のフードを取った。頭飾りも外し、自由な風に髪を靡かせる。チューダーの赤、ずっと嫌いだった髪の色だ。だが最後にメアリー王女との懸け橋になってくれた。これからは好きになれるかもしれないと思った。

未来を見据えた今、ジェーンの体に幾重にも巻きついていた義務の鎖がほどけていくのを感じる。

親への孝、国への責務、神への愛。王位継承権者の娘として生を受け、教育を受けたからこそがんじがらめになっていたもろもろのこと。その一つ一つがほどけていく。体が軽くなっていく。イングランドの歴史が今までと同じ流れをたどっていくのを、穏やかな心で見ることができる。

ジェーンは抗わなかった。流れに身を任せる。もう必要な手は打ったから。

やがて、わざと人目につきながらチェルシー宮殿をうろついていたジェーンのもとへ父とジョン・ダドリーの迎えがやってくる。彼らには子ども時代を過ごした懐かしい場所を、結婚前にもう一度見ておきたかったのだと言い訳をした。そして改めて言った。

「ギルフォード様との結婚は承知します」

ジェーンは父とジョン・ダドリーを前に言った。

「ですが、白紙の結婚です。私は式を終えても共には暮らしませんし、閨も共にはしません」

「ジェーンっ」

父とジョン・ダドリーが異口同音に声を荒げた。だがジェーンは負けない。二人を油断させるためにかぶっていた猫を取り去る。

「何を考えておられる、夫婦というものをなんと」

「夫婦とは、愛と信頼のもと神の御前で結ばれた男女のこと。そう考えています」

唾を飛ばしながら言うジョン・ダドリーに、ジェーンはしれっとした顔を見せた。今はジェーンを取り込みたいジョン・ダドリーが唯一、要求を聞いてくれる時だ。だから堂々と返す。

「ですが私がこれから結ぶのはただの政治的な結びつきです。この国には他に王位にふさわしい方々がいらっしゃるのですし、私が後継者を作る必要もないでしょう。それがお嫌なら他をあたってください。無理強いをなされれば私は自ら命を絶ちます。いいえ、ギルフォード様の寝首を掻くかも。彼も思えば気の毒ですね。無理やりこんな可愛げのない女を妻にさせられて。いっそさっさと命を摘んであげたほうが親切かも」

私、王妃様のもとで医学書も読んだので、人の急所もよく知っていますよ、と、ふっと笑ってみせる。ジェーンの本気を悟ったのだろう。父もジョン・ダドリーも蒼い顔をして黙った。

「……強情な。誰に似たのか」

「あら、お父様だと思っていましたけど、違いまして？」

父とは何度も真正面から父を見据えた。意地の張り合いで殺されもした。この国の娘は普通もっと従順だろう。キャサリンのように。父が薦めた相手に素直に嫁ぎ、言うことを聞く。

（ことごとく逆らう私はまさに異端者ね）

だが折れる気はない。

ジェーンは背筋を伸ばし、目の前にいる男たちを見下ろした。ジェーン自身は気づかない。が、その姿には女王の風格があった。

それから、ジェーンは即位した。即位後、反抗的なジェーンを警戒して、夜になるとジョン・ダドリーが宮殿中の門を閉め、鍵を取り上げるようになった。表向きの理由は女王の身を護るためだが、もちろんジェーンの逃亡を防止するためだ。

そしてジョン・ダドリーは召集に応じないメアリー王女にも兵を送った。だがメアリー王女は無事、ノリッジに逃亡し、すでに集結していた反乱軍の保護を受けた。

何故、そんなことができたのか。ジョン・ダドリーが真っ赤になってジェーンに詰め寄る。

「お前の仕業か。お前が王女を逃がしたのか……!」

「あら、私はこの城の虜囚の身では？　厳重なあなたの監視の中、何ができるというのです？」

言い返す。平然とした顔をしてみせながらもジェーンの心は喜びに沸き立っていた。

メアリー王女はジェーンを信じて動いてくれた。きっとハロルドも動いてくれている。

(なら、私がすることはただ一つ)

ジェーン女王の陣営を、中からつぶすこと。

ジェーンはか弱い娘の顔を取り繕って、ジョン・ダドリーからメアリー王女軍鎮圧を命じられた父に願った。

「お父様はここにいて。私とキャサリンがいるロンドンを留守にしないで。怖いの。それにお父様も危険だもの。鎮圧にはダドリー、あなたが行けばいいわ。反乱の鎮圧は得意でしょう?」

キャサリンの名と、己の危険を出されれば父も軍を率いることを渋る。なら私がと代わりを名乗り出るような、勇気と自己犠牲精神にあふれた貴族は他にいない。

ジェーンは堂々と女王の名でジョン・ダドリーを他の貴族たちから引き離し、前線へと送った。装備や彼らの動きは逐一、ジェーンがメアリー王女の密偵に漏らしているし、ジョン・ダドリーという希代の野心家がにらみをきかせていなければ、己の保身のみを考える枢密院の貴族たちが内部崩壊するのはあっという間だ。一巡目でもそうだった。

今回はそれを止めない。それどころか加速させる。

ジェーンは籠城戦の只中(ただなか)にいるという興奮に頬を紅潮させて、一人、胸の内でつぶやいた。

(自分の在位を縮める算段を嬉々(きき)としてする女王もそうそういないわね。これも傾国というのかしら)

だがこれでいいのだ。自分がなりたいのはイングランド史上初めて女の身で王位についた女王ジェーン・グレイではない。ただの自由なジェーンという娘だ。

(だから、早く私を王位から引きずり下ろしに来て、真実の女王陛下!)

そうして。ジェーンは無事、反旗を翻したメアリー王女の手で囚われた。

その後行われた処刑までの速さは異例で、世間はメアリー王女の決断の迅速さと苛烈さに恐れおののき、反乱の用意をしていたプロテスタントの貴族たちも黙らせることになった。

ジェーンの遺体は秘密裏に埋葬された。

処刑方法は毒殺。

女王として即位して半月後、十五歳での死だった。

そして女王ジェーン・グレイの名はイングランドの歴史から永遠に消えた。悲劇の女王として民に語られるだけの存在になったのだ——。

ループの終わり　九巡目

その日、海峡に面した、ドーヴァーの波止場はごったがえしていた。

プロテスタントの王が死に、カトリックの王が即位したので、イングランドは危険だと見限ったプロテスタントたちが、大陸に逃れようとしていたのだ。

その中に、深く外套のフードをかぶり、希望で輝く瞳を隠した少女がいる。

フードの縁から覗く赤みがかった金髪は艶やかで、白いすべらかな頬は初めて潮風を受けたせいかうっすらと赤らんでいる。

彼女は波止場に立つと、思いきり潮の香りを吸い込んだ。そして海を見る。

「あれが水平線？」

「そうですよ、マイ・レディ」

連れの逞しい長身の男が、彼女が海に落ちるのではと心配するかのように、腰に腕を回す。その過保護ぶりにくすくす笑いながら、少女がふり返った。

「マイ・レディはもうやめて。私はあなたの妻、ジェーン・エイワースでしょう？」

る。

「そうでした。つい、まだ慣れなくて」

困ったように、でも嬉しさをこらえきれないように、男がフードの陰で目尻の皺を深める。

少女は元女王のジェーン・グレイ。

男は彼女の騎士だったハロルド・エイワースだ。

世間の目をごまかすために名を変え、二人はネーデルラントへ向かう船が出るのを待っているところだった。

「一番近いカレーに向かい、そこからイタリアへ行くこともできましたが。どうせならあなたにいろいろな場所を見せたいのです。ですから少し遠回りしますよ」

「望むところだわ。私も新しいものをたくさん見たいもの」

ジェーンはハロルドの逞しい胸に身を任せ、うっとりと空と海を見る。

「本当に広いのね。そして青い。……この目で見られるなんて思わなかった」

「これからはいくらでも嫌というほど見られますよ」

「自由な光景を?」

「ええ。自由な世界を。これは自由への船出ですから」

それから、彼がジェーンを呼んだ。

「愛しています、エイワース夫人」

偽りの名だ。だが今までの〈ジェーン・グレイ〉も自分の本当の名だっただろうか。ジェーンは思う。

今までの名は〈ヘンリー八世の姪孫〉〈チューダー王家の血を引く娘〉。そんな記号と変わらなかった。ジェーンの本質を表してなどいなかった。だからこれでやっと自分の名を手に入れられたのだと思う。

「これからは、これが私の本当の名前になるのね」

ジェーンは満足げに言った。

そして二人で前を見る。

目の前には海が広がっている。初めて見る海は空に似ていると思った。どこまでも広くて、少し鈍色を含んで怖くもあるのだけど、それでも前方には光が差している。

ハロルドが言う通りだ。自由だ。

ジェーンは自分の体が喜びにふるえるのを感じた。

(これが〈幸せ〉なのね)

そして生きるということだ。

「私、八度も人生を繰り返したのに、一度もイングランドから出たことがなかった」

「これからはどこへでも自由に行けますよ」

どうかあなたの人生を取り返してください。

そう言ってハロルドがそっとジェーンのこめかみに口づけた。

人前で堂々と為された愛の行為にジェーンは息を詰める。だがハロルドがジェーンの緊張を解くように、反対側のこめかみにも口づけを落として。

これからはもう誰に見咎められることなく、好きなことができるのだと力が抜けた。おとなしく身をゆだねて、ハロルドが励ますように握った手を握り返す。心の底から自由だと思った。

空にはカモメが舞っていた。もうジェーンの眉間に皺はない。

代わりに、ふわりと自然に優しい笑みが唇に浮かんでいた。

きっと、これからもずっと浮かび続けるだろうと誰にも予感をさせる、あふれんばかりの自由と〈幸せ〉の笑みが――。

本作品に関するご意見、ご感想などは
〒101-8405
東京都千代田区神田三崎町2-18-11
二見書房 サラ文庫編集部 まで

本作品は書き下ろしです。

女王(じょおう)ジェーン・グレイは九度(くど)死(し)ぬ
～時戻(ときもど)りを繰(く)り返(かえ)す少女(しょうじょ)と騎士(きし)の物語(ものがたり)～

2022年 4月10日 初版発行

著者 藍川竜樹(あいかわたつき)

発行所 株式会社 二見書房
東京都千代田区神田三崎町2-18-11
電話 03(3515)2311［営業］
03(3515)2314［編集］
振替 00170-4-2639

印刷 株式会社 堀内印刷所
製本 株式会社 村上製本所

落丁・乱丁本はお取り替えいたします。
定価は、カバーに表示してあります。
©Tatsuki Aikawa 2022, Printed in Japan.
ISBN978-4-576-22036-9
https://www.futami.co.jp/sala/

二見サラ文庫

目が覚めると百年後の後宮でした

～後宮侍女紅玉～

藍川竜樹

イラスト＝新井テル子

紅玉が目覚めるとそこは百年後の後宮!?　元皇后付侍女が過去の知識を生かして後宮に渦巻く陰謀と主君の汚名をすすぐ！